吉林省社会科学基金（2014BS63）项目成果

长春师范大学学术专著出版资金资助

杜若松／著

近代女性期刊性别叙事研究

中国社会科学出版社

图书在版编目（CIP）数据

近代女性期刊性别叙事研究／杜若松著 . —北京：中国社会科学出版社，2016.12
ISBN 978-7-5161-8956-6

Ⅰ.①近… Ⅱ.①杜… Ⅲ.①女性—期刊—文学研究—中国—近代 Ⅳ.①I206.5

中国版本图书馆 CIP 数据核字（2016）第 227462 号

出 版 人	赵剑英
责任编辑	王 琪
责任校对	胡新芳
责任印制	王 超

出 版	中国社会科学出版社
社 址	北京鼓楼西大街甲 158 号
邮 编	100720
网 址	http://www.csspw.cn
发 行 部	010-84083685
门 市 部	010-84029450
经 销	新华书店及其他书店

印 刷	北京明恒达印务有限公司
装 订	廊坊市广阳区广增装订厂
版 次	2016 年 12 月第 1 版
印 次	2016 年 12 月第 1 次印刷

开 本	710×1000 1/16
印 张	16
插 页	2
字 数	230 千字
定 价	59.00 元

目　录

绪 论

对于历史作品的研究，最有利的切入方式必须更加认真地看待其文学方面，这种认真程度超过了那含糊不清且理论化不足的"风格"观念所能允许的。那种被称为比喻学的语言学、文学和符号学的理论分支被人们看成是修辞理论和话语的情节化，在其中，我们有一种手段能将过去事件的外延内涵的含义这两种纬度联系起来，借此，历史学家不仅赋予过去的事件以实在性，也赋予它们意义。①

——海登·怀特《元史学·中译本前言》

女性文学，根据女权主义批评家们的定义，是指女性作者以呈现女性意识和性别特征为内容的文学②，而国内学界则大多将中国的女性文学的发生期基本界定于五四时期。如刘思谦的女性文学定义："诞生于一定历史条件下的以'五四'新文化运动为开端的、具有现代人文精神内涵的、以女性为言说主体、经验主体、思维主体、审美主体的文学。"③ 或者乔以钢、林丹娅的《女性文学教程》所给出的："狭义的'女性文学'是指五四之后以现代人文精神为其价值内核的女性创作。"④ 这些定义给出的基本价值判断建立的基础是为"并不一定就像女人那样讲话，她们或者只是在说男人的

---

① ［美］海登·怀特：《元史学：十九世纪欧洲的历史想像》，陈新译，译林出版社 2004 年版，第 1 页。

② 盛英：《20 世纪中国女性文学史》，天津人民出版社 1995 年版，第 2 页。

③ 刘思谦：《女性文学这个概念》，《南开学报》2005 年第 2 卷第 1 期。

④ 乔以钢、林丹娅：《女性文学教程》，河北教育出版社 2007 年版，第 2 页。

话。问题的关键不在于谁在说话和怎样说话，而在于对谁说话和代表谁说话"①。可见，女性主体意识、性别观念确立是判断女性写作是否为女性文学的核心所在。但在历史的实际发展中，并不存在明晰的原则和标准，所有的尺度都存在着后人的历史不在场描述的"脱节"的嫌疑。因此，在历史纷繁复杂的发展中，女性文学的萌芽实际上是一项需要进行细密考察的工作，女性文学自身的主体建构也绝非在五四的时间点就发生了截然转型。正是在此基础上，王德威提出的"没有晚清，何来五四"这个思路仍然是有效的。在近现代女性文学现代性的进程中，从政治地位、经济地位、文化审美、精神构建等各个层面都发生了蜕变，这种变化是与世界的变化相呼应的，更融入甚至积极参与时代的主题建构。因此，只有站在一个宏观的文化研究视域中，才能清楚洞悉女性文学与其他文学、文化现象的关联；而以微观的具象切入，则能掌握女性文学所特有的"性别"特质。在这一过程中，近现代时期数量巨大的女性期刊无疑是在浩瀚的历史变迁中保存下来的独特历史样本。

本书研究聚焦这一时期女性知识群体在社会文化生活中的身份确认和性别构建问题，上承古典"才女闺秀"，下启现代女性作家群，以近现代女性期刊读物为分析对象，以文学叙事、期刊文化现象为重点研究方向，从性别角度阐释女性作家在历史文化进程中的"自我"身份的逐渐确立。女性期刊的出版从晚清开始，经历了中国近现代历史各个重大历史事件。它生动地呈现了大众尤其是女性的生活场景，使得一直隐藏在历史语境之外的近现代女性文学创作和生活凸显出来，以近现代重要女性期刊为研究对象，以文化研究、性别批评的方法对女性期刊进行整体观照，对于近现代女性研究史、中国女性文学史都具有重要价值。女性期刊虽关注女性受众，但其启蒙思想是源于关注女性问题的著名文化界领导人士，所以女性期刊实际上反映了当时中国精英知识分子阶层的普遍性别观念，性别批评方法的使用使权利、文化、性别的交互复杂关系得到

---

① ［英］玛丽·伊格尔顿：《女权主义文学理论》，胡敏译，湖南文艺出版社1989年版，第3页。

阐释。而将近现代文学史中较少被提及的全体女性期刊进行重新挖掘和肯定，此项研究也就具有更完整的研究内容和准确的研究定位，在此基础之上，试图建立女性期刊与近现代女性文学的映照关系，为女性文学、女性主义在中国的现代进程提供了佐证分析。各种女性期刊在历史的发展中，杂志内容、版面和言论发生了巨大的变动，这种变动是和近代以来爱国救亡图存的主旋律相呼应的，女性期刊用独特的形式记录了中国近现代史上女性革命演变的轨迹。透过文本叙事话语探析文学深层次结构的变化和格局的更迭，以文学上的表现为征候探寻女性在近现代时期的思想变革，这无疑提供了一个观察社会变迁的绝好视角，也把文学研究纳入一个更广阔的文化研究视域中。

第一节　云霞出海曙：女性期刊滥觞的时代背景

女性期刊是以研究、探讨人文科学意义上的妇女问题为主要内容的连续、定期出版刊物。"自从中国有期刊以来，女性期刊从来都是最为活跃最有生命力的一个期刊门类。在中国女性期刊的发展过程中，有两个高峰时期，一个是20世纪20—40年代，一个是20世纪90年代以来的十几年间，而20世纪20—40年代民国时期的女性期刊更具有特色和意义。"① 近代女性期刊的产生是伴随着近代中国的社会风起云涌的革命浪潮产生的，因此它具有极其鲜明的时代特征。从18到19世纪在广泛的世界范围内开展了妇女轰轰烈烈的觉醒运动，1791年法国妇女奥林珀·德·古写下了《妇女和女公民权利宣言》，后世称为《女权宣言》；美国在1848年召开了第一次妇女权利大会，通过了主张"男女生而平等"的《女性独立宣言》，并开展了女性参政运动、修改联邦宪法；英国在1797年出版了玛丽·华尔史东的《女权拥护论》，19世纪50年代英国妇女展

① 初国卿：《中国近现代女性期刊述略》，载初国卿主编《中国近现代女性期刊汇编（一）》，线装书局2006年版，第1页。

开了一系列争取参政权的社会运动。而中国的女性解放思想，早在明清后期就开始出现松动和萌芽，这不仅表现为如一些男性思想家李贽、张履祥、钱大昕、臧庸等人对历史上女性历来陈词戒律的批驳和讽刺，更体现在当时妇女文化开始有了自己独特的运作形式，并突破既定的社会性别体系。① 同时中国女性运动不可不提西方传教士的影响，这时的社会上出现了海外传教士影响下的女性留学，比如从 1881 年到 1892 年有 4 个平民女性② 出国学习，这些过程都与教会有关；传教士在中国开办女子学校，培养了早期真正意义上的女学生；此外这一时期的传教士还积极传播了女性的解放思想，如美国在华传教士林乐知著《权地五大洲女俗通考》，他主编的《万国公报》还发表了《中国女靴》、《戒缠足》等文章。

这一时间段还有一些幸运的闺秀得到跟随父兄或者丈夫出使他国的经历，如 1899 年单士厘遗芳后世的《癸卯游记》与《归潜记》，以妾的身份随丈夫洪钧出使俄、德、奥、荷四国的赵彩云（赛金花），以及随父亲裕庚任外国公使的裕容龄、裕德龄姐妹，这些女性的西游留下了女性睁眼看世界的美丽身影，尤其是单士厘成为近代女性第一人，对西方艺术、文化、哲学均发出了属于中国闺秀文化群体思索的声音。

当历史的车轮进入近代，越来越多的有识之士开始在国家命运的思索中将女性问题一并加以考虑和分析。在真正意义上触动女性社会秩序根基并将女性解放提到议事日程上的，要首推维新变法。维新变法运动中的康有为、梁启超等人从切实的废缠足、兴女学社会运动角度，开展了一场爱国图强的女性解放运动。代表人物梁启

---

① 相关研究见高彦颐《闺塾师——明末清初江南的才女文化》，江苏人民出版社 2005 年版。在这部著作中高彦颐详细分析了明末清初出现的才女文化是一种在儒家社会大文化中的独特的女性文化。这种文化有自己的社团组织。传统的儒家意识形态和文化传统对于她们而言既是一种压制也是一种机会。她们在这种体制中，灵活利用资源，成了权力的既得利益者。并且在社会巨变的情况下，进行了社会性别体系的重新整合和延续。

② 1881 年宁波金雅妹由美国传教士带到纽约医院学习医学；1884 年福州柯金英由福州教会医院资助到美国费城学医；1892 年江西康爱德和湖北石美玉被传教士带到美国学医。相关内容参见李喜所《近代中国的留学生》，人民出版社 1987 年版。

超更是在多篇著作中激昂文字，从几个方面论述了改良中国女性的方式，为女权运动指明了方向。1897 年到 1902 年，他先后写了《戒缠足会叙》、《记江西康女士》、《变法通议·论女学》、《试办不缠足会简明章程》、《倡设女学堂启》、《禁早婚译》等文章，这些文章有一个撰写的根本目的——富国强兵，由此衍生了梁启超对中国女性问题两大症结的思考和讨论：不缠足和提倡女性教育。不缠足是一种"保国保种"的考虑，女性只有不缠足才能身心健康，而优良的体格和人格会传给孩子，从而强兵强国，梁说，"妇女缠足，流传子孙，奕世体弱，羸弱流传，何以兵乎？当今举国征兵之际，留以弱种，尤为可危"，"缠足一日不变，则女学一日不立"。① 同时国家人口的一半是男性，另一半是女性，女性的存在关系着国家的存在根本，更何况男性的生养者也是女性呢。

在保国保种之后，需要对女性进行教育，这就是"保教"，他在《变法通议·论女学》中指出：

> 西方全盛之国，莫美若；东方新兴之国，莫日本若。男生女平权之论，大倡于美，而渐行于日本。……是故女学最盛者，其国最强，不战而屈人之兵，美是也。女学次盛者，其国次强，英、法、德、日本是也。女学衰，母教失，无业众，智民少，国之所存者幸矣！印度、波斯、土耳其是也。
>
> 夫男女平权，美国斯盛；女学布濩，日本以强，兴国智民，靡不始此。三代女学之盛，宁必逊于美、日哉？②

从肉体上对女性进行解放，从思想上让女性尽快成长，这种内外兼修式的改革良方一时间成为有针对性、有操作性的女性解放思想指南，尽管如康有为在 1883 年就发起设立了不缠足会，但究其影响，却远远不如梁启超的女性观点在社会上引起的效应大。梁启超的文字在中国社会引起了巨大反响，最高峰应该说是在 19 世纪

---

① 梁启超：《变法通议·论女学》，载梁启超《饮冰室合集》，中华书局 1989 年版，第 41 页。

② 同上书，第 43 页。

90 年代，一个重要表征就是晚清报刊对妇女问题的讨论，这些文字、文章、图片、消息的数量巨大，尽管言辞多样，但究其理论导向，大都不约而同地模仿或者同声传译了梁启超的观点。王林在《西学与变法——〈万国公报〉研究》一书中指出仅 1907 年一年有关"不缠足"、"兴女学"、"革陋习"、"介绍国外妇女"等方面的文章就有百篇之多。[①] 大量西方女权主义思想和动态文章被广泛译介、传播至国内，1903 年上海大同书局出版的金天翮的《女界钟》更在当时的社会引起巨大的震动。一时之间，"国民之母"、"女学"、"女权"成为历史风口浪尖上的热点词汇，从而与社会改革步伐紧密结合在一起。

维新变法虽然失败了，兴女学的女性教育在社会上已经成为有识之士的共同行动而迅速发展起来，1898 年 5 月 31 日经元善开办了经正女学堂，1901 年蔡元培任会长的中国教育会开办了爱国女学，1902 年吴怀疢创办务本女学，全国各地女学迅速发展，仅1901 年到 1903 年，全国就兴办了 17 所女学，上海一地就有 5 家。[②]到了 1906 年，在社会女学呼声日强的情况下，同为女性的慈禧太后面谕学部兴办女学。1907 年 3 月，清政府颁布了中国第一个女学堂的章程：《学部奏定女子小学堂章程》26 条和《学部奏定女子师范学堂章程》39 条，正式承认了女学的合法性。虽然这时期主张的女子教育的目的是培养"知守礼法"的贤妻良母，并存在着明显的性别差异，比如说女子教育的最高机构是女子师范学堂而非大学，女子教育也没有中学和实业学堂，女子小学堂与师范学堂的修业年限也比男校各少一年，而且实行了男女完全分校的、两性双轨制教育体制，但在女性教育史上这仍然迈出了一大步。据统计至 1909年，全国已有女子小学堂 308 所，占小学堂总数的 0.6%；共有女学生 14054 人，占小学生总人数的 0.9%。[③] 同时，女性留学欧美、日本等国也开始逐渐发展，"二十世纪初年，女留学生逐步增多，

---

① 王林：《西学与变法——〈万国公报〉研究》，齐鲁书社 2004 年版，第 329—341 页。
② 孙石月：《中国近代女子留学史》，中国和平出版社 1995 年版，第 60 页。
③ 程谪凡：《中国现代女子教育史》，中华书局 1936 年版，第 79 页。

除了赴美留学外，还有不少女子到日本、英国、法国等地留学。曾经的'留美幼童'群体中有不少人也将自己的子女送往美国深造，那些开明的官僚、有钱的商人、著名的学者、富有神通的买办也通过各种门路将女孩子送往国外留学"①。现代文学史上第一个女性作家群的陈衡哲、袁昌英、白薇、冯沅君、冰心、凌叔华、苏雪林或者是这种学校的受益者，或者是女性留学热潮的受益者，知名的宋氏三姐妹更是 20 世纪初留美女性的典型代表。

　　辛亥革命的发生给争取女性的政治权利运动创造了全面发展的契机，女子北伐队解散后，女性参政运动在社会层面风起云涌地发展起来，沈佩贞等人在南京组织"男女平权维持会"，女子北伐队在上海组织"中华女子竞进会"，徐清等在南京组织"女界参政同盟会"，林宗素在上海组织"女子参政同志会"，唐群英在南京组织"女子参政同盟"。② 虽然女性参政运动人数不多，但行动激烈、主张鲜明。1912 年 9 月 20 日中国女子参政同盟会集会上，唐群英、沈佩贞、王昌国、傅文郁等人积极参与，她们提出"我等今日如不能达参政之目的，急宜有一种手段，以对待男子。手段为何？即未结婚者停止十年不与男子结婚，已结婚者亦十年不与男子交言"③。其观点虽然带有盲目激进色彩，却也体现了当时女性争取参政权的迫切愿望和强烈行动力。当时刘纫兰就在文章中高呼："天下兴亡匹夫有责，匹妇亦有责焉！"④ 正如夏晓红在《晚清女性与近代中国》导言中所言："在晚清的社会震荡中，女性的生存状态发生了更为显著的变化。从基本人权的严重缺失，到争取男女同权，更进而与男子一道，为现代国家的国民所应具备的各项权利努力奋斗，这一女性逐步独立自主的历程，也成为晚清社会基础变革最有利的印证。"⑤ 政治、经济、文化、教育，女性解放运动在各个方面齐头

---

① 李喜所：《近代中国的留学生》，人民出版社 1987 年版，第 75 页。
② 张玉法：《二十世纪前半期中国妇女参政权的演变》，载吕芳上三编《无声之声（Ⅰ）：近代中国的妇女与国家（1600—1950）》，台湾"中央研究院"近代史研究所 2003 年版，第 49 页。
③ 《女界欢迎万国女子参政同盟会代表记事》，《申报》1912 年第 25 卷第 3 期。
④ 刘纫兰：《劝兴女学启》，《女学报》1898 年第 4 期。
⑤ 夏晓红：《晚清女性与近代中国》，北京大学出版社 2004 年版，第 4 页。

并进，与中国争取民族独立、国家富强的时代大潮一起，并融入高歌猛进、狂飙突起的现代化进程中，而女性期刊的蓬勃发展正是在这种云蒸霞蔚中迅速发展壮大起来。

第二节　争先恐后竞风流：近代女性期刊概述

一　女性期刊的历史分期与重要女性期刊

（一）清末民初时期女性期刊发展情况

女性期刊的历史最早可以追溯至 1898 年梁启超的夫人李蕙仙、康有为的女儿康同薇、中国最早的女报人裘毓芳①等人编撰的《女学报》，1902 年陈撷芬在上海创办了《女报》，随着《女学报》和《女报》的创办，不断有女性期刊问世，较有代表性的如 1904 年潘朴在东京创办《女子魂》，秋瑾在东京创办《白话》月刊，1906 年燕斌在东京创办《中国新女界杂志》，1907 年何震在东京创办《天义报》，1911 年唐群英在东京创办《留日女学会杂志》。在国内，1903 年冯活泉在广州创办《岭南女学新报》，丁初我、曾孟朴 1904 年在上海创办《女子世界》，1905 年张筠卿、张展云在北京创办《北京女报》，1905 年袁书鼎在江苏阜宁创办《妇孺易知白话报》，1906 年陈以益在上海创办《新女子世界》，1907 年秋瑾在上海创办《中国女报》等。② 其中，出版时间最长、影响最大的一份女性期刊是《女子世界》。③ 该刊创办人为丁初我，1904 年 1 月创办于上海，共出版 18 期，是最早采用白话的妇女刊物。在辛亥革命爆发前夕，还出现了以《上海滩》、《销魂语》、《眉语》、《妇女时报》等为代表的鸳鸯蝴蝶派女性期刊。

辛亥革命时期呼吁妇女解放、独立自主的女性期刊蓬勃发展，

---

① 裘毓芳在 1898 年 4 月创办过《无锡白话报》。

② 相关见宋素红《女性媒介：历史与传统》，中国传媒大学出版社 2006 年版，第 37 页。

③ 辛亥革命前出现过两份《女子世界》，另一份为陈蝶仙主编，1914 年创办于上海，月刊，鸳鸯蝴蝶派女性期刊。

各种政党、社团组织纷纷办起了女性期刊，号召妇女融入历史的洪流中来。这一时期虽然女性期刊层出不穷，但很多创刊和停刊的时间相距甚短。在这一时间段出现的刊物中，《妇女杂志》则是当时最具影响力的①，这本刊物 1915 年 1 月创刊于上海商务印书馆，到 1931 年 12 月停刊②。该刊在全国 28 个城市都设有分售处，主编虽随着世事变幻而有所变化，但在其高峰时期，一些现代著名人物如鲁迅、周作人、周建人、叶圣陶、沈雁冰、胡愈之等人均有若干作品，更由于在章锡琛担任主编阶段，成为现代妇女解放问题讨论的主阵地而引人注目。1932 年，《妇女杂志》在炮火中停刊。值得一提的是章锡琛离开《妇女杂志》后，开办开明书店，进而联合志同道合的人士又创立了《新女性》杂志，这本杂志集合了鲁迅、周建人、郑振铎、胡愈之等众多文化界领导人士更加深入研究女性问题，一时间成为讨论女性解放问题的又一重要思想阵地。但是随着妇女问题作为社会热点逐渐退出历史前沿，章锡琛在 1929 年 12 月将《新女性》主动停刊。

表绪论—1　　　　　　　　清末民初女性期刊情况一览表

刊物	出版地	编辑及主要撰稿人（未标注则为主编）	创刊时间
女学报	上海	中国女学会主办，《女学报》第 1 期为红印，随后的数期均为黑白印。报长 63.5 厘米，高 55.1 厘米。该报每月出 3 期，10 期之后，便由旬刊改为五日一期。主要撰稿人有梁启超夫人李蕙仙、康有为女儿康同薇、中国最早的女报人裘毓芳等。	1898
女报	上海	陈撷芬	1902
女报	东京	陈撷芬	1903
岭南女学新报	广州	冯活泉	1903

① 该刊从 1921 年开始，因章锡琛、周作人的主编，编辑主旨变化，成为五四妇女解放思想传播的重要阵地。

② 丁守和：《辛亥革命时期期刊介绍》，人民出版社 1982 年版，第 351 页。

刊物	出版地	编辑及主要撰稿人（未标注则为主编）	创刊时间
新女界	东京	仅见于《神州日报》	1903
女学生	上海	上海城东女学社校长杨白民	1903
女子世界	江苏常熟女子月刊社	1904年1月17日冬由丁初我等创办，1905年停刊，共出17期。1906年2月秋瑾又续办一期，总计18期。中国最早的妇女刊物之一，也是最早采用白话的妇女刊物。主要撰稿人有金松岑、柳亚子、徐觉我、沈同午、蒋维乔、丁慕卢。	1904
女子魂	东京	潘朴（抱真女士）	1904
白话	东京	秋瑾	1904
妇孺报	广州	广州蒙学书局编辑	1904
女学讲义	四川女学讲义编辑所		1904
北京女报	北京	杜筠芗、张展云母子主办	1905
妇孺易知白话报	江苏	袁书鼎	1905
不缠足会报	武昌		1905
女界灯学报	广东	何志新、李颖圆等	1905
女镜报	广西	郭用逮、荣巧倩、黄绛霄编辑	1905
新女子世界	上海	陈以益	1906
今日新女界		燕斌	1906
中国女报	初创地为上海虹口北四川路	月刊。清光绪三十三年冬创刊，同年三月停刊。秋瑾创办，并任主编兼发行人。编辑陈伯年。主要撰稿人有黄公、纯夫、燕斌、陈以益、徐寄尘、吕碧城等。仅出2期，第3期已编好，因秋瑾牺牲而中辍。该报曾刊登《中国女界义勇家缇萦传》、《女英雄独立传》等传记，介绍女界英雄人物。此外并有各地兴办女学、反对缠足的情况报道。	1907

刊物	出版地	编辑及主要撰稿人（未标注则为主编）	创刊时间
中国新女界杂志	东京	燕斌	1907
神州女报	上海	1907 年 12 月创刊于上海。主编陈志群，主要撰稿人有吴芝瑛、徐寄尘等。宗旨是：提倡中国女学，扶植东亚女权，开通风气。富有反清革命色彩。设有言论、评林、纪事、文艺、小说、杂俎等栏目。主张男女平权，赞誉秋瑾为"神州女界伟人"，带有浓厚反清革命色彩。次年 1 月出至 3 期，因经费支绌休刊。1912 年复刊，由张昭汉经理，唐群英、汤国梨编辑。以"普及教育，提倡实业，研究政法，鼓吹女子政治思想，养成完全高尚纯洁之女国民，以促进共和之进行"为宗旨的综合性期刊。	1907
天足会报	上海	沈仲礼、管西圆	1907
天义报	东京	发起人何震、刘师培，半月刊	1907
慧兴女学报	杭州		1908
女学生杂志	上海	尹锐志	1910
妇女时报	上海妇女时报社	1911 年创刊，1917 年 5 月停刊，近 6 年间共出 21 期，为民国成立前后存在时间最长的妇女刊物。月刊。创办人狄平子，编辑包天笑、陈冷血。辛亥革命前，共出 3 期，武昌起义至民国 2 年共出 8 期。	1911
女权报	上海	月刊。张亚昭创办。同盟会女会员发起女子参政运动中出现的刊物，以争取女权为宗旨，刊载有关女子参政的文章和女英雄的事迹。设有论说、事业、文苑、传记、小说等栏目。	1912

刊物	出版地	编辑及主要撰稿人（未标注则为主编）	创刊时间
不忍	上海广智书局	民国2年（1913年）2月创刊于上海。康有为主办。由陈逊宜、麦鼎华任编辑，后康思贯、潘其璇亦曾任编辑。上海广智书局印刷发行，为铅活字排印，25开本。设有政论、教说、瀛谈、艺林、国闻等栏目。	1913
妇女鉴	成都该社	佘余焘发起集股创办。主要撰稿人有佘余焘、畏尘、亚权、刘雅村等女士。月刊。文章提倡封建伦理道德，受到封建官僚、道学先生以及女杰卫道者的欢迎和赞扬。	1914
女子世界	中华图书馆	月刊。民国3年12月创刊，翌年7月停刊。共出6期。天虚我生（陈蝶仙）为编辑。该刊强调妇女实用知识的传播，有"音乐"、"工艺"、"家庭美术"、"卫生"等栏目；并大量刊登女诗人、女画家照片及女子所作书画，对推动女子文学艺术的发展起过一定作用。但受袁世凯复辟帝制的影响，曾一度宣扬封建迷信、贞孝节烈，反对婚姻自由，后有转变。	1914
妇女杂志	上海妇女杂志社	面向女性发行的综合性大型杂志。历时最长、受众最广的妇女期刊。《妇女杂志》因1932年1月28日商务印书馆被日军炸毁而停刊，前后长达17年（1915年1月第1卷第1期至1931年12月第17卷第12期）。主编历任王蕴章、胡彬夏、章锡琛、杜就田、叶圣陶、杨润馀。在章锡琛主编时期，《妇女杂志》成为妇女解放运动理论探讨的著名园地，尤其以专号的形式先后出版"离婚专号"、"产儿专号"、"妇女运动号"、"娼妓问题号"等等，进一步扩大了影响，引起社会文化的激烈讨论。	1915

刊物	出版地	编辑及主要撰稿人（未标注则为主编）	创刊时间
江苏省立第二女子师范学校校友会刊		江苏二女师校友会	1915
女子杂志（月刊）	上海广益书局发行	1915 年 1 月由上海广益书局创刊，现仅存一期，何时停刊也并无记载。《女子杂志》主要撰稿人有徐自华、胡彬夏、陈去病以及竞雄女学、城东女学、神州女学的学生。其栏目设有"图画影片"，刊登"学校全体摄影及图画手工成绩品等"；"论说"，"关于女学之宏著及学校之课卷"；"学科"，包括"各学生研究之心得者"；"美术"，系"书画、雕刻、刺绣之类者，发明新理著为文字者"。此外，还有选录、名著、家政、传记、译丛、纪事、小说、文苑、丛谈、调查等，其中"选录"版登载了蔡元培在城东女学的演说，"名著"版刊登胡彬夏的长文《美国胡桃山女塾之校长》，"纪事"刊登了神州女学校长张昭汉演说，"文苑"版刊登秋瑾生前莫逆徐自华纪念秋瑾的诗集《悲秋集》，且在诗集之前登载陈去病《鉴湖女侠秋瑾传》、柳亚子《鉴湖女侠秋君墓碑》、章太炎《秋女士遗诗序》等文以示"景仰"。	1915
家庭杂志（月刊）	上海	唐真如	1915
家庭	成都家庭杂志编辑部		1915
江苏省立第二女子师范学校（半年刊）	苏州江苏二女师校友会		1915

刊物	出版地	编辑及主要撰稿人（未标注则为主编）	创刊时间
青 年 女 报（季刊）	上海基督教妇女青年会		1916
女铎报	程悲娲	重庆	1916
直隶第一女师范学校友会会报	白眉初	天津，首期于 1916 年 4 月出版，末期为 1918 年 12 月。设有"图画"、"论著"、"学术"、"游记"、"传记"、"文苑"、"书牍"、"小说"、"演说"、"课选"、"校闻"、"本会丛录"栏目。发表 7 位女学生 9 篇小说，在女学生写作小说方面有重要意义。	1916
女青年月刊（月刊）	上海中华基督教女青年会全国协会主办	蔡希珍等主编	1917
妇女旬刊	杭州中华妇女学社办	张俪娟主编	1917
江苏省立第一女子师范学校校友会杂志	南京该校校友会学艺部		1917
女鉴日报	成都	余一钧	1918

（二）五四时期女性期刊发展情况

伴随着辛亥革命的失败，在袁世凯复辟的专制统治下，女性期刊的发展进入萧条期，自 1914 年（袁世凯复辟）到 1917 年（包括 1917 年），据统计仅有 14 种妇女报刊创办。但是随着新文化运动的兴起与马克思主义的传播，《新青年》对妇女问题的关注，从更深层次去理论阐释与实际操作女性问题已经提到议事日程上，女性解放已经成为反抗封建旧礼教、旧道德的重要方向而纳入中国反封建、反压迫、反奴役的时代浪潮中。另外就社会层面来说，妇女问题经过前十几年的积淀已经逐步如星星之火开始燎原，而女子教育的累累硕果在这一阶段开始显现：女学生群体的出现标志着中国第一批接受学校教育的女性知识者的群体登场，从而为女性期刊的发展既提供了作者群也提供了受众群。因此在这一阶段，女性期刊的蓬勃发展势如滔滔江水不可阻挡，妇女问题的关注与持续讨论也成了社会文化生活的热点。据不完全统计，仅 1919 年女性刊物种类就增加了 10 种。这种热点甚至在非女性刊物上也持续出现，当时的主流媒介如《晨报》、《益世报》（北京版）、《京报》、《世界日报》等北京最具影响力的几家报纸的主办者以其特有的胆识，敏锐地捕捉到了这个最新崛起的女性群体所特有的舆论号召力，继而通过为其创设专门副刊、提供发表阵地等形式适时地将她们推上了话语主体的历史位置。上海的《民国日报》副刊《觉悟》通讯栏目几乎全作为了女性问题的讨论地。其他如《妇女杂志》自章锡琛担任主编后，一跃成了当时女性刊物的思想引领和争论阵地。《妇女杂志》先后在 8 卷 4 号做"离婚专号"、8 卷 6 号做"产儿专号"、9 卷 1 号做"妇女运动号"、9 卷 3 号做"娼妓问题号"，这种专号便于社会热点问题的集中讨论，在当时引起了巨大反响。

在一些女高师学堂，由女性编撰者集结而成的女性刊物也正在迅速觉醒，比较有代表性的是《北京女子高等师范文艺会刊》。1920 年 10 月 30 日，《益世报·女子周刊》创刊，署名"均一"者在发刊词中写道："此周刊之计划既决，乃欲以女子主任编撰，幸女高师周沁秋、苏濒①伽、杨致殊诸君，慨许担任。诸看才识优长，余所深信……须郑重声明者，即本周刊既为女子周刊，其著作人自应大多数为女子，不然，则是男子周刊，未免名实不符。至于此后编撰之责任，余亦深愿周苏杨三君负全责也。"这里面的苏濒伽经学者考证就是苏雪林②。此外冰心、庐隐、冯沅君、苏雪林、石评梅、陆晶清、凌叔华这些闻名遐迩的五四女性作家群的出现也是与

①　原文是"人+频"字。
②　王翠艳：《〈益世报·女子周刊〉与苏雪林"五四"时期的文学创作》，《现代中国文化与文学》2006 年第 1 期。

女性接受高等教育，从而在文学期刊上发表作品，获得机会登上文坛有关。

表绪论—2　　　　　　　**1919—1930年女性期刊一览表**

刊名	出版社/主编	刊物情况/出版地	创刊时间
北京女子高等师范文艺会刊	北京女子高等师范文艺研究会	创刊于1919年6月，终刊于1924年初，前后共出版6期。主要撰稿人有庐隐、陆晶清、苏雪林、魏玉薇等。该期刊主要刊登女学生创作的格律诗词，从第3期开始增加了白话小说，共计3篇。	1919
女子爱国日报		上海	1919
女界联合旬刊	上海女界联合社	上海	1919
妇女（周刊）	北京妇女青年社	北京	1919
女高师文艺会刊（年刊）	北京女高师	北京	1919
平民（半月刊）	天津女界爱国同志会；天津学生联合会	天津	1919
醒世周刊	天津直隶省立女师	天津	1919
女界钟（周刊）	长沙周南女校	长沙	1919
励进会旬刊	湖南省立女师	长沙	1919
省女师学生期刊	广东省立女师	广东	1919
解放画报	周剑云主编，上海新民图书馆主办	上海	1920
妇女画报		上海	1920
新芬		上海	1920
现代妇女评论集	上海世界书局	上海	1920

续表

刊名	出版社/主编	刊物情况/出版地	创刊时间
北京女高师半月刊	北京女高师学生自治会	北京	1920
妇女评论		苏州（初为半月刊，第二卷改为月刊）	1920
真光青年	广州真光中学女青年会	广州	1920
进修团月刊	浙江省立女师	浙江	1920
吴兴女学界	浙江湖州湖群女校	浙江	1920
女权	开封女子同志会	河南	1920
新妇女	上海新妇女杂志社	半月刊。民国9年1月1日由上海务本女中五位教师创办，共出版25期。主要撰稿人有陆秋心等。	1920
妇女评论（周刊）	上海民国日报编	上海	1921
劳动与妇女（周刊）	广州劳动与妇女社编	广东	1921
新妇女	广州新妇女杂志社		1922
北京女学界联合会汇刊	北京女学界联合会	北京	1922
北京女子高等师范附属中学校学生会杂志	校学生会主办	北京	1922
辟才（不定期刊）	北京女高师附中校友会	北京	1922
现代妇女（旬刊）	上海时事新报馆编	上海	1922
女青年（月刊）	中华基督教女青年会全国协会	上海	1922

续表

刊名	出版社/主编	刊物情况/出版地	创刊时间
女学界	昆明云南省立女子中学师范职业小学等校及幼稚园	昆明	1923
国立北京女子师范大学周刊	国立北京女子师范大学	北京	1923
妇女周报（《民国日报》副刊之一）	向警予主编	上海	1923
女星	新民意报馆编	天津	1923
妇女日报	经理刘清扬，主编邓颖超	天津	1924
金陵女子大学校刊			1924
妇女周报	上海中国文学会编辑	着重报道以上海为主的全国妇女运动的大事、最新消息、动态，以及各妇女团体的宣言、通电等。	1925
女青年报	上海基督教女青年会全国协会	月刊。宗旨："本着基督教的精神来讨论妇女、家庭、社会、国家、国际的各种问题；发扬妇女的德、智、体、群四育。"内容广泛，涉及妇女切身问题、家庭日用常识、世界最新思潮、优秀文艺作品、世界妇女生活、提倡全国妇女运动等方面。16年中，共出版150期，在基督教女青年中很有影响。	1925
妇女旬刊汇编	浙江妇女学社主编	多为妇女、家庭方面的琐碎消息，重要文字不多；同时也介绍一些有限的妇幼卫生、生活常识以及其他社会、科技知识。	1925

续表

刊名	出版社/主编	刊物情况/出版地	刊时间
中国妇女（旬刊）	上海各界妇女联合会编辑	上海	1925
光明（月刊）	王一知主编	广州	1925
广东妇女解放协会会刊	广州妇女解放协会编辑	广州	1925
现代妇女	南宁广西妇联	广西	1925
湖北妇女（旬刊）	亢文卿、袁浦之先后任主编	武汉	1925
女子日报	经理梁孟，主笔秦蕴儒	上海	1925
进步（湖北省立女子师范学校校刊）			1926
妇女周刊	上海妇女共鸣社		1926
东方文化	上海东方文化社		1926
新女性	妇女问题研究会主编，上海新女性社发行	上海章锡琛主编，1926 年 1 月创刊，一年一卷，每卷 12 期。1929 年 12 月自行废刊,共刊出 4 卷。《新女性》先由新女性社自行出版发行，1925 年 7 月因股本增加，改为由开明书店发行，友文印刷所印刷。每一册《新女性》实价为一角五分；全年 12 册，实价一元五角。每一期有七八十页，从第 2 卷开始，页数增加到 100 页左右，第 3 卷至第 4 卷增至 120 页以上，每年的新年号和专号页数也会增加。主要撰稿人有章锡琛、周建人、孙伏园、许钦文、陈望道等。	1926

续表

刊名	出版社/主编	刊物情况/出版地	创刊时间
京师公立第一女子中学校月刊	京师公立第一女子中学校	北京	1926
妇女之友（半月刊）	张挹兰主编	北京	1926
妇女之声	国民党中央妇女部编	江苏	1926
妇女运动旬刊	上海妇女运动旬刊社主编		1927
妇女铎		北京	1927
觉（半月刊）	北京女师大觉社创办，李岫琛主编	北京	1927
浙江妇女	国民党浙江省党部妇女部编	浙江	1927
女声	昆明妇女解放协会		1927
女一中季刊	女一中出版委员会编辑	北京	1928
革命的妇女	上海革命的妇女报社编	上海	1928
妇女战线	上海妇女战线杂志社编	上海	1928
今代妇女	上海今代妇女社编辑	上海	1928
妇女周刊	江苏妇女周刊社编	江苏	1928
女军	南京女军社编	江苏	1928
金陵女子大学校刊（半年刊）	金陵女子大学校刊编辑部	南京	1928

续表

刊名	出版社/主编	刊物情况/出版地	创刊时间
妇女共鸣	上海妇女共鸣社	社长陈逸云，主编谈社英、王孝英。该刊以"倡导妇女运动、主张男女平等"为宗旨，以较多篇幅批判封建制度和封建性的政策、法规对于妇女的压迫。曾出《贤良问题专号》，为讨论和批判"新贤妻良母主义"提供阵地。此外，还曾联合各妇女团体组织参加国民议会、救济水灾、提倡国货、废娼运动等实际工作。	1929
朝华	天津河北省立女子师范学院	天津	1929
松江女中校刊	江苏省立松江女中		1929
翊教月刊	翊教女子中学学生会主办	北京	1929
妇女月刊	北平特别市女协会宣传股编辑	北京	1929
妇女旬刊	中华妇女学社主编	上海	1929
妇女共鸣（月刊）	重庆妇女共鸣社编	重庆	1929
摩登青年	上海摩登青年社	上海	1929
湖北妇女（季刊）	武昌国民党妇女协会整理委员会	武昌	1930
云南第一女中校刊	昆明云南省立第一女子中学	昆明	1930
女师大学术季刊	北平大学女子师范学院出版委员会编辑	北京	1930

续表

刊名	出版社/主编	刊物情况/出版地	创刊时间
河北省立女子师范学院季刊	天津女子师范学院中部学生自治会编	天津	1930年6月停刊
河北省立女子师范学院周刊	河北省立女子师范学院编辑	天津	1930
金陵女子神学年刊	金陵女子神学院编辑	南京	1930
振华生活（不定期）	振华女学校主办	南京	1930
中华基督教女青年会全国协会会务鸟瞰（月刊）	中华基督教女青年会全国协会编	南京	1930
妇女周刊	重庆市妇女协会编	重庆	1930
河北省立第二女子师范学院学校旬刊	河北省立第二女子师范学院学校编	保定	1930或1931

（三）20世纪30—40年代爱国救亡的女性期刊与都市女性生活类期刊

20世纪30—40年代的女性期刊发展一方面响应时代主题，一方面在都市化背景下深化了女性家庭与社会重大问题的探索脚步。自九一八事变之后，宣传救亡图存、抗日爱国主题的女性期刊蓬勃发展，当时中国著名的宣传抗日救亡运动的女性期刊是《妇女生活》、《妇女共鸣》、《广西妇女》、《上海妇女》等，同时也有解放区中共直接领导的《中国妇女》、《妇女之路》传递解放区妇女变化的声音。而随着中国城市化进程的加快，以上海为中心的都市商业文化媒介中心正在完善成熟。20世纪30年代上海聚集了一批时代文人学者，鲁迅、胡适、茅盾、林语堂、沈从文、丁玲、萧红、郁达夫、徐志摩、戴望舒、施蛰存等等，而新文学阵营著名的刊物《小说月报》、《创造月刊》、《新月》、《现代》等杂志都在上海陆续创办。市民文化、大众消费文化急速发展，而女性群体的话语立场也在进行复杂变化：引领女性时尚的权威性杂志变成了《玲珑》、《妇人画报》、《良友画报》、《摩登周刊》等女性休闲类期刊、画报。其中《玲珑》作为都市文化时尚产物在当时女性读者中有重要地位，以至于张爱玲说 30 年代的上海女学生手上总有一册《玲珑》[①]。由丁玲主编的《北斗》因其主编和撰稿者的性别倾向使得这本期刊成为左翼刊物中具有特色的另类版本；其他的知识女性期刊还有姚名达、黄心勉夫妇主编的《女子月刊》，佐藤俊子、关露主编的《女声》，苏青主编的《天地》等等。在上海风起云涌般创办女性期刊的时候，中国其他地方也不示弱，各地的女性期刊有如春笋般破土，如北京的《妇女月报》；南京的《妇女导报》；重庆的《妇女文化》；天津的《妇女旬刊》；广州的《妇女世界》等等。这些杂志虽然没有像上海的《妇女杂志》和《玲珑》那样有影响，但在各地也风头很盛，颇能引人注目。

表绪论—3　　　　　　1931—1949 年女性期刊情况一览表

刊名	发刊地/出版社	刊物情况	时间
女学生（月刊）	上海		1931.10
妇女共鸣	南京妇女共鸣社编辑	社址位于南京市成贤街	1931
女声（半月刊，后改双月刊）	上海，社长刘王立明，总编辑王伊蔚	每期都有短评，抨击日本帝国主义的侵略。	1932.1 创刊，1937 年停刊
女朋友	上海，编辑胡考	以图画为主的妇女刊物，内容为男女情爱以及中外影星艳史之类。	1932.11
女星（月刊）	上海广学会主编		1932—1941

① 张爱玲：《流言》，香港皇冠出版社 1998 年版，第 84 页。

续表

刊名	发刊地/ 出版社	刊物情况	时间
新妇女周报	湖北汉口新 妇女周报社 编		1932 年停刊
不忘	南京不忘杂 志社		1933.1— 1934.4
东方文艺	广州东方文 艺社		1933.1— 1933.6
妇女生活			1932.7—10
妇人画报	北平妇声月 刊社	共出 49 期。编辑邓倩文。内容有影星生 活、时装、美容、编织、舞蹈、婚姻等。	1933.4— 1933.9
女子月刊	上海女子月 刊社	创办人为女子书店的姚名达、黄心勉 夫妇，两人分别任社长与主编，后来 陈爱（白冰）、凤子、封禾子、高雪辉 等也出任过主编。1936 年出第 4 卷时， 《女子月刊》改由上海大光书局总发 行。《女子月刊》的内容，基本如其 《发刊词》所说的："发表女子作品， 供给女子读物。"主要栏目有社评、妇 女问题、时代知识、学术研究、书报 春秋、家庭与儿童、社会经验、生活 交响曲、读者信箱、文艺、生产技术、 妇女消息等。《女子月刊》站在国家民 族的立场，不仅刊登有关各种国际政 治时事的文章，还刊登涉及当时敏感 时事问题的文章。因此被当局以"有 宣传阶级斗争之文字"为由一度将 《女子月刊》查扣。	1933.3— 1937.7
四川省立第 一女子师范 学校校刊	成都该校		1933.11

刊名	发刊地/ 出版社	刊物情况	时间
文教月刊	吉林省新京 满洲国文教 部		1933.6— 1934.9
现代父母	上海中华慈 幼协会		1933.2— 1937.7
时代妇女	北京时代妇 女社办	"九一八"事变后民族救亡运动的产物	1933.5·
中国妇女救 护慰劳联合 会工作汇刊	北京中国妇 女救护慰劳 联合会编辑	中国妇女救护慰劳联合会是张学良夫 人于凤至发起的抗日组织。本刊为会 务报告。	1933.11
现代妇女 （月刊）	上海光华书 局编		1933.4
妇人画报 （半月刊）	上海，编辑 邓倩文	内容有影星生活、时装、美容、编织、 舞蹈、婚姻等。	1933.4— 1937.7
妇女周刊	河南开封妇 女周刊社编		1933 年创刊
现代女性 （月刊）	上海今日学 艺社		1934.7
生活教育	上海儿童书 局出版	1934 年 2 月创刊于上海。半月刊。16 开本。主编人陶行知，助编戴白桃， 发行人张一渠，发行所上海儿童书店。 第 3 卷起由生活书店出版。每期附送 活页画页一张。1936 年 8 月停刊。共 出 72 期。主要撰稿人陶行知、汤建 勋、杨效春、董纯才、方与严、操震 珠、蔡鹤等。首栏言论及特载、闲谈 等，多由陶行知自撰或是个人专栏作 品；其他栏目有世界大势、生活素描、 科学新知、教学报告、诗歌、剧本、 半月大事、大众生活、小先生活、普 及教育消息、插图等。多刊载科学新 知，世界大势之解剖，三百六十行生 活之素描，小孩生活之素描，生活教 育实际问题之讨论，生活诗歌，生活 照片漫画等稿件。	1934.2— 1936.3

续表

刊名	发刊地/ 出版社	刊物情况	时间
妇女月报	北京妇女月刊报社编	一份进步的妇女刊物	1934.8
申报·妇女园地	上海，主编沈兹九。中共党员杜君慧参加编辑工作	该刊主张抗日，猛烈抨击政府歧视妇女、提倡贤妻良母的规定、法令。	1934.2—1935.10
振华季刊	苏州振华女学校		1934.3—1936.8
文教月报	辽宁省奉天文教部		1935.8—1936.7
新女性			1935.5—1937.3
东方文艺	上海东方文艺社		1936.3—1936.10
家庭	上海世界书局		1936
云南妇女	昆明市云南省妇女会		1936.3
金陵女子文理学院院刊	南京该刊社		1937.6—1948.10
妇女呼声	成都四川妇女抗战后援会	半月刊，主要任务："一、实行全国妇女总动员，参加全面抗战；二、贯彻妇女的真正解放。"共出8期即因经费困难停刊。	1937.10—1938.7
妇女界周刊	成都妇女界周刊社		1937.12

刊名	发刊地/出版社	刊物情况	时间
妇女知识（月刊）	北平华北大学妇女知识社编辑	私立华北大学妇女社团刊物	1937.1
妇女与社会（月刊）	北平大学女子文理学院女大学生创办	主张妇女在社会生活中发挥作用，摆脱封建压迫，实现男女平等。	1937.6
女学生	上海女学生杂志社		1937.3
妇女知识	上海妇女知识社编		1937
主妇之友	上海主妇之友社编		1937.4
战时妇女	上海战时妇女社编		1937.9—1937.11
妇女（月刊）	江西吉安江西妇声社编		1937—1941.3
上海妇女	上海，总编辑蒋逸霄		1938.4—1940.6
妇女与家庭	上海妇女与家庭社编		1938
妇女（半月刊）	上海妇女界社编		1938
孤岛妇女	上海孤岛妇女社编		1938.6—1939.2

续表

刊名	发刊地/出版社	刊物情况	时间
妇女正谊（周刊）	四川，总编辑胡楚女，主笔有范寓梅、王一苇等	国民党成都市妇女会主办；宣传组织妇女参加抗日救亡。	1938.12—1939.1
妇女新运（月刊）	四川重庆新生活妇女运动指导委员会编	报道妇女指导委员会的工作概况及各地妇女生活及工作动态	1938.12—1948.11
妇女战线（半月刊）	浙江金华妇女战线社编		1938.11—1939.1
女光	福建省厦门妇女抗敌后援队宣传队编		1938年创刊
浙江妇女	金华战时儿童保育会浙江分会		1939.7—1942.4
摩登	上海摩登半月刊社		1939.9—12
新妇女	北平新妇女社主办	亲日组织新妇女社的刊物	1939.6—1940.4
妇女家庭（月刊）	北平，王泰来主编		1939.6—1940
《艺术与生活》"妇女栏"	北平		1939.1

刊名	发刊地/出版社	刊物情况	时间
中国妇女	上海，社长兼总编辑朱素萼，编辑濮大江	宗旨为"讨论妇女问题，促进妇女文化，启示妇女正当活动途径"。	1939.2—1945.10
家庭与妇女（半月刊）	上海，名誉编辑王培真，主编龚月雯、丁禾菲	常发表介绍编织、美容、缝纫、服装、医药等知识的文章	1939.9
广东妇女	广东省新生活运动促进会妇女工作委员会	略带会刊性质	1939.8—1944.3
妇女世界（月刊）	广东曲江，广州协荣印书馆编		1939.5—1945.5
浙江妇女（月刊）	浙江战时儿童保育会浙江分会编	最充实的栏目"各地通讯"真实活泼地反映各地妇女运动动态和各阶层妇女生活	1939.7—1942.4
妇运月刊	国民党四川省妇女会主办		1939.7—1940.8
妇女新运通讯（半月刊）	四川，重庆新生活妇女运动指导委员会编		1939.10—1941.12
妇女工作（月刊）	四川，主编先后为石璞、王涤新	成都新生活运动促进会妇女工作委员会会刊	1939.5—1940.7

续表

刊名	发刊地/出版社	刊物情况	时间
中国妇女	陕西延安中国妇女社编		1939.6
立煌《大别山日报》副刊《新女性》	安徽立煌，国民党"动员委员会"系统文化事业委员会办		1939.5.16
上海女青年（月刊）	上海女青年会		1940.3
中国女青年	重庆中国女青年出版署		1940.3—1943.10
大地女儿	上海，主编王丹	宗旨是引导青年学生和社会青年直接间接地参加有利于抗战的工作。	1940.7
新女性（半月刊）	上海新女性杂志社编		1940.11
妇女界（半月刊）	上海五洲书报社编		1940.3—1941.12
时代妇女（半月刊）	新民会北京特别市妇女会主办	主办者是日伪当局为巩固其统治而创立的汉奸组织，其办刊方针为"兴国兴亚"。	1940.9.1
广西妇女（月刊）	桂林广西省新生活运动促进会妇女工作委员会主办；主编黄存养，社长郭德洁	主要撰稿人有郭德洁、程思远等以及文艺界进步人士。	1940.2.25
妇女杂志（月刊）	北平	本刊由日本驻北平派遣军报道部直接经营的武德报社出版发行。	1940
现代妇女	河南	河南郑县妇女会编辑	1940

刊名	发刊地/ 出版社	刊物情况	时间
中国女青年 （半月刊）	四川，主编 陈庭珍		1940.3— 1943.10
妇女月刊	南京妇女月 刊社编		1941.1— 1948.6
女青年（半 月刊）	云南，昆明 女青年社编		1940
新女性	上海		1940.10— 1941.2
时代妇女	上海该社		1941.2
中国女医月 刊			1941.1—7
妇女月刊	重庆妇女月 刊社	陆翰岑、林苑文、陆晶清等任主编，1941 年9月在抗战第五个年头的背景下创刊， 旨在把广大妇女唤醒起来，改善其生活， 教育起来，组织起来，使之成为国家的 力量。"供给一片公开的园地，让姐妹们 倾吐和控诉，让封建的罪恶从其被撕破 的外衣中暴露出来。以唤起政府当局、 社会人士、妇女先进对于这些问题的注 意。"除了论著、通讯、文艺外，还介绍 育儿常识与家庭卫生，增进妇女知识， 1948年11月停刊。	1941.9— 1948.11
妇女周报	上海妇女周 报社编		1941
妇要卫生	上海妇要卫 生编委会编 辑		1941.11
妇女工作 （季刊）	贵州省妇女 工作委员会 编		1941—1942

续表

刊名	发刊地/出版社	刊物情况	时间
妇女月刊	南京妇女月刊社编		1941.11—1948.6
女声（月刊）	创刊时是太平出版印刷公司，后来迁至上海爱多亚路、博物院路	主编是日本人佐藤俊子、后来为地下党员关露。《女声》出版秉承"为女界而呼声"的女性立场，以启蒙女性、为女性服务为立场。设立"先声"、"余声"、"评论"、"世界知识"、"所见所闻"、"信箱"、"家政"、"卫生"、"美容"、"新装"、"妇女与职业"、"修养"等栏目。初期每册仅一元五角，但随着上海物价飞涨，1945年7月最后一期达到每册二千元。	1942.5.15—1945.7.15
东方文化	上海东方文化月刊社		1942.6—1943.6
甘肃妇女	兰州甘肃省妇女工作委员会		1942.3—1948.9
四川省妇女代表大会特刊	成都四川省妇女代表大会		1943.12
四川省立成都女子师范学校四十周年纪念刊	彭山四川省立成都女子师范学校		1943
东方文化	成都东方文化社	月刊。主要登载研究中国传统文化方面的文章。设有论著、文艺、文汇等栏目。	1943.5—1945.9
妇女合作运动	重庆各机关公务员工眷属生产合作推广部		1943.2—1945.1

续表

刊名	发刊地/出版社	刊物情况	时间
现代妇女（月刊）	上海，欧查主编		1943—1947
新光（月刊）	北京，雪芦总编	该刊为日伪统治的产物	1943.10—1944.4
中国妇女慰劳总会专刊（年刊）	四川，重庆中国妇女慰劳自卫抗战将士会编		1943—1945
妇女合作运动（双月刊）	四川，重庆各机关公务员工属生产合作推广		1943.2—1944.12
女青年月刊	江西女青年月刊社		1944.8—12 1946.1—3
女铎（月刊）	上海广学会编		1944.7—1945.12
现代女性			1945—1946
妇女	上海中华基督教女青年会	主编徐学海。该刊立足上海，面向全国，在知识界妇女中较有影响。每期有"一月妇女"专栏，通过事实揭露国民党统治的腐败。该刊还曾就妇女失业、争取生活保障、社会保险、职业进修等问题进行讨论。	1945.10—1949.7
新妇女	北平新妇女月刊社		1945.10—1946.5
前进妇女	上海该社		1945.10—12
女青年（月刊）	南京女青年月刊社编		1945.1.—1946.9
妇女生活（月刊）	南京，妇女生活社编		1945.1

续表

刊名	发刊地/出版社	刊物情况	时间
家	上海家杂志社		1946.1—1952.10
海潮	台北海潮杂志社		1946.5—1947.1
妇声	北平妇声月刊社		1946.10—1947.6
幸福	上海环球书报社		1946.5—1949.3
绿讯	上海全国邮务总工会妇女组织科	8开季刊,以全国各地女邮工为读者对象,用以沟通各地女邮工之间的信息,交流工作、生活和思想情况,以及为争取女邮工权利和改善生活提供斗争经验。该刊共出版5期,终刊于1948年。	1947.11—1948.9
生活	上海生活月刊社		1947.6—1948.3
生活杂志	辽宁安东生活杂志社		1948.8—1949.5

以上女性期刊资料整理自方汉奇:《中国近代报刊史》,山西人民出版社1988年版;沈智:《辛亥革命前后的女子报刊》,载《纪念辛亥革命七十周年学术讨论会论文集(下册)》,中华书局1983年版;王会林、朱汉国编:《中国报刊辞典(1815—1949)》,书海出版社1997年版;姚福申、史和、叶翠娣:《中国近代报刊名录》,福建人民出版社1991年版;许晚成:《全国报馆刊社调查录》,龙文书局1936年版;曹正文、张国瀛:《漫谈上海近代妇女报刊》,华东师范大学出版社1991年版,第24—27页;臧健、董乃强主编:《妇女报刊名录说明》,载《近百年中国妇女论著总目》,长春北方妇女儿童出版社1996年版;丁守和:《辛亥革命时期期刊介绍》(第四集),人民出版社1986年版;宋应离:《中国期刊发展史》,河南大学出版社2000年版;商务印书馆编辑部:《商务印书馆九十年》,商务印书馆1987年版;商务印书馆编辑部:《商务印书馆九十五年》,商务印书馆1992年版;宋素红:《女性媒介:历史与传统》,中国传媒大学出版社2006年版。

　　纵观这些女性期刊，我们会发现这些期刊的出现正印证了日本学者佐藤卓己在《现代传媒史》的观点，"如果说媒介具有沟通私人领域和公共领域的功能的话，那么城市就是媒介。而所谓城市论，就是阅读作为文本的城市空间"①。在中国现代化进程中，女性期刊作为都市文化的一种表征的同时推进着都市文化的构建和形成。这些期刊的诞生地生动地向我们昭示了一幅以上海、北平为中心，以南方大中型城市为辐射区域的期刊发展图景。同时伴随着近代中国出版传媒业的现代化发展，女性期刊作为近代女性写作的试笔台、爱国救亡的传声筒、女性解放浪潮的代言人、社会性别价值形态的反光镜，在中国现代化进程中占据了重要地位。女性期刊的出版从清末民初开始，经历了维新女学的兴起、民初争取女权的高潮，直至五四新思想革命给女性解放带来的全方位深层次启蒙，以抗日救亡图存为中心的民族战争，和以建立新政权为中心的解放战争的中国革命重要时期。它生动地呈现了大众尤其是女性的生活场景，使得一直隐藏在历史语境之外的近现代女性文学受众群体和女性生活以文本集成的样态凸显出来；特别是打破了中国古代社会女性基本沉默的文学状态，以女性期刊为平台，女性作者们积极参与现实社会生活、酬唱应答、交相辉映、同气相通，形成了近现代文学史不可多得的繁荣景观。

　　尤为值得注意的是，女性期刊作为民办出版机构的妇女刊物，既要迎合读者的需要，又要始终关注著名文化界领导人士对女性运动的评判。许多著名的人物加入了撰稿者的行列，所以女性期刊实际上反映了中国近现代知识分子，特别是精英知识分子的文化价值理念，而性别价值取向的矛盾、悖论、趋同、响应则成为研究中国近现代女性文学性别问题的又一绝佳场所。

　　女性期刊在大陆和台湾地区及国外多处保存良好，尤其自 2006 年开始，线装书局陆续出版了 3 期《中国近现代女性期刊汇编》113 种，共计 305 册，再加之国外对于女性期刊的收集整理，已经形成了女性期刊资料的比较齐备的规模。本书的研究，在百余种女

---

① ［日］佐藤卓己：《现代传媒史》，诸葛蔚东译，北京大学出版社 2004 年版。

性期刊中遴选《女子世界》、《妇女杂志》、《新女性》、《玲珑》四种文学创作多、思想史价值大、撰稿人文学史分量重的期刊为文本来源进行集中考察。这种选择具有以下考虑：《女子世界》从1904年冬创办到1905年停刊，共出17期，1906年2月秋瑾又续办一期，总计18期，由于是中国近代第一本女性期刊而受到学界重视。《妇女杂志》1915年创刊，至1932年初毁于战火，出版时间最长，共17卷204期，而有确切记载的文章数为4865篇（不包括图画1200幅）左右①，其时间跨度长、历史影响大，曾是五四时期女性思想解放的重要舆论阵地。《新女性》如前所述承续《妇女杂志》而创，1926年创刊，只坚持4年就废刊。刊物存在历史时间虽短，但在妇女评论、妇女运动思想方面仍居领袖位置，因而有其特殊地位。妇女图画类期刊《玲珑》存在于1931年至1937年，这本刊物代表中国女性的都市化倾向而在女性期刊界享有盛誉，亦能反映女性文化发展转向。四种期刊贯穿中国女性期刊发展的现代化进程，又各具特色、相互呼应，将这四种期刊联合考察，因此也就具有更完整的研究内容和准确的研究定位。以四种期刊为文本主要来源探析女性文学深层次结构的变化和格局的更迭，以文学上的表现和期刊的文化现象为征候探寻女性在近现代时期的思想变革，既是观察社会变迁的绝好视角，又把文学研究纳入一个更广阔的文化研究视域中。

二　女性期刊发展特色

（一）被启蒙的角色定位

在考察整体的女性期刊创作中，我们发现借助近代女性期刊这

---

①　此数字为明确标示某某女士所著的作品数量，但这当中，仍不能排除有男作家化名的情况。例如薛海燕在《近代女性文学研究》中所指出的《女英雄独立传》（1907年1月4日—3月4日刊于《中国女报》第1期和第2期），署名"挽澜女士"，实际为男作家陈渊的化名。各类征文1247篇；家政352篇；家政门44篇；小说321篇；名著31篇；杂俎122篇；自由论坛87篇；读者俱乐部32篇；家事研究32篇；家庭俱乐部108篇；科学谈屑34篇；讨论会62篇；通论20篇；通信21篇；通讯130篇；童话27篇；文苑232篇；新游艺24篇；学术18篇；学艺380篇；学艺门46篇；译海40篇；余兴250篇；杂载16篇；补白666篇；常识83篇；常识谈话44篇；传记22篇；调查12篇；附录33篇；附载25篇；记述门46篇；记述4篇；纪述104篇；纪载11篇；读者文艺63篇；妇女谈薮76篇；另刊载各类图像1200幅。

样一个媒介空间，更多的受过文字教育的女性群体开始创作。这种以群体状态出现的文学现象一方面与时代背景有关，另一方面也说明了现代女性文学萌芽期的真实状态。即我们"想当然"接受的——现代女性作家在五四时期大量涌现的文学现象，其实际来源于这些默默无闻于文学史的女性写作群的写作大地上。她们的主体是清末民初的闺秀和由女学培养出的或者是有留学背景的女学生，更准确地说是具备小学以上识字能力和写作基础的女性；比外就是职业女性群体，这些职业女性供职于学校、工厂、医院和公司等机构做着最普通、最基本的工作，而其略宽绰的闲资就是购买这类女性期刊以慰藉她们的业余生活。还有一些家庭背景优越、有机会接受教育而以贤妻良母的身份在家的女性群体，这部分女性群体将主要精力放在家庭日常生活上，也有一定的闲暇时间可以进行写作活动，通过投稿的方式向社会表达着她们的所感所思。而那些有家学渊源、广泛参与社会活动的则是当时社会精英女性知识分子群体，她们身先士卒，在女性解放的浪潮中呐喊鼓动、言辞激昂。不论这些女性从何社会阶层而来，从期刊所构建的社会舆论场域来说，她们的声音是微弱的甚至带有被遮蔽的嫌疑。因为就当时主流女性期刊作品发表情况而言，男女作者的比例仍然处于严重失衡的状态。

《女子世界》主要撰稿人有金松岑、柳亚子、徐觉我、沈同午、蒋维乔、丁慕卢、周作人等人，这些当时知名的文化人士都是男士，其刊物主要的如"社说"、"演坛"、"教育"、"科学"、"卫生"栏目基本撰稿权也操持在男性编辑者手中。当然，《女子世界》中不乏女性的声音，如秋瑾、杜清持、胡彬夏、张竹君、汪毓真，还有女校一些杰出学生如务本女塾学生张昭汉、明华女学校学生张驾美、嘉定普通女学校学生廖斌权、广东女学堂学生张肩任等等，她们在"女学论丛"、"社说"、"演坛"、"文苑"等栏目也有若干作品发表。但《女子世界》大小文章共计350篇左右，女性创作未及1/10。《妇女杂志》之所以闻名，则是由于当时诸多精英文化领导者的编辑或者撰稿人身份。纵观《妇女杂志》写作者，我们可以看见一个现代文学史上辉煌的学者名单：鲁迅、周作人、周建人、沈雁冰、叶圣陶、胡寄尘、陈望道、胡愈之、叶浅予等等，而这些主要撰稿人都是男性。"《妇女杂志》长达十七年的发行时间中，五四时期的妇女论述虽然攀至最高峰，但是当时大多数的中国妇女，不仅并非《妇女杂志》的主要读者或执笔者，甚至不见得是被讨论的主体。"① 性别差异之明显是显而易见的。1927 年 1 月创刊的《新女性》，主编章锡琛，主要撰稿人为章锡琛、周建人、孙伏园、许钦文、陈望道等。因从《妇女杂志》脱胎而来，故而保存了《妇女杂志》高峰激进时期大部分撰稿人。其作品量共计 900 篇左右，所知的女作家数量更少，不足 1/20。主编对这种现象表示："我们虽然也很希望男子们肯注意到妇女问题，但尤其希望女子们肯加以急切的注意。所以《新女性》可以说是为女子们而编辑的。可惜读者之中竟以男子居大多数，而撰述者之中，女子尤其是非常之少；这几乎使我们男子有霸占妇女问题研究的嫌疑，是何等使人失望的事情！"②

　　基本可以得出这样的结论：女性囿于自身的条件，是少有机会在刊物上发表见解和观点的。在这种情况下，女性的话语权利实际上掌握在男性手中，启蒙与被启蒙的关系是如此明显，在近代女性期刊的谱系中，出现了一个由男性建构—女性响应—身份认同的过程。宋素红在《女性媒介：历史与传统》中说，"妇女报刊在男性维新派的影响下出现"而在"新文化运动时期，近代化男性知识分子成为妇女报刊的议题设置者"。③ 这在一定层面上揭示了当时女性期刊编辑上性别权利走向。或许也正因为如此，女性期刊中的女性文章、女性立场、女性声音显得尤为珍贵。

　　（二）综合期刊的刊物设置

　　女性期刊就今天的考察来看，在办刊策略上都选择了综合期刊的定位。1898 年创刊的最早女性期刊《女学报》其内容就已经相

---

① 陈妊援：《〈妇女杂志〉（1915—1931）十七年简史——〈妇女杂志〉何以名为妇女》，《近代中国妇女史研究》2004 年第 12 期，第 32 页。
② 《排完以后》，《新女性》1926 年第 1 卷第 6 期。
③ 宋素红：《女性媒介：历史与传统》，中国传媒大学出版社 2006 年版，第 111 页。

当丰富，包括如女学、家事、体操、洋文、史学、地理、算学、格致、习字、绘画、裁缝、音乐等众多栏目。夏晓红在《晚清女性与近代中国》中对 1904 年创刊的《女子世界》进行了细致的栏目设置梳理：

> 第 1 期刊物尚在草创期，栏目设置不全。到第 2 期，《女子世界》的面目已大为改观，原有的图画、社说（后改称"论说"）、演坛、传记（后改称"史传"）、译林、谈数、小说、女学文丛诸栏目不变，又新增了"专件"栏，"文苑"（后改称"文艺"）中则于"学校唱歌"之外，增加了"因花集"（后又增"攻玉集"），"记事"在"内国"之后，也添加了"外国"。……从第 5 期开始，"加入科学（自然科学之有裨女子智识学业者）、卫生（注重家庭及育儿保健之方法）、实业（述刺绣、裁缝、手工诸项之裨益生计者）三科"，而且，"立说务求浅易，裨阅者人人能晓解，人人能实行"，目的是"为女子独立自营之绍介"，"译林"的内容便由或编或译的上述三栏以及新增的"教育"栏所取。以后虽仍有微小调整，却无碍于以杂志为女子教育补充教材的基本定位。①

《女子世界》栏目历经更迭但是基本保持了一些既定的栏目如"议论"、"文艺"、"科学常识"等综合类栏目。再比如《妇女杂志》，1917 年到 1919 年间的《妇女杂志》初期阶段就秉承了既往女性期刊的样式，16 开本，而且封面是石印彩色图画，印刷精美。该杂志形式上每期设有十余个栏目："图画"、"论说"、"学艺"、"家政"、"名著"、"小说"、"译海"等，内容涉及女子教育、家庭管理、科学常识，杂志的知识性、趣味性与使用性强于思想性；1919 年到 1925 年的《妇女杂志》内容转向追求女子根本解放，出现了专号的特别形式。在这些专号中，离婚、废娼、妇女运动、妇女职业、家事研究、妇女生活、妇女与政治、妇女与文学等问题都

① 夏晓红：《晚清女性与近代中国》，北京大学出版社 2004 年版，第 69 页。

有所讨论，此外还有一些专题讨论，如产儿限制、男女理解、婚姻问题等等。同时还增设"读者俱乐部"、"读前号"栏目，通过征文来吸引读者，并刊登读者来信提问及时做出回馈。研究者指出，"《妇女杂志》除了汇集各家各抒己见以探讨妇女问题外，它还有大量的生活服务知识，仿佛是一本日常生活的小册子，关于衣食住行、装饰、卫生、家庭急救、文学、美术、诗歌、女界新闻等各种小知识应有尽有，融可读性与思想性于一体，成为一份在当时深受都市知识女性欢迎并有影响的妇女杂志"①。

这种综合期刊的设置体制第一是符合当时妇女发展的实际状况，单以期刊消费层次计，内容丰富、多元的实用性刊物就能吸引更多女性读者；而综合性期刊中的女性常识科普与家事知识更具有实际应用效果，客观上推进了女性知识的增长和与社会接轨的能力；同时这种状况也揭示了女性文学在浮出历史地表早期的发生环境，独立的、成系统的女性文学传媒介质并未形成。在这种综合性期刊的定位中，栏目的增加和删减就成了体现编辑策略的重要风向标。而时代的浪潮、历史的推演也是这种改变最明确的推手。

（三）趋"势"而动的编辑策略

若谈及编辑策略，则必然与主编的编辑理念、出版社的商业利润驱动及人事变迁有着明确的关系。这种情况以《妇女杂志》最为明显。

《妇女杂志》从第1卷到第6卷，主编是王蕴章，他曾主编《小说月报》、《妇女杂志》，后任《新闻报》秘书，是鸳鸯蝴蝶派的重要小说家。在他任《小说月报》主编时，已用"蓴农"、"西神"的名字多次在《妇女杂志》上发表言论、小说及翻译著作。而且王本人工书法、通诗词，擅长写小说，正是这样的知识结构与倾向，使初期的《妇女杂志》有诸多的书法、诗词作品登刊，《妇女杂志》也成为当时鸳鸯蝴蝶派小说家集中发表的阵地。如胡寄尘在第2卷第2期至第12期连载《慕凡儿女传》；程瞻庐在《妇女杂

---

① 宋素红：《女性媒介：历史与传统》，中国传媒大学出版社2006年版，第111页。

志》第 4 卷第 1 期到第 6 期连续刊载《同心栀子弹词》；李涵秋的《雪莲日记》也刊载于《妇女杂志》的第 1 卷第 7 期到 12 期，第 2 卷第 6 期、第 7 期。在新文化运动轰轰烈烈开展时，王蕴章主编的《妇女杂志》则成为了一些青年学生抨击的重点①，应大势所趋而进行了改革。据章锡琛日后回忆当年担任《妇女杂志》主编之始末时说："《妇女杂志》，1915 年创刊，也是被罗家伦指名大骂的刊物之一，以前在王尊农主编时，欲借朱胡彬夏②的名义。……王尊农去职后，一时找不到人，钱经宇推荐我去充数。我因为这方面毫无研究，不敢轻易担任，经钱经宇一再督促，才勉强应允……"《妇女杂志》因为章锡琛的到来精神风气为之一变，成为了当时女性解放运动的先驱性杂志，其作家如鲁迅、周作人、周建人、陈望道、沈雁冰、胡愈之等人在《妇女杂志》上领一时风气之先，就妇女解放若干问题进行了针锋相对的探讨。在章锡琛的主持下，《妇女杂志》的改革路线似乎相当成功，但是"所内老编辑先生们看了都大为不满。同时因为《妇女》以前也大量刊登过鸳鸯蝴蝶派的稿件，这时

---

①　1919 年五四运动前夕北大学生领袖罗家伦，在《新潮》杂志上发表《今日中国之杂志界》（第 1 卷第 4 期），批评商务印书馆的《学生杂志》是"极不堪的课艺"，《妇女杂志》则"专说叫女人当男人奴隶的话"。《东方杂志》更是"毫无主张，毫无特色"，"对于社会不发一点影响，也不能尽到一点灌输新智识的责任"。时任《东方杂志》编辑的章锡琛说，当时高举新变化运动旗帜的刊物，首先向商务（印书馆）出版的杂志进攻。它们的批评，使得商务"在文化教育界的声誉顿时一落千丈"。商务印书馆也针对当时杂志的销量和时代热点，进行了编辑调整。1920 年 2 月 3 日，在商务馆的董事会上，传阅了上年的"营业总表"之后，张元济就指出，上一年不尽如人意的是，由于"新思潮激进，已经有《新妇女》、《新学生》、《新教育》出版，本馆不能一一迎合，故今年书籍不免减退"。

②　朱胡彬夏，即胡彬夏，朱是夫姓，旧时女子出嫁以后随夫姓。出身江苏无锡书香门第，近代著名的女性活动家。她的兄弟胡敦复、胡刚复都是早年留美博士，有"一门三博士"之誉。女学的兴起对促进近代知识女性的发展意义重大。同样竞遇的日本之崛起被清政府所效仿，兴起留日求学潮，大批女子走出国门，涌向日本求学。胡彬夏作为年仅 14 岁的少女，成为我国最早一批赴日本留学的女学生，而在 19 岁之际又通过考试被选送赴美留学，是我国首批官费留美的女学生之一，当时与之同行赴美的就有日后成为孙中山夫人的宋庆龄。按章锡琛回忆，胡彬夏是"上海私立大同大学校长胡敦复的妹子"。故而商务想借助她的声望来扩大杂志影响，提升自己的声誉，吸引读者的视线。她也曾在《妇女杂志》第 2 卷上连续发表几篇社论，但基本上是挂名，自王蕴章实际主持。谢菊会《妇女杂志的种种》中说："朱胡彬夏女士为主编……在各大报大登广告，对朱胡彬夏极尽吹捧之能事，实际上她与挂名差不多……一切均由王蕴章负责编辑。"

多被拒收，而且杂志经常受到上海名小报的攻击。王云五虽感到头痛，却因杂志销数增加，还没有什么表示，但在 1925 年 1 月发刊的《新性道德专号》上，由于我写的《新性道德是什么》和周建人写的《性道德的科学标准》两文，受到《现代评论》北大名教授陈大齐的抨击，使王云五大起恐慌"①。

章锡琛的辞职，意味着编辑内容与思想倾向再次转换。1925 年 9 月，《妇女杂志》由杜就田接任主编，《妇女杂志》来稿子也多半只能靠读者投稿，杂志内容也又回归到家庭在社会上的意义。在杜就田离开商务后，《妇女杂志》又经历了两次人事变动，但再也没有恢复五四时期的荣光，持续着平稳的基调。第一次是从第 16 卷第 7 号起由叶圣陶担任主编，他的到来带回了一批作家群体如巴金、叶浅予等，甚至章锡琛与周建人也重新成为撰稿人。但是这些作家更愿意将文学作品发表在《新女性》上，随着叶圣陶加入开明书店《中学生》的编辑群，他带回的激进作家也随之在《妇女杂志》上消失。第二次则是在 1931 年 4 月，杨润馀担任主编。她是《妇女杂志》作为女性期刊的唯一一任女性主编。然而由其主持的《妇女杂志》在出版 8 期之后，就在日寇的炮火中结束了生命。

法国学者 Jacqueline Nivard 在对《妇女杂志》研究中将其分为四个时期②，海外学者王政承则把创刊到茅盾（沈雁冰）参与编辑称为"贤妻良母"时期；从茅盾参与编辑到章锡琛接掌主编，称为"新文化自由主义、妇女主义"时期；章锡琛离开商务印书馆以后，统称为"女性主义堡垒的陷落"时期。纵观这些分期方法基本都是以编辑主编的更迭来划分杂志的内容走向，可见编辑策略的改变对于期刊的影响。

---

① 章锡琛：《漫谈商务印书馆》，载《商务印书馆九十年（1897—1987）》，商务印书馆 1987 年版。

② Jacqueline Nivard 对《妇女杂志》的分期：从创刊到 1919 年是要求"温和改变"的阶段；从 1920 年到 1925 年为"起飞"时期，是对传统道德观念挑战的阶段；从 1926 年到 1930 年是回归保守的阶段；从 1930 年到 1931 年是五四时期激进哲学回光返照的阶段。与王政承观点基本一致。

皮埃尔·布尔迪厄在《艺术的法则：文学场的生成与结构》指出了"文化生产场"要受到"权力场"统治的现实："无论他们多么不受外部限制和要求的束缚，它们还是要受总体的场如利益场、经济场或政治场的限制。因此，文化生产场每时每刻都是两条等级化原则即他律原则与自主原则之间的斗争的场所。"① 而《妇女杂志》的主编更迭所带来的期刊内容上的变化则向我们昭示了期刊是时代复杂社会场域关系的突出体现。我们十分明确地看到了《妇女杂志》的经济的政治的"他律"原则是如何与章锡琛等人主张"艺术"的"自主"原则发生着此消彼长的力量变化，正是这种变化性在某种程度上印证着中国媒体业现代化进程中的艰难蜕变的痕迹。

第三节　本书研究的学术梳理与资料整理

"报刊因此可以帮助后世的研究者跨越时间的限隔，重构并返回虚拟的现场，体贴早已远逝的社会、时代氛围。"② 夏晓红之言也概述出了本书研究的用意，众学者的摸索前行，成为本书研究弥足珍贵的资源。由于现代女性文学创作与批评、女性运动史历来是女性学界研究重点，近年来又兴起女性期刊研究、女性社会性别史研究、女性与都市文化研究等学界研究热点，先对以往柜关研究成果、研究趋势略作回顾与评述。

近代女性研究建立在女性史史料整理出版基础之上，以前如胡文楷编《历代妇女著作考》，李又宁编《近代中华妇女自叙诗文选》，李又宁、张玉法编《中国妇女史论文集》、《近代中国女权运动史料》等材料不一一列数，2006 年开始，王长林、唐莹策划，初国卿作序的《近代女性文学期刊汇编》分为三个系列由线装书局陆续出版，郭延礼、季桂起、郭蓁、张秉国整理的《中国近代女性文

---

① ［法］皮埃尔·布尔迪厄：《艺术的法则：文学场的生成与结构》，刘晖译，中央编译出版社 2011 年版，第 193 页。
② 夏晓红：《重构晚清图景·晚清女性与近代中国》，北京大学出版社 2004 年版，第 2 页。

学大系》（3 种）丛书出版，这些女性作品、女性报刊的汇编整理为近代女性研究提供了资料。女性文学史研究也受到学界重视，著述如谭正璧《中国女性文学史》（部分章节）、陈东原《中国妇女生活史》、陶秋英《中国妇女与文学》（部分章节）、关爱和《中国近代文学史》（部分章节）、郭延礼《中国近代文学发展史》（部分章节）、乔以钢和林丹娅《女性文学教程》（部分章节）、薛海燕《中国近代女性文学史》、王绯《空前之迹——1851—1930：中国妇女思想与文学发展史论》等专著都促使近代女性研究浮出了历史地表，也为本书研究的历史脉络进行了清晰的划定。

女性文学与社会文化问题、性别史研究也是研究女性问题的重要线索，在这方面出现夏晓红《晚清女性与近代中国》、乔以钢《多彩的旋律——中国女性文学主题研究》、刘人鹏《近代中国女权论述——国族、翻译与性别政治》、杨联芬的《晚清至五四：中国文学现代性的发生》、张莉的《浮出历史地表之前——中国现代女性写作的发生》、胡晓真《才女彻夜未眠——近代中国女性叙事文学的兴起》、鲍振培《清代女作家弹词小说论稿》等一大批在国内外引起反响的学术专著，他们相互促发、颠覆创新，对旧有的女性文学研究观念和女性文学问题进行了重新阐释。

对于女性期刊的研究也是学界研究近代女性问题的另一种突进方式，代表专著有夏晓红的《晚清报刊研究》、李欧梵《上海摩登——一种新都市文化在中国（1930—1945）》、宋素红《女性媒介：历史与传统》、李晓红《女性的声音——民国时期上海知识女性与大众传媒》、周叙琪的专著《一九一〇——一九二〇年代都市新妇女生活风貌——以〈妇女杂志〉为分析实例》、法国学者 Jacqueline Nivard 的 "Women and the Women's press: The Case of The Ladies' Journal（Funv Zazhi）1915—1931"，2003 年台湾地区的"中央研究院"近代史研究所主办的国际学术研讨会出刊《近代中国妇女史研究》第 12 期及论文集《〈妇女杂志〉与近代中国女性》等系列成果。这些期刊和论文集对中国女性清末民初的生活变迁进行了细致研究，而后现代、女权主义理论的引入对女性历史文化研究有了很多新的开拓，对本书研究也颇有启发。

　　值得一提的是台湾学者在女性期刊研究领域做出了持久的努力，台北"中央研究院"近代史研究所编辑出版的《近代中国妇女史研究》期刊、《无声之声——近代中国的妇女与国家（1600—1950）》（吕芳上主编）、《无声之声——近代中国的妇女与社会（1600—1950）》（游鉴明主编）、《无声之声——近代中国的妇女与文化（1600—1950）》（罗久蓉、吕妙芬主编）运用文化研究、性别批评、人类学、历史学、社会学等多种方法对近代中国女性史中的女性期刊进行了很多个案及综合研究，再如邓小南、王政、游鉴明主编的《中国妇女史读本》、周叙琪的《一九一〇——一九二〇年代都市新妇女生活风貌——以〈妇女杂志〉为分析实例》、罗秀美《从秋瑾到蔡珠儿——近现代知识女性的文学表现》、胡晓真《才女彻夜未眠——近代中国女性叙事文学的兴起》等研究均从新视野、新方法对女性期刊史料进行翔实整理和创新性开掘，从而对本书研究具有方法启示意义。

　　国外学者对女性期刊的研究也很重视，视其为了解中国现代化进程和考察中国女性史的重要窗口。2000 年在日本东京大学的村川雄一郎教授主持下，专门成立了《妇女杂志》研究会，并开展了"《妇女杂志》所呈现的近代中国女性研究"计划，在 2003 年 12 月 9 日至 20 日，由"中央研究院"近代史研究所"妇女与性别史研究群"主办、日本东京大学"《妇女杂志》研究会"协办了"《妇女杂志》（1915—1931）所呈现的近代中国"国际学术研讨会。出版了"《妇女杂志》研究专号"和日文版论文集《〈妇女杂志〉与近代中国女性》，遗憾的是至今尚无中文版本。此外研究会还制作了《妇女杂志》全 17 卷总目录，但囿于网络原因，大陆地区尚不能查询。须藤瑞代（日）《中国"女权"概念的变迁》从社会史角度深入考察"女权"思想及概念在中国的更迭变迁；高彦颐（美）的《闺塾师——明末清初江南才女文化》重新认定晚晴时期的中国性别结构；刘剑梅（美）的《革命与情爱——二十世纪中国小说史中的女性身体与主题重述》阐释了政治革命权力话语对女性身体控制和女性自身生命丰富性的张力；胡缨（美）《翻译的传说——中国新女性的形成（1898—1918）》从文学翻译中探讨中国新女性的家国隐喻符号等等。这些观点对丰富本书研究视域、多角度、多维度思考近现代女性文学创作提供了范例。

　　论文方面，具有代表性的如刘慧英的系列论文：《"妇女主义"：五四时代的产物——五四时期章锡琛主持的〈妇女杂志〉》、《从〈新青年〉到〈妇女杂志〉——五四时期男性知识分子所关注的妇女问题》、《被遮蔽的妇女浮出历史叙述——简述初期的〈妇女杂志〉》。这三篇论文分阶段描述了《妇女杂志》的历史，凸显了《妇女杂志》在近代妇女解放运动中聚焦女性生活实景、揭示潜藏在貌似先进的男性话语启蒙者思想中的性别偏向，揭示了近代女性举步维艰的发展状况。郭延礼的近代女性研究近年出现了系列论文成果：《20 世纪初叶中国女性文学的转型及其文学史意义》、《20 世纪初中国女性小说家群体论》、《20 世纪初女性小说书写中的"以译代作"——兼论中西文化交流早期的一种文化现象》。郭延礼以文学研究体裁论与作家论切入近代女性文学研究领域，一手资料的占有和仔细的文献梳理使得其观点具有丰富的史料价值和前创意义。其他如王翠艳的《益世报·女子周刊》研究、李奇志的有关清末民初文学中的"新女性"想象主题论文也在观点上给予笔者很多启发。硕博论文方面，硕士论文多聚焦具体期刊的历史整理、文章分类与观点归纳。博士论文则颇多精彩言论，如刘峰的《清末民初女性西游与文学》、周乐诗的《清末小说中的女性想象（1901—1911）》、崔琇景的《清后期女性的文学生活研究》、鲍振培的《清代女作家弹词研究》、宋声泉的《民初作为方法——本土视域中的文学革命》等等论文以新视角、新思路综合运用史料的操作方法，小角度、大视野的剖析方式都给人留下深刻印象。

　　综合以上学者的研究思路和路径方法，可见对于女性期刊研究有这样几个趋势：第一是研究对象上出现晚清至现代的模糊勾连趋势，王德威的"没有晚清，何来五四"提出了近代与五四文学的重要承续关系，而众学者仍以"还原历史"、"重塑五四主体"的旗帜，将晚清至现代进行整体考察和观照。第二是在研究方法的"以文证史"趋势，研究者多将期刊文本作为一种"以文证史"的媒介，关注点在作品或创作活动中所包含的社会历史信息，文学与其产生的历史背景的关系，以及文学书写对历史认知的塑造功能。第三就是局部的新的归纳研究思路。即对熟悉的研究对象挖掘其新的历史认识和内涵，对女性期刊上的老问题用新的理论或者新的视域重新阐释，以期获得创新性结论。虽然众学者针对晚清至现代阶段女性文学的发展进行了卓有成效的研究，但目前对于近现代女性期刊的研究工作有待进一步深化。首先，"以文证史"的研究方式使得女性期刊研究关注女性解放文本表征，忽略了文学创作的存在本体研究。对女性群体性写作的出现和创作中蕴含的文学审美价值鲜少研究，也未曾深入考究近代女性写作萌芽期在社会、时代中的各种力量的交互作用。其次，对女性期刊的既有思想史研究存在只从五四时期中的部分女性期刊先进论调推断当时整个中国妇女意识的水平的状况，将期刊人为地"割裂"，将女性写作进行了想象性"误读"。最后，尽管现存女性期刊汗牛充栋、数量巨大，但对女性期刊的女性创作研究方法多以单个期刊为研究对象，虽然纲目清楚，但往往对期刊整体现象背后的规律和本质缺乏探究，因而为女性期刊的研究工作留有不少空间和余地。

第一章

文学写作与自我发现：女性期刊的
女性文学叙事

在绪论部分，我们讨论了女性期刊诞生时期的多元调和时代背景，对于20世纪初期的女性而言，她们不仅在世纪之交拥有了政治、经济、教育等多方面与男性平等的机会，搭乘中国近代化转型的媒体发展之车，她们获得了能够发表言论、塑造媒体舆论风向的可能。她们在这一媒体平台上投稿、写作、交流，借助纸质媒介，她们抒情怀古、增长见闻，她们激扬文字、力参国事。一个亘古未有的社会性别文化空间正在初现端倪，而这当中最具表征性的就是女性的文学创作。

受到女性期刊综合期刊的办刊定位影响，女性期刊上刊登的文学作品多数篇幅短小，内容集中。而从体裁上说，也呈现出和今日文学不尽相同的情形，我们今日认为是定律的文学四大体裁：小说、戏剧、散文、诗歌，在当时却仍然是一个有待建构的系统，以女性期刊上频频出现的弹词为例，有学者认为，近代的女性弹词创作是女性叙事文学的兴起①，而不同观点则认为："女性写作的弹词不是一种单纯的小说，而更应被看作一种叙事诗。"② 此类观点的争论恰恰证明了文体形式在近代处于转型期的"过渡"现实。而期刊的时事评论及时、迅捷的特征为女性的政论文写作提供了一个广阔的平台。如《女子世界》的"论说"、"演坛"、"女学文丛"，这些栏目刊登了很多女性的"新文体"散文，《男女都是一样》（广东

---

① 胡晓真：《才女彻夜未眠——近代中国女性叙事文学的兴起》，北京大学出版社2008年版。

② 薛海燕：《近代女性文学研究》，中国社会科学出版社2004年版，第179页。

女士杜清持）（1904 年第 6 期）、《留学日本秋女士瑾致湖南第一女学堂书》（秋瑾）（1905 年第 1 期）、《争约劝告辞》（务本女塾学生张昭汉）（1905 年第 2 期），《妇女杂志》的"论说"① 刊登的《二十世纪之新女子》（朱胡彬夏）（1916 年第 1 期）等等不胜枚举，这一被后世称为梁启超首创的具有摧枯拉朽之势的"新政论文体"很快在女性期刊上催生了女性政论文学家队伍的出现，郭延礼在《20 世纪初叶中国女性文学的转型及其文学史意义》中指出："女性政论是 20 世纪初女权运动的舆论产物，女权运动中的重要话语和热点，在女性争论中均有全方位的体现。"② 甚至女性文学的传统类诗词部分，也因时代变化出现了"学府歌词"的新门类，其他如小说更被时人分成新闻小说、教育小说、家庭小说等各种类型，总体来看，女性期刊所展现的女性写作状态既生机勃勃又模糊懵懂，种种特征都说明了在这一过渡时期女性文学规范尚在形成，女性文学品类仍在摸索前行的事实。

在考察这一阶段女性文学创作的时候还有一个棘手问题亟须解决，即女性写作者的写作处于初期的芜杂模糊状态，而如前所述的男性作家则往往使用女名来进行创作，1902 年，《杭州白话报》和《新小说》分别发表了"曼聪女士"的《女子爱国美谈》和"岭南羽衣女士"的《东欧女豪杰》。此后，《女子世界》、《白话》、《月月小说》、《江苏白话报》、《中国女报》、《时报》、《神州日报》、《民立报》等刊物也都发表过一至两篇署为女性身份的小说。其中一些小说实际上是男性拟作的，如"岭南羽衣女士"被认为是罗普，"挽澜女士"可能是陈伯平。③ 以周作人为例，在《女子世界》中，他共发表小说及诗歌 10 篇，而他的笔名都是"会稽十八龄女子吴萍云"和"吴萍云"、"萍云女士"、"碧罗女士"、"病云"这类女性名。这一方面反映了女性作者在当时的确十分匮乏，另一方

① 从第 2 卷第 1 期开始更名为"社说"栏目。
② 郭延礼：《20 世纪初叶中国女性文学的转型及其文学史意义》，《上海师范大学学报》2009 年第 8 卷第 6 期。
③ 宋声泉：《民初作为方法——本土视阈中的文学革命》，博士学位论文，南开大学，2013 年，第 94 页。

面也使得女性期刊上女性写作更显弥足珍贵。在以往的女性文学研究中，如薛海燕、郭延礼、宋声泉等人业已总结的女性作家作品，代表性的是"《小说时报》、《女子世界》、《小说丛报》、《香艳杂志》、《春声》、《小说画报》、《小说海》等民初的重要杂志，分别发表了杨令茀的《瓦解银行》，吕韵清的《秋窗夜陈》、《彩云来》、《金夫梦》、《红叶三生》，汪咏霞的《埋愁冢》，姚琴娟的《一剪血》，朱畹九的《怜卿曲本事》，徐畹兰的《悮悮》、《以嫖治嫖》、《周莲芬》，黄翠凝的《离雏记》，黄璧魂的《沉珠》，明离女子的《珠光剑气录》等"①。此外，《礼拜六》的温倩华、幻影女士、陈翠娜、黄璧魂和吴忏情等五位女性小说家也创作了颇多小说，幻影女士在《礼拜六》的第19期到第86期发表作品11篇。十余年的女性作品仅有数十部小说流传，这在一定意义上提示我们清末民初女性作品发现的史料价值。因此这一时间段的女性期刊的女性作者作品收集整理工作也显得尤为重要。正是从这一基础上，我们得以从大量零散资料中考察女性文学萌芽时期的发展特征，而其中所蕴含的某些问题也成为了我们研究五四女性作家群出现乃至影响女性文学发展脉络的重要佐证。

第一节　主体与真实：女性自叙传体叙事

> 历史存在我们每一个人身上，它的数据就在我们自己的胸中。因为，只有在我们自己的胸中才能找到那种熔炉，使确凿的东西变为真实的东西，使语文学与哲学携手去产生历史。②
> ——（意）贝奈戴托·克罗齐《历史学的理论和实际》

---

① 宋声泉：《民初作为方法——本土视阈中的文学革命》，博士学位论文，南开大学，2013年，第95页。此内容参见郭延礼论文《20世纪初叶中国女性文学的转型及其文学史意义》，薛海燕专著《近代女性文学史》也有论述。

② ［意］贝奈戴托·克罗齐《历史学的理论和实际》，傅任敢译，商务印书馆1997年版，第3—4页。

　　1915年6月，近代"诗歌王子"易顺鼎的妹妹易瑜，湖南汉寿县私立女子小学堂堂长，在她人生的第48个春秋，回忆自己前半生的经历感慨良多："人之生也，虽享寿百年，其光景之过跟若雷霆之竞相激也，若风之飘而旋也，转瞬即逝，莫可追索。"而让她难以忘怀的是在父母身边时度过的鬌龄时光，于是她写了一篇传记体小说《鬌龄梦影》发表在《妇女杂志》上。让她意外的是，这篇小说在当时大受好评，她在给北京的哥哥易顺鼎的信中写道："妹近撰有《鬌龄梦影》一编，刊入商务印书馆《妇女杂志》第六、七卷小说栏内。中叙儿时之情事，并述二大人之言行及兄幼年陷贼事。中多遗忘，文字亦欠典雅，而该馆则颇欢迎，屡促完稿。"① 易瑜自己惊讶于这篇短文的受欢迎程度，可能由于这篇文字只是自己尝试自传的一种写作而已，本是有意作之，却带有无意之思，而读者也对当时少见的女性作家写就的文字本就更为注意，况叙述童年成长情及事，笔触细致婉丽，远比一般说教文字更易接受。但是易瑜本人也未曾想到，她的无意识的创作却代表了一种有意识的创作方向，从资产阶级维新派开始兴女学、废缠足运动开始，女性解放这一时代主题牢牢占据了思想解放运动的最前沿，伴随的是女性运动和女性文学创作的蓬勃兴起。在这样的时代浪潮中，女性作家用笔墨书写了很多描摹女性解放的小说，代表如王妙如的《女狱花》、邵振华的《侠义佳人》、南海蕙珠女士的《最近女界现形记》等等，长篇、短篇小说数量达到160余篇。② 但是我们必须认识这样一个学理前提，那就是明清以来女性文学真正涉足叙事领域创作③，而非诗、词、歌、赋这些传统体裁，往往步履维艰踯躅前行，连胡适这样的学术大家在突然转头写白话诗歌时尚且"尝试"，女作家的叙事创作则要面临更大的挑战。在这种前提下，学界对女性的政

---

　　① 初国卿：《中国近现代女性期刊述略》，载《中国近现代女性期刊汇编（一）》，线装书局2006年版。

　　② 郭延礼：《20世纪初中国女性小说家群体论》，《中山大学学报》（社会科学版）2011年第2期。

　　③ 目前学界有学者认为，女性叙事文学在明清主要体现为弹词小说，见胡晓真著作《才女彻夜未眠——近代中国女性叙事文学的兴起》。

论性小说、女权小说予以极大关注①，一种最显而易见的事实被遮蔽了，即女性为何会冒天下之大不韪采用自传体小说或书信体、日记体书写历来禁忌的私人生活？这种"文学性"写作的价值是否有待被重估？并且这种内倾性选择绵延不绝，到现代文学女性作家创

湖南西路女教育家

浙省文敏字参堂
保瞻县人

局染字仲房
汉溶县人

图1—1　易瑜像（右一）

作中一度达到鼎盛，如丁玲《莎菲女士日记》、萧红《呼兰河传》等作品甚至到当代文学的林白、陈染及近来女性"身体写作"仍是余殇。郁达夫说："至于我的对于创作的态度，说出来，或者人家要笑我，我觉得'文学的作品，都是作家的自叙传'这一句话，是千真万确的。"② 但在郁达夫创作意识中自叙传写作方法已经是一种成熟的自觉选择，与女作家的无意识选择明显具有区别，因此考察现代女性创作的体裁选择，需要仔细梳理前五四时期女性作者的创作，从前人的步履痕迹中探寻历史发展的明灭路向。

正是在这一研究思路上，近代女性期刊上刊载的一些女性自叙体叙事文本③如易瑜的《髫龄梦影》、赵璧如的《赵璧如女士日记滕稿》进入笔者的研究视域。它们大多已经湮没于历史的故纸堆，但在文本演变中体现了五四前后叙事类文体过渡性特征，而这种以

---

① 如近年来有关近代女性文学的考察多集中于女性作家群的探讨，或者是女性响应时代，参与资产阶级维新改良运动的成果。见郭延礼《20世纪初叶中国女性文学的转型及其文学史意义》，刘琦《中国近代女权小说和妇女解放》等论文。

② 郁达夫：《过去集·五六年来创作生活的回顾》，开明出版社1996年版。

③ 当时《妇女杂志》刊载的日记体叙事很多，据统计共计21篇。这其中有小说、记叙，而作者有当时著名作家李涵秋，也有名不见经传的女学生、女性读者。

第一人称为叙事人称，以自己的生活为素材，用类似散文体的语言写作成的后视性叙事，特别接近于 1971 年法国学者菲力浦·勒热纳的《法国的自传》中对中世纪到 20 世纪中期的法国自传文学的定义。其自叙模式充满了独特的女性"意象"，这些"意象"既继承了中国古代"传记"文学传统，又凸显了女性叙事模式。

一　创作动机：自我与"才""德"的创伤体验

西方女性主义文学批评家在探讨女性创作时，普遍发现了这样的规律："妇女与男性创作的一个显著区别就表现在对文学体裁的不同选择上。就写作方法而言，妇女喜爱自白性的创作，如自传、日记、书信等，关注的是日常生活中的琐琐碎碎的小事，而很难去关注大事件和大题材。"① 而按照米兰·昆德拉的说法，"在十八世纪中叶，是理查德森通过书信发现了小说的新形式，人物的信件中坦白他们的想法与情感。……理查德森将小说推上了探究人的内心生活之路。我们都知道他的那些伟大的继承者：歌德、拉克洛、贡斯当，然后是斯汤达，以及与他同时代的作家。这一演变的最高峰在我看来是普鲁斯特和乔伊斯"②。可见女性自叙性叙事虽然在范围上偏于狭仄，但是对心灵世界的描绘确实把握了现代小说的关节点。而心灵的发现、性别的觉醒正是近代女性文学书写的重点。易瑜《鬓龄梦影》和以往的女性传记形成差别的最重要因素就是"自我"的呈现以及推己及人的批判锋芒。文本开篇就阐明了作者书写自传的原因在于"事过情留，时移物换，抚今追昔，能不有感于心哉？……文字虽无可观，然当时社会之理想，教育之状况，余父余母之言行，余家之悲欢离合，或关于历史，或关于政治，或切于修身行己之道，以贡诸吾女界，或亦不无小补焉？"这种以自身经历力图证明一种道理，或对社会具有启示意义的立传初衷，即合于传统文人的传书立言传统，又与明清时代的女性传记承接，我们翻阅

---

① 张岩冰：《女权主义文论》，山东教育出版社 1998 年版，第 97 页。

② ［法］米兰·昆德拉：《小说的艺术》，董强译，译文出版社 2012 年版，第 31 页。

陶贞怀的《天雨花》①，可在这部中国古代最早女性叙事文本中看到这样的身世自序内容，"余生长乱离，遭时患难，每读英雄之传，慨然忠孝之才。……家大人有水镜知人之明，抱辋川卷怀之首，惜余缠足，许以论心，谓余有木兰之才能，曹娥之志行，深可愧焉。……今者风木不宁矣，生我、知我、育我、授我，我何为怀！寄秦嘉之札，远道参军；悼殒襟之殇，危楼思子。爰取丛残旧稿，补缀成书"②。可见，时世的危难，身世的磨难，是这些女性作者共通的时代经历，而为个人情感进行总结并且希图文字对社会有所帮助是她们的功利指向性目的。但是，易瑜与264年前的陶贞怀不同之处是，她的自传是一个自发的结果，而非"家大人"的"许以论心"。于是，她的自传小说赫然出现的是一个自我形象，而非陶贞怀的假以他人的弹词故事。这个"自我"意象的彰显在小说中主要是通过教育这一成长过程加以体现的。

如美国学者高彦颐在《闺塾师》中对明清以来女性教育及生存状况的考察所得出的结论一样，女性在封建社会并非完全是"祥林嫂"一般的存在模式，"儒家性别伦理的内在矛盾，使妇女在其有限的生存空间内，拥有了一定程度的自由，但这一生存空间是支离破碎的，各阶层的妇女中间并无共同利益"③。基于这样的认识，我们将不难理解为何《红楼梦》中的众女子（尤其是小姐）诗词歌赋琴棋书画皆通的情况，更会对官员贵族女眷的实际教育空间进行一个重新的评估。

在此基础上，对于易瑜在《鬓龄梦影》中叙述自己从幼年起受教育情况则更有独特的价值。小说中说："时余已四龄，母命入塾随兄读书。师彭姓为吾邑之老儒，颇慈爱余等，余读三字经，兄读诗经。……盖当时之教育，小儿入塾，始则三字经，继而孝经、诗

---

① 据谭正璧《中国女性文学史》记载，《天雨花》是中国古代女性叙事类弹词创作"确知作书年代的最早的一部"，成书于顺治八年（公元1651年），而且这部作品"内容很丰富，思想也很高超，为当时通俗文学作品中一部杰出的作品"。

② 谭正璧：《中国女性文学史》，百花文艺出版社1991年版，第355页。

③ ［美］高彦颐：《闺塾师——明末清初江南的才女文化》，江苏人民出版社2005年版，第7页。

经、书经、易经、论语、孟子、礼记至左传而毕矣。"由于课业的繁重，使得易瑜在幼时十分痛苦，"尤有苦者，则塾师之虐待，使余等在塾如依虎狼，此又当时教育界中之怪现象，不能一一书之，以证于今之居学校者，其苦乐为何如也"。从上述叙述，一个活生生的闺秀女子生活得以展现出来，易瑜作为官宦子女，其教育权明显优越于当时女性，"母命"使她获得教育权利，正从另一侧面印证了不同阶层女性的不同权利范围的论证。但教育方法的单一却让孩童的教育遭到了重大的打击，这也是易瑜在 48 岁之时仍耿耿于怀的。她在后文中刻意总结说："背诵之法，学生甚苦，而师则不劳而获其益。……苏诗曰，旧书不厌百回读，熟读深思意自知，亦此理也。诵读亦未必尽非，但不可过多耳，多读则伤脑耗气，损血液，大悖卫生之道。当日勤恳好学之儿，率皆身体孱弱，神气衰飒，体壮而学优者，千百中不得十一焉。徒事诵读故也。"联系易瑜后来办学堂、兴女学①的实际举动，不得不说正是幼年的经历给她深刻的体会，从而在个人生命轨迹中写就了教育的传奇。

尽管读书苦，但易瑜却展现了她过人的聪颖天赋，一日月下，其父易佩绅②以"团扇如明月"为上对，而易瑜敏捷地对出了"流萤似朗星"的佳对。12 岁时，她的老师张姓老储生出对云"池内荷喧知雨到"，她马上对出"庭前花落识春归"。由于她的诗才出众，做出了"何处能消夏，云乡更水乡。酒从瑶盏注，诗向锦囊藏。器少相如涤，人原太白狂。金茎仙露碧，玉版墨痕香"的诗

---

①　兴女学在当时有其深刻的时代背景，可视为资产阶级维新改良提倡妇女解放第一次巨大行动。在 1896 年至 1897 年，梁启超在《时务报》发表《变法通议》，提出女子是"分利之人"的说法，而要使女性摆脱从属地位，就要妇女有职业，受教育。女学的兴亡，关系到保国、保种、保教。康有为、陈炽、郑观应等一大批有识之士纷纷倡议女学，从中国发展前途命运的角度阐释女学的重要意义，由此女学运动轰轰烈烈开展起来。从 1897 年开始，经正女学、苏州兰陵女学、严氏女塾、上海务本女塾、上海爱国女学等中国人自己办的女子学校相继出现，清政府也于 1907 年 3 月 8 日颁布《奏定女子小学堂章程》和《奏定女子师范学堂章程》，作为对癸卯学制的补充。

②　（清）易佩绅（公元 1826 年至 1906 年），字笏山，一字子笏，湖南龙阳人。生于清宣宗道光六年，卒于德宗光绪三十二年，年 81 岁。咸丰八年（公元 1858 年）举人。从军川陕间，积功授知府。官至江宁四川藩司。性负气，敢任事，官蜀日，与丁宝桢不相能，赖王闿运为解。光绪十年（公元 1884 年），以援台湾去。佩绅尝从郭嵩焘、王闿运游，诗学随园，有《两楼诗钞》、《文钞》、《词钞》，并传于世。

歌，于是老师惊异曰："女子有才如此，不必更求进步已。""事后乃不更授余功课，唯令温习旧书，亦不为之解。"易瑜在这里忍不住加以感叹说："至今思之，可笑亦可叹也。"就此易瑜的师学生涯于 14 岁基本告一段落。虽然易瑜的老师以"女子无才便是德"的陈规束缚了易瑜的求学之路，但是易瑜之后并未放弃自学的途径，实际上她自己叙述"次年，余始废读，稍习女红之事，而性又不相近，未久则弃去。日偕女伴嬉于园中，久复生厌，仍从事于学"。但是失去了老师的指点，她的进步明显变慢了。这时，一直鼓励她学习的父亲对于易瑜的诗才也开始有所顾忌，文中叙述，"余父以余姊之故，尤不欲予多做诗。尝言'女子无才便是德'一语，应改为'无才便是福'，盖谓福慧不能双修也。偶见余诗稍佳者，辄戒余勿多作。于是余之诗不能求其进境矣"。"余姊之故"，指的是易瑜之姊也擅长诗，文中小注写道："姊工诗词，善书画，自姊丈逝后，即长斋奉佛，余父特钟爱之。"父亲的阻拦无疑成了易瑜诗歌道路的又一沉重打击。如果说老师的劝解易瑜尚能以"可笑可叹"来形容，那么父亲在爱女心切心理作用下的"陈规"则无从辩白了。

梁启超在《变法通议》的《论女学》文中曾抨击"女子无才便是德"理论是"实祸天下之道也"①，郑观应也在《盛世危言》中厉斥"女子无才便是德"理论，提倡女学，"庶他日为贤女、为贤妇、为贤母……不致需糜坐食"。他们都是站在维新改良的立场上将女子的"才"理解为文盲的程度，但是对于易瑜这样的闺秀来说，才和德的冲突更激烈地体现在个人的生命意志和社会需求的矛盾中，古代传统文化对"才"女的普遍欣赏是女性以文学来浸润个人生活世界的一个有效途径，而"诗词更被认为最适于女性的本质，更足以为闺阁增色，使男性更得以优游于温柔之乡"②。但是德又与"妇德"相联系，于是女性的文化需求有可能使女性的欲望受

---

① 梁启超：《变法通议》，载梁启超《饮冰室合集》（第一册），中华书局 1989 年版，第 38—41 页。

② 胡晓真：《才女彻夜未眠——清代妇女弹词小说中的自我呈现》，载李贞德、梁其姿《妇女与社会》，中国大百科全书出版社 2005 年版，第 342 页。

到催化，从而破坏德行尤其是贞洁。① 作为一个寡妇，易瑜之姊被
要求的是"清心寡欲"，她自己也明确"长斋奉佛"了，但是 28 岁
就去世了②，不能不说有心情抑郁的原因，因此，易瑜的这段人生
经历不是不沉痛的，而对于女性的知识求索的摸索探寻也充满了酸
涩之意。将自己的求学生涯、生命历程加以描述自叙，带着一种治
疗的心理意味，这也是近代女性自叙写作的一个根本原因。

　　研究女性自传的学者观察到，"（女性的）自传总是包含着一个
全球性的、深层的病理治疗的过程：组创女性的主体"③。正是经由
自传的书写、以往教育经历的回顾，易瑜不仅梳理了自己的回忆，
更是重新审视了自己的生命过程，从中更加确定了"自我"，找到
了一种自我认同。我们读到了她对自身才华的骄傲，也体味着她才
华不得伸展的懊恼。她肯定性地从"创伤"经验中，找到了自己的
人生方向，小说最后说，人生有两大乐事，其一是承欢膝下，享受
天伦，但是自己已经年岁益长而不可得，其二"若曰得天下英才而
教育之，则余岂敢，惟朝夕龟勉以求其第二之乐云"。这种对自我
价值的肯定和彰显也是长久以来女性"传世欲望"的真实体现。长
久以来的女性传记被压制在妇言、妇德、妇工的领域中不得抒发，
我们难以在千篇一律的贞女、烈女传中看到有成长经历、有心理挣
扎的女性，而易瑜的《鬌龄梦影》无疑为我们揭开了传统与新女性
交界地带的女性生命的多重面貌。在叙述自己的教育经历时，她明
白地看到了女性因才德冲突而受到的求学阻碍；在其姊的人生经
历，她委婉地抒发了对传统女性生存状态的不满；而在与其兄的不
同求学前途对比下，她分明体验到了这个社会对于性别的不同期待
和"偏见"。尤其值得注意的是，她对于传统偏见的批判是机智的、
隐约的和言之有物、现身说法式的，较比同时期的"呐喊"，这种

---

　　①　最明显的例子就是汤显祖《牡丹亭》中杜丽娘的例子。

　　②　按照易瑜在小说开篇所说的"伯姊长余十三"，推断在文章最后的易瑜姊逝世的
年龄为 28 岁。

　　③　Domna C. Stanton，"Autogynography：Is the Subject Different?"，in Domna C. Stanton
ed.，*The Female Autograph：Theory and Practice of Autobiography from the Tenth to the Twentieth
Centur*，Chicago：University of Chicago Press，1984，p. 14.

姿势或许显得赢弱，但这种面貌是积极肯定、蓬勃向上的，这是从中国传统女性向五四新女性心理转变不可或缺的一环。

二 叙事内容：历史边缘化的真实女性世界一隅

几乎所有学者在研究女性运动发展历史时，都指出这样一个事实，"从近代文学家马君武译介赫伯特·斯宾塞的《女权篇》开始，中国的妇女解放运动就跟男性革命家和男性进步学者的倡导密不可分，取一种'常青指路'模式，而没有出现西方文化中那种泾渭分明、截然分立的性别意识，也没有形成独立的思想体系和权威性的代表人物"①。"当时女学开展仍未深入，女子可能已识大量文字，但是其从事案牍工作则仍有难度。而这种特征，在某种程度上也能表现男权社会中男子眼中女性的真实生活和必须接受的由男子灌输的正统思想的现实。"② 这些评论意见无疑是中肯的，纵观女性文学在近代的发展，我们不难发现女性的创作在波澜壮阔的时代浪潮中，往往成为意识形态的代言人或者男性思想的"回音机"，"天赋人权"、"保国强种"几乎充斥在大部分的小说的开篇，贯穿于文本的主题始终，一种坚强的、果敢的女性形象在男性倡导、女性协同的状况下成为旗帜。而被忽略掉的则是其中"个体"尤其是性别的辗转体验的苦痛和欢欣，于是一种个人经验的诉说反而变成一种缺失。今天，当我们考察女性在近代的疾行突进时，也充分认知了"秋风秋雨愁煞人"的审美价值，而女性期刊上的自叙传类叙事作品恰恰给我们提供了一个视角，让我们得以观察到新旧交替时代女性们真实"生活着的世界"，去体味被历史边缘化的真实女性生活场景。

《赵璧如女士日记滕稿》这篇日记小说刊登于《妇女杂志》第2卷第3期（1916年3月），作为闺秀的代表，赵璧如过着久居于内室的生活，但是在这种生活中，女性的身影已经频频"出轨"于社会生活空间中，并在自己的私人记录中留下心潮涌动的痕迹。"丁

---

① 陈漱渝：《云霞出海曙，辉映半边天》，《长城》2006年第6期。
② 初国卿：《中国近现代女性期刊述略》，载初国卿《中国近现代女性期刊汇编（一）》，线装书局2006年版。

未晴，诸戚友如黄彤阶姨丈、陈莲裳表叔、陈晴川世伯，携其喆嗣仪洛。暨谭义民、郑桂培、钟侣鹏三君，皆来贺岁。三君与余二兄为莫逆交。""戊申晴晨，莲裳表叔饬仆妇来，邀同游花埭，同游者陈家女眷五人，及吾姊妹。""戊午上午雨，下午放晴。六时，赴陈婉仪世妹海珠戏院观剧之约。""丁巳晴晨，珍姊返佛山夫家，吾等送至车站。……归途经书坊，购南海何梦瑶所著医篇一部，归即研朱点读。"从日记的只言片语，我们可管窥一斑当时女性的足迹，在古代女性文学作品中，我们可以发现传统劳动妇女的日常空间主要包括农耕、纺织与刺绣、制盐与贩盐、进香赶集与踏春。而近代以来，女性活动空间大大拓展，女性逐步进入了公共娱乐区，她们也开始体验现代文明带给她们的变化，这样一个活跃着女性身影的都市生活空间逐步形成，而伴随其中的也是她们对社会的感受的加深，如观看戏剧，"种族之感油然而生，某君谓演剧之感动人心，其效更捷于报纸，观此益信"。如看医学专著发表独特见解说，"觉其论证轩豁见地，虽不能尽脱王肯堂①范围，已自难能可贵，吾粤名医，著述绝少，得此差强人意"。如从道路看政绩，"沿途积潦没胫，行人苦之。街政良窳，识者每于是占国势焉"。无不发人深省，显示女性对家国、社会生活的关注和热忱。

最具有传奇色彩的是，这位自学成医的赵璧如女士，医治了黄彤阶姨丈的嫂子的重病。事件发生在"甲寅日，大雨上午八时"。黄姨丈急派人来请，"余不获辞，立往视之"。查看病者病情后，赵璧如说："殆矣，庸医误作伤寒治矣！姨丈问其故，余曰：伤寒风邪，自表传里，温病伏热，自里达表。伤寒初起，药亦辛散，温病亦清凉，受病迥殊，治法各异，此古人未达之旨。国朝名医，惟王清任、叶天士、王孟英三人，能发其微，贤如修园，尚以伤寒之法治温病，无怪市医一遇此证，辛热杂投，杀人反掌矣。"之后按照赵璧如调整的药方，病人很快痊愈了。赵璧如的"不辞"体现了一种勇气，更是对自己所学的自信，而对当下庸医的激烈批判，则体

---

① 王肯堂（1549—1613），金坛（今江苏金坛）人，他广泛收集历代医药文献，结合临床经验以 10 年时间编著成《六科准绳》。还辑有《古今医统正脉全书》44 种，著有《针灸准绳》、《医学正宗》、《念西笔尘》等。

现了她刚毅果敢的性格和恃才傲物的特质。①

这个事例似乎可以印证当时女性积极要求解放的"定论"②，也可见当时女权之风、女学之盛对女性自身认知的影响，但并未促使赵璧如一般的普通闺秀们都如秋瑾般走向革命的道路。因为对于她们而言，"新"的特质并未能够达到彻底逆向飞扬的程度，同时，她们更乐于享受闺秀生活的情趣，在这些女性的个人生活叙述中，我们更多地发现了一种与"时事"相背离的日常生活审美化的倾向。在阴雨的"晦日"，赵璧如会晨起令"小婢分置水仙二盘于几上，冰肌玉莩，清芬袭人"。在游园时，她会尽兴吐纳花卉之美，赞美墨兰的"含葩吐萼、绚烂精神"，欣赏古榆的"虬枝曲铁、细叶簌舒，亭亭如盖者，凡五层古色古香，令人翛然意远"。享受美食的乐趣，"煎桂花白糕，煮鸡脂汤圆，试之，清脄鲜美"；在女性聚会中饮酒和打牌，"是日为璇妹生辰，吾与珍姊，聚资治盛馔，为妹寿。布长席，倾良酿，罗列名花于四隅。母居中，姊妹群婢，依次列坐。引杯欢饮，载笑载言。……昔人诗云：'美酒饮教微醉后，好花看到半开时。'是悟道语。席撤，群作摸牌之戏"。或许激进观点者会认为这是女性被男权思想"奴化"的结果，但是这何尝不是当时寻常女性的真实生活状态的展露呢？当意识形态化极强的女权小说中那些"高歌猛进"的女性斗士占据近代女性文学研究视域主流的时候，也会存在如刘慧英分析的，"初期的女权启蒙出于维护民族国家利益而对妇女进行命名，同时在历史和现实中给予她们一席之地，并希望妇女像男人那样为民族国家献出自己的一切，而并不打算对妇女的历史进行反思和'还原'"③。

————————

① 实际上，当时的女性期刊有个重要的科学常识推广的项目就是医学知识，尤其是家庭医学常识的介绍。详见《妇女杂志》的学艺门 46 篇文章，每期都刊有医学文章如朱梦梅的《简易疗病法》等。

② 如陈东原在《中国古代妇女生活史》中的观点，"我们妇女生活的历史，只是一部被摧残的女性底历史！"再如杜芳琴在《女性观念的衍变》一书中所说的"政权、族权、夫权、神权这束缚妇女身心的四条绳索，将中国妇女牢牢束缚，直至今日仍阴魂不散"。

③ 刘慧英：《被遮蔽的妇女浮出历史叙述——简述初期的〈妇女杂志〉》，《上海文学》2006 年第 3 期。

　　我们再回过头来以"真实"的标准来审视女性自身生命历程的事件，我们就会发现更多历史缝隙中的声音。例如缠足，易瑜在《鬌龄梦影》中记述自己的缠足血泪史，"足乃溃烂，脓血淋漓，余日渐黄瘦"。可是这种身心遭受摧残的原因，起因却也是复杂的。易瑜回忆曾以"陋"字来形容当时的女性身体饱受压迫的情形。"女生三年必穿耳，五年必缠足"，但是易瑜的父亲易佩绅却"尤恶缠足"，而母亲的意见"亦不与世俗之见殊"。我们并未看见来自家庭双亲的压迫，反而是"家中亲故婢媪"以"彼苗种也，故不穿耳缠足①，汝将与之同类矣"对易瑜进行了恐吓，于是"余心惧"。在家庭"群聚议余缠足事"时，舅母也改变了话锋说，"宜听其自主，勿令他日长成怨人也"，易佩绅更说出了一段对缠足的惊人之词："汝意云何？我则谓天然之形体，束缚以求美观，甚无谓也。况并不美观，徒受痛苦，何益乎？然我亦不想强，视汝之志趣何如耳。"请注意这时易佩绅言论的时间是1872年②，而清朝以前，发此言论的只有南宋的车若水，清中叶之后的袁枚、李汝珍、俞正燮、龚自珍、钱泳③。维新变法运动中将缠足列为保国保种保灵的

---

　　① 永尾龙造的《支那民俗志》中记载，以种族言，缠足基本上是汉族之俗，蒙古、满、藏、苗、黎族妇女多不缠足，转引自林维红《清季的妇女不缠足运动（1894—1911）》，载李贞德、梁其姿《妇女与社会》，中国大百科全书出版社2005年版，第342页。

　　② 易瑜在《鬌龄梦影》中记载："余以父不喜穿耳，尤恶缠足，故迟至六岁犹未举行二事。"联系易瑜生卒年，据此判断此言出自1872年。

　　③ 五口通商之后基督教开始在中国盛行，传教士们来到中国后都对缠足恶习表示反感，认为是对女性的歧视和作践，应当废除。于是传教士们也有所行动，如1875年厦门教会的光照牧师组织成立"戒缠足会"，据记载有80多户教徒参加。这样的活动虽然影响力极小，却是有组织地反对缠足的先兆。1887年康有为在广东省南海县与开明士绅区谔良一起创办"不缠足会"，由于民众反对而失败。1895年，康有为与康广仁再次在广东成立"粤中不缠足会"，康有为的女儿同薇、同璧带头不缠足，据说使得"粤风大移"。1896年底，湖南人吴性刚在岳州成立戒缠足会，有会员40人。1897年后不缠足运动得到迅速发展。这一年广东顺德县组织不缠足会，入会人数多至百人，梁启超为此写了一篇《戒缠足会叙》。6月30日，上海不缠足总会成立，入会人数众多，更影响了福州、天津、澳门等地成立相应组织。1897年初陈保箓在长沙地区成立戒缠足会。"甲午战后，战败之耻激起有志之士寻求更进一步的图存之道。至此妇女问题受到真正更广泛的注意，而不缠足才成为有言论、有组织、有行动，在社会上引起较多回响的运动。"资料来源于林维红的《清季的妇女不缠足运动（1894—1911）》，载李贞德、梁其姿《妇女与社会》，中国大百科全书出版社2005年版。

重要举措，因此，易佩绅的言论既代表为父者的关爱，又无疑是清朝之后有识之士的一种发现，其言论早于不缠足会的成立及后来的诸多如郑观应、严复等人的见解。但是一个六岁的女童，怎么样都想融入周围都是缠足的社会，易瑜在后来的回忆中，悔不自已地说："嗟乎！使余当日稍具知识异于常人，必毅然从父之命，不为人言所动矣。奈何志趣卑下，耳濡目染觉家中除苗婢外，无一非纤足者，不缠足终非所宜。乃决然对父曰：儿欲缠足。父长叹而起，家人皆笑。"个体的需求终于屈服于从众的心态，但其生动的描述却向我们展示了复杂的文化、权力、习俗、家庭相纠缠的情形，而非只是简单的、单板的"父母之命"或者僵硬的"封建思想"作祟。这也是只有自叙类叙事具化反映女性生活实际的又一佐证。戴锦华指出："在五四女作家的创作中常常可以看到一种困窘：女性的经验要求被文本化，而一旦它们进入本文，又消失于本文中。"①这不得不说是五四女性又一次响应于社会主导的男性话语的结果。但是在自叙传类叙事如丁玲的《莎菲女士日记》、苏雪林《棘心》中我们仍然看到了女性经验与生活空间饱满的展现，这也是近代女性文学叙事传统的一种传承。

三　叙事模式：女性"今我"与"旧我"的对抗

菲力浦·勒热纳在《自传契约》中为自传进行了叙事学的定义，他认为，自传是"一个实有之人以自己的生活为素材用散文体写成的后视性叙事，它强调作者的个人生活，尤其是其人格的历史"②。而这种"后视性"在台湾学者李有成的《论自传》中认为："自传作者并不只是天真无邪地以书写文字重新捕捉其逝去的岁月，……撰写自传的过程，其实就是'现在的我'和'过去的我'之间互动的过程。自传作者的过去生平既是犹待阅读的文本，那么

---

① 孟悦、戴锦华：《浮出历史地表——现代妇女文学研究》，河南人民出版社1989年版，第23页。
② ［法］菲力浦·勒热纳：《自传契约》，杨国政译，北京大学出版社2013年版，第101页。

此生平也和文本一样，是个具有意义的表意系统。"① 或者借用巴赫金的理论来说，"小说最终将获得对话性"。自然，这种对话性往往并没有能够达到"复调"的高度。因为自叙体没有"众多的各自独立而不相融合的声音和意识，又具有充分价值的不同声音组成真正的复调"②。但是这种"今我"与"过我"之间交织而又悖反的关系确实成为了自叙体叙事的一个重要模式，这种模式也深深影响了五四以后女性作家们的创作。

在易瑜的《髫龄梦影》中，这种"今我"与"过我"的互动，形成了这部小说的叙事动力，从而构成了文本在思想和文化上的张力。自叙体叙事有比较常见的时间叙事线索。一般都是顺时针的回忆讲述过程，而另外一种叙述声音则往往夹杂其中构成了第二种声音。如前述的"嗟乎！使余当日稍具知识异于常人，必毅然从父之命，不为人言所动矣。奈何志趣卑下……"这样第二种声音的出现往往带有否定原叙事声音的作用。这种否定性声音的出现的立场，就是"今我"存在的价值取向和意识变化所产生的结果。这种结果也往往是时代意识形态和文化立场的一种投射，这种冲突愈激烈愈显现出叙述者自身变化的剧烈。这种叙事声音的不同，已经不只是简单"夹叙夹议"的问题了，它投射了叙述者身份的变化和由这种变化带来的性别建构问题。

但是，"今我"在"旧我"的叙述中也并非总是出场，这其中也有些更具遮蔽性意味的立场。如易瑜在《妇女杂志》第1卷第6期也就是《髫龄梦影》刊登的同期还有一篇《汉寿女子小学乐歌讲义》，内中的歌词是这样教育女学生的，"国旗招展，风和日丽，纪念庆嘉辰。革命功高，共和永固，专制一朝倾。独立精神自由幸福，奴隶永除名。二十世纪，辉煌灿烂，历史放光明！君不见，欧洲大陆，血染海潮腥；君勿忘，枪林弹雨，铁血立奇勋。愿我同胞，文韬武略，艺术日求精；祝我中华，巍巍民国，千载庆升平！"③ 这

---

① 李有成：《论自传》，《当代》1990 年第 55 期。

② ［俄］巴赫金：《陀思妥耶夫斯基诗学问题》，白春仁、顾亚铃等译，河北教育出版社 1998 年版，第 4 页。

③ 易瑜：《汉寿女子小学乐歌讲义》，《妇女杂志》1915 年第 6 期。

段歌词正是民国建立后易瑜对于共和制度的赞颂，但在《鬌》一文中，当叙述至其父时，却着力强调其为清朝官吏时为官清廉、尊重少数民族习惯、政绩卓著，叙述其兄为太平天国将军所掳，解救的援军正是清军的忠亲王僧格林沁。社会体制的变化和权力失落阶层的生活体验并未在易瑜小说中出现，可见文本遮蔽的恰恰是社会权利话语。这种选择一方面是清朝官宦子女的一种自保，更重要的则是在自叙传中不自觉流露出的对旧体制所带有的文化的依恋和眷顾。这也印证了作家对于经验的一种重整和建构的原理，"艺术家的怀旧，不仅仅是对经验的简单重温，对经验的翻检，实际上是对经验的一种重新的审视与发现。他在寻找经验中的某些具有艺术因素的闪光点，以及经验之间的某种意外的联系与组合。……经验作为生命与感知对象相遇的产物，是生命个体对感知对象的一次各取所需的吸纳"。① 易瑜的所需只是个人对既往生活的一种眷恋怀想，而现实的针对性指向就是女性的"教育"和"立世"。因此，站在已经被摧毁阶级立场的代言身份被更有号召力的女性教育者的身份替代。

如同易瑜在《鬌》一文中有节制地展现自己过往生活一样，细致考察近代女性的自叙传叙事，就会发现"今我"和"过我"两种声音的交织在近代女性叙事中呈现一种斑驳芜杂的状态，有时是显性的有意识的存在，有时则是隐性的无意识透露。女性的声音、女性的聚焦时时出现，但大多是响应着时代的呼喊和男性所"倡导"的意识形态的回响，这恐怕也是后来研究者在研究五四女性创作缺失时所指出的："这种写自己及同性经验的动机，似乎并不足以使经验变成本文或进入本文。似乎它在进入本文的途中遭到了某种催化作用或加工过程，结果在本文里，你更多看到的是对各种抽象观念的探讨和议论，那些作家私人性的或女性独有的经验，几乎淹没在诸如爱、人生意义友谊、恋爱神圣、情感与理智的冲突等浮泛而中性的时代语汇之海，失去了其独特和个性。"②

---

① 刘雨：《艺术经验论》，东北师范大学出版社 1998 年版，第 4—5 页。

② 孟悦、戴锦华：《浮出历史地表——现代妇女文学研究》，河南人民出版社 1989 年版，第 23 页。

袁进先生评论近代文学创作有这样的观点："中国近代小说偏偏是一个令文学史家棘手的问题，作品的数量虽多，若是论起审美价值，绝大多数都很缺乏，这是一批艺术上质量不高的小说。"① 而近代女性小说的创作相比较男性创作则更是量少而精品缺乏，因此易瑜《鬌龄梦影》与赵璧如《赵璧如女士日记滕稿》的发现首先具有的是一种史料价值。② 而其语言虽是文言，却也带有过渡时期的语言特色，属于一种半文半白的语言形式。在叙事上，其第一人称的叙事方法，叙事者和"我"的后视性视角、对于"自我构建"的努力，这些"自传"叙事方法的出现都丰富了近代女性文学叙事种类。当众学者对近代女性小说并未取得更大的成绩而蹉叹之时③，这两篇作品恰恰为展现女性心灵和生活世界提供了佐证。米歇尔·德·塞尔托（Michele De Certeau）表述历史研究的价值时曾意味深长地说："（历史研究）的目的在于'理解'，并通过'意义'来隐藏这一外来者的异他性（alteration），或者，等而言之，它意在安抚那些依然萦绕于现在的死者，并将它们送入经典的坟墓。"五四前的女性自叙性叙事是这样一类作品，它们总是真实的叙说，真实的展现，因此它们并不需要"意义"的正名，它们只是在历史的某个时刻期待被发现而已。

第二节　秋瑾弹词小说《精卫石》的
"闺怨"、"豪侠"叙事

弹词是流行于吴语区的讲唱曲艺，弹词小说指的则是借用弹词七字体的案头读物。17 世纪以来，尤其是 18、19 世纪，韵文体的弹词小说在中国南方广受欢迎，阿英在《弹词小说评考》中就认为

---

① 袁进：《中国小说的近代变革》，广西师范大学出版社 2009 年版，第 1 页。

② 这两篇小说并未出现在任何近代女性文学研究论文或资料中．这也体现了研究界对女性自叙性叙事的不重视。

③ 薛海燕在《近代女性文学研究》中指出，近代女性小说在叙事方面展现了小说创作的巨大潜力。而表现在小说文本中的一些粗制滥造现象，同时又说明有些女性作家对于小说探索尚没有足够的自觉意识。见薛海燕《近代女性文学研究》，中国社会科学出版社 2004 年版，第 233 页。

"弹词小说是南方的平民文学的一种"①，女性弹词更是作为女性案头文学的代表进入女性文学史。晚清民初，女性弹词小说②的发展也是比较惹人注目的。不仅诞生了如秋瑾、姜映清这样的著名弹词者，连带鸳鸯蝴蝶派的很多知名作家也都涉足弹词领域创作了很多佳作。虽然随着五四新文学狂飙突起的文学飓风刮起，它的踪迹被历史迅速吹散，但在至今保存良好的女性期刊中仍可窥见它的萍踪侠影，这既给了我们一个可以探究女性叙事类文学的窗口，同时又提供了一个对通俗文学与女性闺阁文学接壤地带观察的绝好机会。

为何女性独在弹词领域取得一席之地，甚至从明清以来成为被正统文学默许的一种女性创作样式？谭正璧在《中国女性文学史》中说："女性作家独喜创作弹词，而且篇幅不厌冗长，内容不限复杂，如《笔生花》，长至一百数十万字，如《玉钏缘》《再生缘》《再造天》，不厌一续再续，在中国所有一切的文学作品中，她们都占到第一个位置。这个原因，大概因为弹词是韵文的，女性大都偏富于艺术性，她们不独因富于情感而嗜好文学，也因有音乐的天才而偏富于韵文。"③ 而胡晓真在《才女彻夜未眠——近代中国女性叙事文学的兴起》则将这种创作动机归结为"传世欲望"，此外作为书场文本的弹词本身具备的娱乐、教化作用也是弹词小说承接的重要文学功能。因此无论从内在动因，抑或艺术形式，女性弹词小说的发展都因满足了女性书写的特点而得到广泛的认同。这一点也成了当时知识分子的一个共识，清代著名谴责小说家吴趼人曾公开承认弹词文学对女性的重大影响，他在光绪三十一年（1905 年）刊行的第 2 卷第 17 号《新小说》"小说丛话"中说："弹词曲本之类，粤人谓之'木鱼书'，此等'木鱼书'皆附会无稽之作，要其大义无一非陈述忠孝节义者……妇人女子习看此等书，遂时受其教

---

① 阿英：《弹词小说评考》，载《民国中国小说史著集成》（第六卷），南开大学出版社 2014 年版，第 9 页。

② 根据谭正璧的统计，目前所知的清代弹词小说有 300 余种。参见谭正璧《弹词叙录》，上海古籍出版社 1981 年版；谭正璧《评弹通考》，中国曲艺出版社 1985 年版。

③ 谭正璧：《中国女性文学史》，百花文艺出版社 1991 年版，第 348 页。

育。风俗亦因之以良也。"① 郑振铎在《中国俗文学史》中说："弹词在今日，在民间占的势力还极大。一般的妇女们和少识字的男人们，他们不会知道秦皇、汉武，不会知道魏征、宋濂，不会知道杜甫、李白，但他们没有不知道方卿、唐伯虎，没有不知道左仪贞、孟丽君的。那些弹词作家创造的人物已在民间留下极为深刻的印象和影响了。"② 也正因为在市民阶层，尤其是女性读者的普遍接受程度，弹词小说成了女性宣传与政治诉求、道德教化最好的传声筒。晚清著名翻译家徐念慈曾鼓励作家创作适介于普通女子之心理、专供女子观览的作品。③ 狄平子在《小说丛话》中说："今日通行妇女社会之小说书籍，如《天雨花》《笔生花》《再生缘》《安邦志》《定国志》等，作者未必无迎合社会风俗之意，以求取悦于人，然人之读之者，耳濡耳染，日积月累，酝酿组织而成今日妇女如此之思想者，皆此等书之力也，故实可谓之妇女教科书。"④ 心庵氏的《侠女群英史序》（1905）开篇就说："欲振兴女权，亦仍以七字小说开导之，似觉浅近而易明，如《侠女群英史》一书，其关系非轻也。"

可见在晚清民初，弹词小说正是以它的宣传教育功能获得了当时知识文人的青睐，而也正是从以上的种种考虑，清末民初的弹词写作呈现了繁荣多彩的局面。以广大女性为服务指向的女性期刊也考虑到这一女性喜闻乐见的文学样式，在民初时期的女性期刊中刊载较多。这其中又以秋瑾的《精卫石》和程瞻庐的《妇女杂志》系列弹词为突出。本章即以秋瑾《精卫石》为研究对象，探讨秋瑾唯一的虚构叙事中充满矛盾、悖论与冲突的现实与虚拟世界。

一　秋瑾《精卫石》的闺怨气韵与豪侠内核

近代女性第一人秋瑾以充满革命气息激情澎湃的笔触，以痛彻心扉的个人经历为基础叙写了弹词小说《精卫石》。《精卫石》署

---

① 吴趼人：《小说丛话》，《新小说》1905 年第 7 期。
② 郑振铎：《中国俗文学史》，商务印书馆 2005 年版。
③ 黄霖、韩同文：《中国历代小说论著选（上）》，江西人民出版社 2000 年版。
④ 阿英：《晚清文学丛钞·小说戏曲研究卷》，中华书局 1960 年版，第 315 页。

名汉侠女儿，创作于秋瑾求学日本的 1905 年到 1907 年，首先在《女报》刊出二期，本来要在《中国女报》逐期刊布，但因为资费问题，报纸停刊而中断。虽经战火，保存 3 册。《精卫石》正文前有序及 20 回目录，"精卫石"的象征正是取材自《山海经》中精卫填海的故事，寓意女性解放也应该有精卫填海的持之以恒和坚忍不拔。《精卫石》既具有自叙传的特质，又紧密结合功利宣传的特性，成为了秋瑾创作中的少见的长篇叙事作品。尽管因为秋瑾的被害而导致《精卫石》失传，原本计划的 20 回今仅残存 6 回，但这 6 回正与秋瑾的东渡日本前经历吻合，从而具有了独特的文学价值和历史参照意义。6 回回目为：

第一回　睡国昏昏妇女痛埋黑暗狱　觉天炯炯英雄齐下白云乡

第二回　恨海迷津黄鞠瑞出世　香闺绣阁梁小玉含悲

第三回　施压制婚姻由父母　削平权兄妹起葽菲

第四回　怨煞女儿身通宵不寐　悲谈社会习四美伤心

第五回　美雨欧风顿起沉疴宿疾　发聋振聩造成儿女英雄（后续出再刻）

第六回　摆脱范围雄心游海岛　忿诸暴虐志士倡壮谋

从弹词规格而言，《精卫石》前有"序"抒发了秋瑾为文的原因。这里也孕育着"契约"的形成，即在文本的开头就和读者订立一种约定，用以辩白、解释、提出先决条件、宣告写作意图，而最终达到与读者建立一种直接的交流。

余惑不解，沉思久之，恍然大悟，曰：吾女子中（曰：人类最灵，女流最慧，吾女界中）何地无女英雄及慈善家及特别之人物乎？学界中，余不具论，因彼已受文明之熏陶也，仅就黑暗界中言之，岂遂无英杰乎？苦于智识毫无，（亦岂遂无英杰乎？苦于智识未开）见闻未广，虽有各种书籍，苦文字不能索解者多。（虽有各种书籍、各种权利、各种幸福，苦文字不能索解，未由得门而入，亏女界无尽之藏，相与享受完全之功果也）故余也谱以弹词，（余乃谱以弹词）写以俗语，欲使人人能解，由黑暗而登文明；逐层演出，并<u>写尽女子社会之恶习</u>

及痛苦耻辱，欲使读者触目惊心，爽然自失，奋然自振，以为我女界之普放光明也。（写以俗语，逐层演出女子社会之恶习及一切痛苦耻辱，欲使读者触目惊心，爽然自失，奋然自振，使各由黑暗而登文明，为我女界大放光明)①

正是要启蒙女界、开启女智，同时又要吸引最广大的稍有知识的女性，因此才采取了"弹词"的形式。在序之后，有目录 20 回存目、仅存的前五回与第六回残稿。以弹词的体例创作，前面是诗词开场，中间则停顿或穿插作者的议论。"唱""白"结合、韵散结合。唱词部分以七字句为主，加三言衬字，有时形成三、三、七言而成的十三字句，句尾押韵。并穿插了很多成语、俗语、谐语。叙事部分则接近古代白话、浅白通俗，听之即懂。

弹词假托东方华胥国，政治黑暗、民不聊生，尤其重男轻女之恶俗使得女性受尽身心虐待、婚姻枷锁，王母于是派众女杰下凡救世。而主人公名为黄鞠瑞，生有英侠之气，诗书满腹、志存高远，并且结识了梁小玉、鲍爱群、江振华、左醒华等闺中好友同气相生。黄鞠瑞的父母欲将黄鞠瑞许配给富商苟巫义之子苟才，而黄鞠瑞却心怀远志，与众女伴变卖首饰金银，共赴日本，并结识陆本秀、史竞欧，商议加入光复会参加革命推翻鞑虏房政权的过程。

《精卫石》弹词，因为其所书与秋瑾人生经历十分贴切，因此带有一种自叙传性质。判断《精卫石》的创作动机，应该说和秋瑾的性格特质、人生经历密切相关。

1905 年（光绪三十一年乙巳），秋瑾赴日留学第二年，目日本返回绍兴省亲，回忆自己的婚姻生活和对丈夫王子芳的厌恶，在给长兄誉章的信中写道："怨毒中人者深，以国士待我，似国士报之，以常人待我，以常人报之，非妹不情也。一闻此人，令吾怒发冲冠，是可忍，孰不可忍！……待妹之情义，若有虚言，皇天不佑。"② 此时的秋瑾已经和丈夫王子芳决裂。而此前，1896 年 5 月

---

① 《秋瑾全集》，上海古籍出版社 1960 年版，第 122 页。
② 郭延礼：《秋瑾年谱简编》，载郭延礼编《秋瑾研究资料》，山东教育出版社 1987 年版，第 32 页。

17 日，20 岁的秋瑾听从父命嫁给王子芳，她就表示"以父命，非其本愿"①。那么王子芳究竟是怎样一个人？秋瑾的婚姻不幸的原因是否完全归咎于王子芳的纨绔风气，在重新梳理史料过程中，一个逐渐清晰的面貌得以呈现。

1895 年冬或翌年春，秋瑾的父亲秋寿南与湘乡王氏联姻，将秋瑾许配给王子芳。王子芳，字廷钧，他的父亲王黻臣，是湘乡神冲（今属双峰县）人，经营当铺发家，当王家迁至湘潭时，已经十分富有，王时泽在《回忆秋瑾》文章中说："廷钧之父在湘潭由义街开设义源当铺，积资巨万。"② 因此王家成为当地豪富三鼎足之一。王氏闻瑾"丰貌英美"，由李润生作伐，厚礼聘之。但是秋瑾的心目中的理想丈夫却并非是王子芳这样的男性。据赵而昌的《记鉴湖女侠秋瑾》中记载"夫名子芳，状似妇人女子，而女士固伉爽若须眉者，故伉俪间颇不相得"③。陶在东的《秋瑾遗闻》却更加褒赏其为"子芳为人美丰仪，翩翩浊世佳公子也，顾幼年失学，此途绝望，此为女士最痛心之事"④。而据日本的服部繁子的《回忆秋瑾女士》中回忆"秋瑾的丈夫也跟了出来，白脸皮，很少相。一看就是那种可怜巴巴、温顺的青年"⑤。尽管各家立场均有不同，但是对王子芳的总体评价介乎一致，长相清秀，而性格比较软弱。此外囿于家庭熏染和自身性格，不自立自强，带有一些纨绔子弟的习气。

反观秋瑾的性格与之可谓截然相反。秋瑾少有才名，"十一岁已习作诗，'偶成小诗，清丽可喜'，并时常'捧着杜少陵、辛稼轩等诗词集，吟哦不已'"①。同时秋瑾喜名士做派，自成一调，"女士首髻而是靴，青布之袍，略无脂粉，雇乘街车，跨车辕坐，与车夫并，手一卷书。北方妇人乘车，垂帘深坐，非仆婢，无跨辕者，故市人睹之怪诧，在女士则名士派耳"②。因此，虽然王子芳长相清俊，但是内在的缺乏和性格的软弱使得秋瑾对之不甚满意。故此才有"可怜谢道韫，不嫁鲍参军"之句。

　　当然此种不和谐当时并未直接导致两人婚姻走向破裂。从现有数据来看，应该说有三件事加速了夫妻的分化。第一是在 1902 年，"秋家和王家在湘潭城内十三总开设和济钱庄，因用人不当，经理陈玉萱利用职权大肆贪污肥己，岁末钱庄倒闭。自此秋家即告破产，瑾在王宅也更受冷遇"③。第二件事就是秋瑾跟随王子芳捐官户部主事，于是来到北京。"交游中桐城吴芝瑛，与廉惠卿（泉）伉俪甚笃，每言之，至声泪俱下，多所刺激，伉俪之间，根本参商，益以到京以来，独立门户，家务琐琐，参商尤甚，吾家陶杏南、姬人倪获倚，及予妻宋湘妩，无数次奔走为调人，卒无效，由是有东渡留学之议。"④ 吴芝瑛是吴汝纶的侄女，工书法、善诗文，思想比较倾向维新，而如吴芝瑛、陶杏南、宋湘妩等友人的相识和促动，北京新思想、新报刊的思想汲养，使得秋瑾破除家庭束缚、争取个人自立的观念愈发明确起来。而第三件事应该是王子芳阻挠秋瑾留学计划，甚至采用了私扣秋瑾首饰的方法。

　　当然在这里历史的描述似乎发生了"奇妙"的分岔。比如在服部繁子的文章《回忆秋瑾女士》记录中，王子芳曾经亲自登门恳求她带秋瑾赴日留学。在服部繁子的描述中，王子芳是一个温文尔雅的男性，而其态度则是"惶恐而又害羞"的，当王子芳恳求服部繁

---

　　① 郭延礼：《秋瑾年谱简编》，载郭延礼编《秋瑾研究资料》，山东教育出版社 1987 年版，第 13 页。

　　② 陶在东：《秋瑾遗闻》，载郭延礼编《秋瑾研究资料》，山东教育出版社 1987 年版，第 109 页。

　　③ 郭延礼：《秋瑾年谱简编》，载郭延礼编《秋瑾研究资料》，山东教育出版社 1987 年版，第 22 页。

　　④ 陶在东：《秋瑾遗闻》，载郭延礼编《秋瑾研究资料》，山东教育出版社 1987 年版，第 109 页。

子带秋瑾去日本时，他说："我妻子非常希望去日本，我阻止不了，如果夫人不答应带她去日本，她不知如何苦我呢，尽管她一去撇下两个幼儿，我还是请求你带她去吧！"①也正因此，服部繁子得出了秋瑾在家里面是一个"家庭女神"的判断。服部繁子还记述过秋瑾对于丈夫的评价："夫人，我的家庭太和睦了。我对这种和睦总觉得有所不满足，甚至有厌倦的情绪。我希望我丈夫强暴一些，强暴地压迫我，这样我才能鼓起勇气来和男人抗争。……不不，这并不是为我个人的事，是为天下女子，我要让男人屈服。夫人，我要做出男人也做不到的事情。"②

固然这只是服部繁子的一面之词，并且由于她的立场和对秋瑾的观感而决定了其言辞的倾向。秋瑾和王子芳的和睦究竟是不是一种表象？这可以参照当时秋瑾其他诗词为证。尤其是1903年中秋秋瑾与丈夫的第一次公开冲突，尚发生于秋瑾准备留学之前。对于秋瑾与王子芳的这段公案，陶在东曾说："是时《红楼梦》、《镜花缘》一类小说盛行，女士于两书中作品都能雏诵对书中人，其趣何可知，大抵李易安、管夫人之际遇，最所心羡，笔下口头，往往见之，寝假王子芳而能如明诚子昂其人者，则当过其才子佳人美满之生活，所谓京兆画眉，虽南面王不易也。徒以天壤王郎之憾，致思想上起急剧之变化，卒归结于烈士殉名，可云不幸。然革命成功，名垂国史，宁非大幸。"③陶在东似乎对两人的离异非常遗憾，并做了这样的假设，如果王子芳能够有充分的才华，那么秋瑾也可以夫唱妇随，幸福美满。但实际上，秋瑾个人的名士风流、人格理想、婚姻憧憬都显然不是王子芳能够达到的，因此两人由性格的差异所导致的婚姻悲剧也就在所难免了。

但是完全从性格的差异去解读《精卫石》，显然会产生不和谐感。实际上，《精卫石》作为秋瑾的半自传体弹词小说，在主人公黄鞠瑞与其丈夫苟才的婚姻问题上持有特别激烈的态度。可以说，

---

① 服部繁子：《回忆秋瑾女士》，载郭延礼编《秋瑾研究资料》，山东教育出版社1987年版，第179—180页。

② 同上书，第174页。

③ 同上书，第109页。

虽然秋瑾曾经一度在众人面前也曾经表现得与王子芳琴瑟和鸣，但在婚姻后期，这种怨愤已经到了不可调和的程度。以至于在日本动笔书写《精卫石》时，怨恨之情，溢于纸上。王子芳相貌清秀、性格温和的优点在《精卫石》中完全未曾提及。同时用"苟才"通"狗才"的命名方式正是秋瑾发泄愤懑的途径之一，文中描述"苟才"："从小就嫖赌为事书懒读，终朝捧屁有淫朋。刻待亲族如其父母样，只除是赌嫖便不惜金银。为人无信更无义，满口雌黄乱改更。虽只年华十六岁，嫖游赌博不成形。妄自尊大欺贫弱，自持豪华不理人，亲族视同婢仆等，一言不合便生嗔。要人人趋奉方欢喜，眼内何曾有长亲？如斯行动岂佳物，纵有银钱保不成。"[1] 甚至不止王子芳，他的父亲也遭到一并羞辱，在小说中起名为"苟巫义"。对其描述则为"为人刻薄广金银"，"家资暴富多骄傲，是个怕强欺弱人。一毛不拔真鄙吝，苟才更是不成人"[2]。可以说，秋瑾对于王家已经到了深恶痛绝的程度，而其决绝的态度也是让人感到其性格中间暴烈的成分。小说一再描写主人公黄鞠瑞的"英气"，这种英气在一定层面上也是处理问题上态度决绝、干脆利落的反映。

与"英气"相辅相成的则是秋瑾性格中的"侠气"。陶在东回忆，"宁河王筱航（照）戊戌一折而去礼部六堂者也，亡命数年，忽投拘步军统领狱，女士与筱航无素，以廉惠卿介绍，入狱存问，谈甚恰，适王有所恋爱，欲完成而绌于资，女士倾囊中所有赠之，其仗义疏财如此"[3]。而且，当是时，王并不知此事，等到他出狱后知道此事时，秋瑾已经赴日了，所谓助人不图回报、侠肝义胆在秋瑾是个性使然。夏晓红在文章《秋瑾与谢道韫》中这样评价秋瑾性格特征："秋瑾之以决绝的态度对待王子芳，亦是其所以为秋瑾的至性表现。而知行合一，勇于任事，无论待人还是爱国，均出之以

---

① 《秋瑾全集》，上海古籍出版社 1960 年版，第 146 页。

② 同上。

③ 陶在东：《秋瑾遗闻》，载郭延礼编《秋瑾研究资料》，山东教育出版社 1987 年版，第 109 页。

尚义精神，这也是秋瑾由家庭革命转向社会革命一以贯之的人格底蕴。"① 这种评价是十分精准的。

二　《精卫石》的"怨与蜜"、"侠与寡"叙事

以秋瑾的"闺怨"与"豪侠"为线索，则更能捋清《精卫石》的内外线索，在前五回，《精卫石》所叙述的是一个"闺阁世界"，而在闺阁中有女儿的各种愁怨，正所谓"写尽女子社会之恶习及痛苦耻辱"（《精卫石》原语）。

在第一回睡国昏昏妇女痛埋黑暗狱中，假借华胥国痛诉中国女性的黑暗处境：在社会统治层面，推行的是"天赋男尊女本卑，家庭中，又须夫唱妇方随"的伦理道德，重男轻女的恶俗，三从四德、七出这些旧有礼教传统极大地侵害女性的成长；而缠足则从身体上戕害了女性的肉体，婚姻的不自由使得女性往往沦入悲惨的人生境遇。在这样的处境中，黄鞠瑞托仙胎下世，但是她一出世，就遭到赋闲在家的黄父的怒骂："生个女儿何足道？也许这样喜孜孜。无非是个赔钱货，岂有荣宗耀祖时？"在黄鞠瑞成长读书时，也遭到父亲的阻拦："怎么鞠瑞也读起书来了？女子无才便是德，何必读什么书？这又是她母亲的混账主意了。待我去讲她一顿，叫进鞠瑞去学针线。"听了俞夫子的劝解，也不过说："但是纵教学得才如谢，亦无非添个家人薄命诗！"之后违背黄鞠瑞的意愿贪富贵将之嫁给苟巫义之子苟才。

弹词的叙事线索则主要介绍另一个女子梁小玉。在前五回，梁小玉可谓重要人物，若论及人物叙述份额，甚至比黄鞠瑞还要多。虽然弹词之后又竞相出场了如鲍爱群、江振华、左醒华等女性，但皆由梁小玉介绍认识，而鲍、江、左三位在文中并无叙事分量和人物性格展现，观其姓名如爱群、振华、醒华，与当时同类女权小说一样，是为表现自身目标而拟名设立的人物。梁小玉因此也成为与黄鞠瑞对照的另外一种闺秀典型被描述。梁小玉本"为庶出，嫡母生有三弟兄，性情嫉妒多严厉，侍妾妆前未克容，打骂时加凌虐

---

① 夏晓红：《秋瑾与谢道韫》，《北京大学学报》1999年第1期。

甚，小玉父生成惧内又疲癃。此妾亦由嫡母买，人前欲搏量宽洪，内中看待如囚婢，在外面自道看成姊妹同，善工掩饰人难晓，外施揖让内兵戎。小玉生来多命苦，在家胜是鸟居笼，嫡母看承多刻薄，二兄相遇更狂凶"①。后来又叙述梁小玉因为为亲生母亲买药之事而遭受兄长毒打，并遭受"今朝打死小淫娃，拼的我来偿了命，免气娘亲挑拨爷"的恶毒咒骂。可见女子在闺阁内、大家庭中生存之不易。

《精卫石》一方面记述女子闺中之怨，另一方面极力描摹了闺中之蜜。今时女子好友称为"闺蜜"。秋瑾之闺蜜，在现实中有徐自华、徐小淑、吴芝瑛等人，其文字有《致徐小淑书》、《致徐小淑绝命词》、《赠女弟子徐小淑和韵》、《赠小淑三叠韵》、《临行留别寄尘小淑》、《读徐寄尘小淑诗稿》、《赠徐小淑》、《寄徐寄尘》等文，而徐自华、徐小淑本是姊妹。可见秋瑾与至交好友的交往也是局限在一种小范围的，虽有知己不过寥寥，正像秋瑾自陈的，"人皆云我目空一世，与子相处月余，当知余非自负者，庸脂俗粉，实不屑于语。余之感慨，乃悲中国无人也"②。可见秋瑾的闺蜜原则是志同道合、酬唱应答、富有才学之女士。而后来徐自华、吴芝瑛等人埋葬秋瑾骸骨、树秋瑾碑陵、开女学的壮举也印证了秋瑾择友的慧眼。

在《精卫石》中，秋瑾的前五回也极力书写了这种"闺蜜"情谊。梁小玉本是庶女，按照当时的礼教规范，黄鞠瑞本可以对其冷淡视之，但是黄鞠瑞却将梁小玉引为知己。梁小玉与鲍爱群、江振华、左醒华"怨煞女儿身通宵不寐，悲谈社会习四美伤心"并没有黄鞠瑞的参与，但到第五回黄鞠瑞加入四美的讨论，立刻引为知己，形同故交。梁小玉为黄鞠瑞的不幸婚姻通宵不寐，而在黄鞠瑞提出留学海外的主张时，梁小玉因没有钱财忧虑，这时黄鞠瑞慷慨解囊，提出："妹妹勿忧，因苟宅急欲娶亲，母亲早已措出千金，此银可窃取到手，与其拿来喂狗，不如妹拿来做学费，不好么？"

---

① 《秋瑾全集》，上海古籍出版社1960年版，第139页。
② 徐自华：《秋瑾轶事》，载郭延礼编《秋瑾研究资料》，山东教育出版社1987年版，第63页。

黄鞠瑞不以个人金钱为私，资助其他四女共同留洋，此种行为正是解他人危难之举。

在《精卫石》中，不仅黄鞠瑞能与"四美"建立闺蜜之情，与鲍爱群的丫鬟秀蓉也能建立起主仆情谊。作品描绘秀蓉"灵利聪明，做事稳当"，于是被鲍爱群派遣看望黄鞠瑞。得知黄鞠瑞的心事时，心中有这样的感慨，"可怜父母行压制，苦了亲生儿女身"。待见到黄鞠瑞，黄鞠瑞让秀蓉坐，并说"人无贵贱请休推"，谈及自身的遭遇，并未过多嗟叹，反而说："不知蓉姐尊庚儿，何时身入鲍家门？主人相待如何样？可曾识字读书文？如此人才真屈辱，名花落溷恨难平。若得与君受教育，何难为当世一名人。他年若有自由日，必誓拔尔出奴坑，结为姊妹相磋切，造成必是女中英。"①由此引起了秀蓉的知遇感恩之情，在后面的五人借鲍母寿辰之际离家出走，都是由秀蓉在当中通风报信，起到重要作用。

以上分析了《精卫石》闺阁世界中的"怨"与"蜜"，而在黄鞠瑞与四女留洋之后，《精卫石》就进入了一个充满侠义的爱国情景中。离家出走的情节被几语带过，镜头一转已经是五女到日本之时。并赋诗一首曰："踏破范围去，女子志何雄？千里开楚界，万里快乘风。引领人皆望，文明学必隆。他时扶祖国，身作自由钟！"学语言、改装、同乡会活动、登台演说，一个崭新的世界打开。黄鞠瑞改名叫黄汉雄，其寓意不言自明，黄借指"黄种"、汉与"鞑房"政权相对立，而雄则喻将行"英雄事业"。不久遇到同盟会成员陆本秀、史竞欧宣扬反鞑房统治，黄汉雄慨然表示："此等真革命党，君之知否？若有，吾愿入之，甘为同胞一掷此血肉之躯而不惜。"四女亦表示加入，于是大展宏图。根据其后目录可知，众革命志士将展开壮丽的革命篇章：

第七回   发宏愿女儿成侠客   泼醋海悍母教顽儿
第八回   闹闺阁吞声徒饮泣   开学校鼓舌放谣言
第九回   谢竞云一破从前积习   秦国英初闻革命风潮
第十回   诸知识大开议会   一女子独肩巨任

---

① 《秋瑾全集》，上海古籍出版社1960年版，第144页。

第十一回　盛倡自由权黄竞雄遍游内地　大开工艺场苏挽澜尽拯同胞

第十二回　青眼遭逢散财百万　赤心共誓聚客三千

第十三回　天足女习兵式体操　热心士扬独立旌旗

第十四回　传来海岛神皆往　话到全球石亦惊

第十五回　义旗指处人心畅　捷报飞来大道伸

第十六回　拔剑从军男儿编义勇　投盾叱帅女子显英雄

第十七回　酒色情牵假志士徒夸大话　慈航普度真菩萨费尽婆心

第十八回　姊妹散家资义助赤十字　弟兄冲炮火勇破白三旗

第十九回　立汉帜胡人皆丧胆　复土地华国大扬眉

第二十回　拍手凯歌中共欣光复　同心革弊政大建共和

因为后面篇章的遗失，虽无法见《精卫石》全貌，但也可得知，黄汉雄等人率领革命党人开议会、做宣传，开工厂、办女军。女性散尽家财，各尽其力，男儿英勇杀敌，推翻政权，虽然有假志士陷入酒色陷阱，但是革命的潮流不可逆转，最后终于实现共和。

弹词写于秋瑾留日 1905 年到 1907 年，而事件也确如秋瑾预想的一样，辛亥革命，共和政府建立，但秋瑾却早于此时为革命献出了自身的生命。她一早就做好了这种准备，在黄汉雄表示要"掷此血肉"时已经预想政治革命的危险性。但其"身不得，男儿列，心却比，男儿列"的侠骨精神，使得她敢冒此风险。此乃侠之大者，为国为民的大义体现。

而其"寡"，则所谓为大义，很多事及人就不能或者也无暇考虑，这或许可称之为成大事者的"寡情"。

弹词所描绘的黄鞠瑞与梁小玉实为秋瑾的一体两面。一面是英雄面，一面是闺中女儿态。两人在留日后，弹词说黄鞠瑞"言谈卓建立如风"，而原本软弱的梁小玉，甚至在之前劝黄鞠瑞屈从婚约之言，这时也"两女应风多毅力，二人有志励兵戎"，而之前的鲍、江、左则"三女微显弱"，这种性格的描绘逆转，只是揭示了黄鞠瑞、梁小玉人物性格设定之初，就是从两个侧面描摹女性家庭生活的缘故，而黄鞠瑞的软弱、多愁善感不符合英雄的设定，只能由梁小玉来完成。在到日之后，参加革命的行动一致性逐渐规约了两人的路向与性格，也必然走向趋同的发展。从后面的章回目录，也未再发现梁、鲍、江、左的明确痕迹，实在是因为这时秋瑾的人生已经发生重大变化，原本孤身去日的她在加入光复会后有极多的志士同仁可供交流，因此其革命轨迹也逐渐开阔。原本五回之前的人物将不再担任主要线索人物了。

而所谓寡情，按照秋瑾的自身生命历程和弹词相对比，我们明显发现了秋瑾在《精卫石》中进行了乐观化、精简化的情节处理。这种后来在革命文学中经常使用的"革命浪漫主义"在弹词中有非常充分的体现。首先就是一种遮蔽性叙事[1]方法，试举以下几例：

其一，秋瑾遵从父母之命嫁给王子芳，并生一男一女，此事在弹词内完全没有描写，后来的与王家发生冲突，变卖首饰情节自然未提及。秋瑾初到日本，水土不服，亦不适应当地饮食（见服部繁子《回忆秋瑾女士》）；语言文字学习困难，留学资金困难。此等种种艰难弹词也并无提及。在日期间，秋瑾与同学因革命政见的不同发生过诸多矛盾，其中与胡道南发生争论，"女侠于众人间骂胡为'死人'"[2]（后来胡道南被暗杀，有人认为胡是告密者，属冤死），以及与陶成章的不合，这些留日期间的故事都未曾提及。这体现了自传叙事的特征，"自传不能只是发挥叙述才能，把往事讲得生动的叙事，它首先应体现一种生活的深层的统一性……自传需要做出一系列取舍，这些取舍有的已由记忆做出，有的则由作家对于记忆提供之素材所做出。……尽管这种关联性要求可能导致简单化和图解化倾向"[3]。其实，若考虑情节，此类情节十分曲折，且更有教育警醒之功能，但出于隐私避讳，抑或复杂的心理原因（本章第一小节有过分析），秋瑾并不愿描写此内容，于是弹词在这里进行了虚构。

---

① ［法］菲力浦·勒热纳在《自传契约》一书中认为这是一种非常经验化的记忆现象学。而遗忘被视为对生活意义的某种遮蔽或者是揭示。见菲力浦·勒热纳《自传契约》，杨国政译，北京大学出版社 2013 年版，第 69 页。

② 绍兴逸翁稿：《再续六六私乘》，载郭延礼编《秋瑾研究资料》，山东教育出版社 1987 年版，第 162 页。

③ ［法］菲力浦·勒热纳：《自传契约》，杨国政译，北京大学出版社 2013 年版，第 11 页。

其二，对黄鞠瑞和梁小玉的身家不约而同地进行了反面描述。如黄鞠瑞之父虽然贵为知府，却具有根深蒂固的重男轻女思想，对黄的存在大多是责难，且荒唐好色，在济南署理期间就纳了两房妾，其中一人还是妓女出身；而黄的母亲对于女儿不愿的亲事也采取忍让劝说的态度。书中还描写黄鞠瑞有一个小自己两岁的亲生妹妹黄淑仁，作品只提及黄淑仁有病因此错过了同梁、鲍、左、江等人的接触。黄鞠瑞和外家女尚能结成金兰之情谊，但未见任何与妹妹黄淑仁的姊妹情谊描写，实属奇特。梁小玉的家庭则是嫡母阴狠毒辣，三个弟兄视梁小玉为眼中钉，甚至以"淫娃"、"祸胎"来称呼，亲生母亲软弱无能，父亲则惧内软弱。两个落后黑暗的家庭使得两个女性愤然离家，此后也未见丝毫后悔留恋之意。

这种将主人公身世极端化的描写方式也是小说虚构的常见方式了，而现实中的秋瑾，其家属因其事流落峡山村寺庙，在遭此"奇祸"的打击下，长兄于37岁壮年患病抑郁去世，而正是兄长长期与秋瑾通信，并资助秋瑾在日的留学部分资费。此外，在其女王灿芝《读〈六月霜〉后之感想——关于先母秋瑾女士》的文章中，我们亦可得知，其"在褓褓中，乃随母行。后寄托于友人谢涤泉家，由邓性女仆携归家中，几乎冻死饿毙于中途。……先母为国捐躯，余亦因此几丧其生，后受家庭之压迫，备尝艰苦。无母孤儿，乃罹斯厄。……世态炎凉，观此诚外国人之不若矣。良可慨也"①。对于秋瑾的所作所为，未尝没有埋怨之意。此类种种与弹词相对比，只能说舍去个人的家庭幸福换来民族大义，秋瑾与其家庭付出了沉重的代价。而以文字鼓舞众妇女的《精卫石》将此中情节舍云，但其中的心灵挣扎与感情悖论将是这部作品永远无法表白之痛。"自传写作，就是一种自我构建的努力，这一意义要远远大于认识自我。自传不是要揭示一种历史的真相，而是要呈现一种内在的真相，它所追求的是意义和统一性……"② 将个人舍去，换大义，将芜杂简

① 王灿芝：《读〈六月霜〉后之感想——关于先母秋瑾女士》，载郭延礼编《秋瑾研究资料》，山东教育出版社1987年版，第165页。

② ［法］菲力浦·勒热纳：《自传契约》，杨国政译，北京大学出版社2013年版，第77页。

化，换神话，秋瑾在近代"家国"系统中的选择，正是女性响应时代的一种叙事选择。

三　《精卫石》在弹词体例上的因循与创新

如前所述，弹词作为一种女性熟悉的叙事文体，其故事情节有头有尾，遵循了传统古典小说的叙事方法。而叙述者身份的出现，一则是说书人的开场与承转，一则介绍创作的动因。而《精卫石》的因循就在于它继承了所有古典弹词的体例特征，却在操作层面进行了与时俱进的改良。

《精卫石》的叙述者身份就是秋瑾本人无疑。

> 爱国情深意欲痴，偶从灯下谱弹词。已教时局如斯急，无奈同胞梦不知。……算吾身，亦是国民一分子，岂堪坐视责难辞。无奈是志量徒雄生趣窄；然而亦壮怀未肯让须眉。博浪有椎怀勇士，搏沙无计哭男儿。又苦是我国素来称黑暗，侠女儿有志力难为。无可奈，且待时，执笔填成《精卫词》，以供有女诸姊妹，茶余灯下一评之。[①]

而其叙事开篇假托华胥国的故事，已承接我国古典小说如《红楼梦》、《西游记》，都从一神仙境界描写下凡之说，这种写法更符合当时普通大众的审美趣味与习惯。只不过在叙述中，处处暗喻、时时嘲讽，其讽刺力度与锋芒确是近代的产物了。并且这段文字通篇是散文：

> 从前的汉皇都是很英明的，谁知后来的子孙，生性好睡，弄到一代重一代，竟有常常睡着不晓得醒的；并且会不知不觉的一睡死了的时候都有，龙位往往为外人偷去坐了，他国人尚不知道的。这是甚么缘故呢？却不知这朝内外的臣子都有个胡涂病，并且生一对极近的近视眼……说也奇怪，明明的好好一

---

① 《秋瑾全集》，上海古籍出版社1960年版，第123页。

个人，一入了宦途，不知如何，就会生出胡涂病及近视眼来，曾有人批评过的：实因利欲熏心，污臭入目，大概就生这两种毛病了。外人见他们自己这样胡涂，就人人来想他这个土地，这个这里割一块，那个那里分一处，各各霸占了去。……这就是华胥近日政府的情状了。①

弹词这一体例，通常而言为韵散结合，一部分通篇使用七言韵文，另一类则是以七言韵文为主，单以通行的白话散文来叙述人物对话和提示所叙事件的进程。而秋瑾的《精卫石》从上例文可见，是一个韵散结合的形式。难得的是，秋瑾的散文白话，颇得近代白话文过渡的妙处：

唉！可怜自从缠了双足，……听见喜欢小脚，就连自己性命都不顾，去紧紧的裹起来。缠了近丈的裹脚布，还要加扎带子，再加上紧箍箍的尖袜套，窄窄的鞋，弄到扶墙摸壁，一步三扭，一足挪不了半寸。唯有终日如残废的瘸子、泥塑来的美人，坐在房间。就搽了满脸脂粉，穿了周身的绫罗，能够使丈夫爱你，亦无非将你做玩具、花鸟般看待，何曾有点自主的权柄？况且亦未必丈夫就因你脚小、会打扮，真的始终爱你。如日久生厌了，男子就另娶他人，把妻子丢在一边，不瞅不睬，坐冷宫，闭长门，那就凄凉哭叹，挨日如年了。

我们女子为甚么甘心把性命痛苦送在一双受痈受疼、骨断筋缩的脚上？往往妇女的病百倍难治。岂真难治么？只怪自己看得太不值钱，不去求自己生活的艺业学问，只晓靠男子，反死命的奉承巴结，谄谀男子，千方百计，想出法子去男子前讨好。……直成了一个女子惨世界。这都是女子不谋自己养活自己的学问艺业，反去讲究缠脚妆扮去媚男子，一身唯知依靠男子，毫无自立的性质的缘故，所以受此惨毒苦楚。

我的同胞姐妹呀！不能自立的，快些立志图自立；能自立

---

① 《秋瑾全集》，上海古籍出版社 1960 年版，第 124 页。

的，须发个救天下苦海中姊妹的心，不可再因循了。我们女子，受那万重压制，实在苦呢！①

这段文字，语言浅白、通顺流畅，韵律和谐有节奏；在句式上，长句短句结合灵活；在描写上，"缠了近丈的裹脚布，还要加扎带子，再加上紧箍箍的尖袜套，窄窄的鞋，弄到扶墙摸壁，一步三扭，一足挪不了半寸"，细腻生动。以"残废的瘸子"、"泥塑的美人"比喻裹脚后的女性，引汉代陈阿娇的"冷宫"、"长门"之典，四字词"凄凉苦叹"、"挨日如年"、"不瞅不睬"的创造使用，都增加了语言的新鲜度，堪称近代白话文的典范。

最明显的莫过于白话的呼告体的使用。

余也处此过渡时代（余处此过渡之时代）趁文明之一线曙光，（吸一线之文明）摆脱范围。（摆脱牢笼）稍具智识，（扩充知识）每痛我女同胞处此黑暗之世界，（坠落黑暗地狱）如醉如梦，不识不知，虽有学堂（虽有女学堂）而能来入校者、求学者，寥寥无几。（而解来入校者、求学者、研究自由以扩张女权者，尚寥寥无几）试问二万万之女子，（噫嘻乎怨哉！二万万姊妹）呻吟蜷伏于专制男子之下者（无"者"字）不知凡几。（奄奄无复人气，不知凡几）呜呼！尚日以搽脂抹粉，评头束足，饰满髻之金珠，衣周身之锦绣，胁肩谄笑，献媚于男子之前，（献媚买欢）呼牛亦应，呼马亦应，作男子之玩物、奴隶而不知耻，（作玩物而不知羞，为奴隶而不知耻）受万重之压制而不知痛，受凌虐折辱而不知羞，（受万钧之压制，受百般之凌虐折辱，而不知衔恨愤激，脱离苦海）盲其双目，不识一个，梦梦然，恬恬然，安之曰：命也。奴颜婢膝，腼颜不以为耻辱。（安之曰：命也，分也，无可奈何也。积此痴顽，旁生孽障）遇有兴设女学工艺者，（遇有兴设女学兴工艺者）不思助我同胞，反从旁听其夫子而摧折之。（反从旁听痴男而

---

① 《秋瑾全集》，上海古籍出版社1960年版，第127—129页。

摧折之，同类相残，害人还自害，女界不知如何了局矣）亦有
富室娇姿、贵家玉女，量珠盈斗，贮金满籝，甘事无知之偶
像，斋僧施尼以祈福，见同样之女子陷于泥犁之地狱，而未闻
一援手。（见同胞之女子沦陷于泥犁之地狱而视若无睹，初未
闻一援手）呜呼！是何心哉？①

　　"＊＊呀！"、"不可再＊＊"、"千万＊＊"、"呜呼"、"噫嘻乎
怨哉！"此类言辞在散文中使用，具有直抒胸臆，而明确对象所指
之意，这恰恰符合世纪之交激烈变动社会思潮中人们的心理状态。
此外，这篇文字又具备演说词特色，演说词一重对象性，二重可说
性，时时抓住听者心声，"试问二万万女子"、"是何心哉？"这类
短句，语气强烈、情绪激愤，仿佛面对仇敌，直面痛斥，慷慨激
昂，颇得秋瑾本人性格特征。徐自华《秋瑾轶事》记载"女士善辩
才，口交不肯让人。遇顽固者，常当面讪诮，余戒之曰：'子太锋
芒'"②。可见这种文字风格体式，亦带有秋瑾的个性特征，是生命
风格的体现，正是为人如为文。
　　当然，也让我们想到了梁启超的新文体革命的散文风格：

　　　　……启超夙不喜欢桐城派古文，幼年为文，学晚汉魏晋，
　　颇尚矜炼，至是自解放，务为平易畅达，时杂以俚语韵语及外
　　国语法，纵笔所至不检束，学者竞效之，号新文体。老辈则痛
　　恨，诋为野狐。然其文条理明晰，笔锋常带情感，对于读者，
　　别有一种魔力焉。③

　　作为近代女性弹词的代表，秋瑾的《精卫石》以个体在时代中
的悲欢遭际，部分自叙的描摹，披肝沥胆、字字血泪地发出了自己

---

① 《秋瑾全集》，上海古籍出版社1960年版，第121—122页。
② 徐自华：《秋瑾轶事》，载郭延礼编《秋瑾研究资料》，山东教育出版社1987年
版，第64页。
③ 梁启超：《清代学术概论》，载《梁启超论清学史二种》，复旦大学出版社1985
年版，第70页。

启蒙女性、激励女性的呐喊之声。而当下的学者频频重视秋瑾的诗文却忽略了她弹词的存在价值，或许也是由于她自身生命的诸多悖论，使得这部弹词的解读充满了矛盾与不可知。但是弹词这种形式在即将湮没之际得到秋瑾的青睐这不得不说也是一种历史的机遇。我们由此去观察近代典型女性的生活重心与时代接轨时的所思所想，自然也更能体会到过渡阶段许多不可说不可解的女性心结。而《精卫石》对女性的阅读影响，对女性叙事虚构的手法探索，也必将在以后女性写作者的手中得到传承。

第三节　闺阁与社会：女性散文创作

晚清以降到底有多少女性美好的身影开始频频出现在公众的视野里呢？这大约是一个我们永远也无法估量的数据。但是从研究者的寻踪工作中，我们可以大致描摹这样的一个历史图景，从明清以来，女性的文化世界正在逐步地扩大，她们凭借文学活动，用书信酬答、结社活动、诗词出版、巡游授学①等方式正逐渐构建一个社会活动网络。以至胡文楷先生在《历代妇女著作考》中说，明代"良媛以笔札垂世者多矣"，清代更是"超轶前代，数逾三千"。②"曼素恩（Susan Mann）以如下方式思索了帝国晚期妇女与 20 世纪妇女之间的差异：饱学闺秀（learned women）的人数自 17 世纪以来持续不断地增长，她们的权威得自古典学问和写作的力量。这种力量使得受教育的妇女能够创造出一种身份，一种在儒家高等文化'文'的语境中可以得到精神认同及世人理解的身份。"③ 而伴随着近代工业发展、通商口岸的开放、社会思潮的涌现，女性的身影也

---

① 见高彦颐《闺塾师——明末清初江南的才女文化》，李志生译，江苏人民出版社 2005 年版，第 126—152 页中有关于女塾先生的分析，如王端淑、黄媛介等人的经历。

② 胡文楷著、张宏生增订：《历代妇女著作考（增订本）》，上海古籍出版社 2008 年版，第 5 页。

③ 胡缨：《翻译的传说：中国新女性的形成（1898—1918）》，江苏人民出版社 2009 年版，第 216 页。

越来越多地出现在各个都市文化空间①中。在这个女性社会文化网络中，期刊报纸的传媒力量不容小觑，这种现代方式使得"闺阁"

————————

①　空间研究首见于 20 世纪初叶现代主义小说异军突起，美国文学评论家约瑟夫·弗兰克在 1945 年发表的《现代小说的空间形式》一文中首次提出文学空间形式的概念，初步系统地确立了以研究文学空间形式为主要对象的理论范式，并阐述了一系列具有原创性的概念和批评方法。他认为："空间形式"是"与造型艺术所出现的发展相对应的文学补充物。二者都试图克服包含在其结构中的时间因素"。（［美］约瑟夫·弗兰克等：《现代小说的空间形式序言》，秦林芳译，北京大学出版社 1991 年版，第 57 页。）谢纳在《空间生产与文化表征——空间转向视阈中的文学研究》一书中指出了进入近代以来空间研究对于文学研究的重要补充意义，"重视历史时间维度的探索，忽视在场空间维度的研究，已逐渐成为人文社会科学研究的思维定式……文学研究存在着注重时间维度而轻视空间维度的倾向，在基本原理层面，注重探究文学的起源、文学发展规律、文艺思潮流变等；在作家层面，注重研究作家生平历史、创作历程、风格演进等；在文本分析层面，注重分析情节发展、性格形成、叙事时间等"。（谢纳：《空间生产与文化表征——空间转向视阈中的文学研究》，中国人民大学出版社 2010 年版，第 2 页。）而文学空间，则主要研究"文学在文化表征实践过程中如何运用表现、再现、意指、想象、隐喻、象征等表征方式对空间进行意义的编码重组，揭示现代性空间重组的文化政治内涵及其社会历史意义，从而揭示文学空间生产与社会空间生产之间的内在关联"。（谢纳：《空间生产与文化表征——空间转向视阈中的文学研究》，中国人民大学出版社 2010 年版，第 11 页。）在中国现代文学研究领域，文学空间研究多存在于都市文学研究领域中，李欧梵的《上海摩登——一种新都市文化在中国（1930—1945）》，陈平原、王德威主编的《北京：都市想象与文化记忆》，程光炜主编的《都市文化与中国现当代文学》等等都是从都市与文学创作的多重联系上探讨文学与都市文化生活空间的构建问题。社会空间的概念，则首见于 1974 年列斐伏尔《空间的生产》一书，在列斐伏尔的《空间的生产》中，空间的社会意义被放在重要考察位置上，他强调空间的社会属性，认为"（社会）空间是（社会）生产"，空间既为社会所生产，同时又生产社会，它具有建构力量，影响制约着社会和人们的行为及其存在，它"是一个无限开放，充满了矛盾的过程，是各种力量构成对抗的场所"。（［法］亨利·列斐伏尔：《空间：社会产物与使用价值》，载包亚明主编《现代性与空间的生产》，上海教育出版社 2003 年版，第 47 页。）"社会空间并不是一种在其它事物之外的事物，也不是在其它产物之外的产物：确切地说，它纳入了所生产的事物，包含了它们在共存和同在中的相互关系……它本身就是过去行为的结果，社会空间容许某些行为发生，暗示另外一些行为，但同时也禁止其它一些行为"。（谢纳：《空间生产与文化表征——空间转向视阈中的文学研究》，中国人民大学出版社 2010 年版，第 2 页。）而女性空间概念的构建也和文化地理学与女性主义理论的发展交叉有关。1985 年由地理学家和社会学家联合出版论文集《社会关系与空间结构》一书，被视为社会学理论的"空间转向"来临，自此，人们纷纷从历史学、地理学、人类学、哲学、文学（化）等角度阐发空间问题，真正形成了当代学界空间转向格局，正如菲利普·韦格纳指出，"在最近二十五年中……跨学科格局把中心放到'空间''场所'和'文化地理学'的问题之上"。（菲利普·韦格纳：《空间批评的地理、空间、场所与文本性》，载阎嘉主编《文艺理论精粹读本》，中国人民大学出版社 2006 年版，第 35 页。）

的女性私人空间迅速与社会文化空间接轨，以遍地开花、交相呼应
的方式将女性的视野全方位打开。

一　游记——闺阁与社会空间的"越轨"

（一）"眼界进一步，知识亦进一步"

文化空间的扩展一个重要表征就是女性社会空间的扩展。女性
的文学表现范畴从闺房逐渐"越轨"①。游历、游学内容出现在女性
期刊的女性作品中。1902 年 11 月到 1903 年 6 月期间，岭南羽衣女
士的《东欧女豪杰》②的五个章节在《新小说》③（1902—1906）
的前五期上连载。小说开篇的框架故事就是一位中国女学生华明卿
在日内瓦学习哲学。1906 年《女子世界》第 4、5 期（合刊）的女
学文丛中刊登了广东杜清持女士④的《论游历阅报为女子立身之要

---

①　黄春晓在《城市女性社会空间研究》一书中通过回顾女性空间的地理学历程，
向我们展示了其内涵发生的变化，在 20 世纪 70 年代末，女性空间研究重点是性别不平
等和空间权利关系的普遍存在；20 世纪 80 年代以后，以肯定性别差异和角色分工为前
提，西方女性主义不再一味强调权利和平等，而将研究重心从改革社会制度转向满足日
常生活，着重分析女性经历对景观或地域形成的重要影响，从而强调空间中的角色关
系；20 世纪 90 年代以后，女性空间理论开始关注女性群体内部的差异性，广泛借鉴社
会和文化理论，研究范围也涉及地域、种族、阶级和职业等方面，关注的焦点集中在不
同空间范畴内性别特质如何以复杂方式呈现、建构和认同。上述有关空间概念述评见杜
若松《中国近代女性期刊所展现的女性文学空间》，《编辑学刊》2013 年第 3 期。

②　《东欧女豪杰》，作者署"岭南羽衣女士"。1902 年 11 月至 1903 年初《新小
说》连载。阿英《小说二谈》引金翼谋《香奁诗话》"张竹君"条云："竹君女士，籍
隶广东，自号岭南羽衣女士。"而冯自由《革命轶史》（第一集）"康门十三太保与革命
党"一节中，有"罗普，字孝高，顺德人，康门麦孟华之女婿也。戊戌东渡留学。……
新民丛报社出版之《新小说》月刊中，有假名羽衣女士著长篇小说，曰《东欧女豪杰》……
即出自罗氏手笔"。则羽衣女士乃是与梁启超创办《新小说》月刊的罗普，也是康有为
在广州长兴学舍及万木草堂讲学时的嫡传弟子。以上内容见于薛海燕《近代女性文学研
究》，中国社会科学出版社 2004 年版，第 200—201 页。

③　《新小说》是梁启超在日本创办的文学月刊。《东欧女豪杰》的内容出自阿英
《晚清文学丛钞·小说一卷》上册，中华书局 1960 年版。

④　光绪二十九年（1903 年）由刘佩箴、杜清持创办的广东女学堂，此校后改名为
私立坤维女学堂。肖应云、夏坤 2006 年《求实》期刊上的文章《女性与清末广州爱国
反帝运动》中所列 1902—1911 年广州民间女学兴办情况中列出 1902 年杜清持在广州主
办的是"移风女校"。杜清持在《女子世界》发表多篇文章，1904 年第 6 期《演坛》栏
目刊登她的白话文章《男女都是一样》；第 7 期刊登了杜清持的照片；第 9 期《演坛》
栏目刊登她的文章《文明的奴隶》。

务》的文章。文章首先指出了女性阅读和女性游历的重要作用。"中国女子之乏爱国求学思想，非性质独劣也，无所知即无所爱矣！"而报纸恰恰能弥补女性受教育缺乏的局限，"报纸者，合种种学界而详列之，窥奥而阐发之岂仅为增知识已哉？其震荡人作用人之力，乃至因他国新闻纪事，起本国政治思想，其效盖亦大矣"。她也指出了女性在报纸接受方面的难度在于语言。报纸的语言如果是文言，那么女性接受势必有困难。但是如果是一些白话报纸如《杭州白话报》、《女子世界》等，女性就比较容易接受了。除了女性在日常生活中要和时代接轨，通过阅读报纸期刊增长知识和见闻，她认为"阅报之宜，固贵能激动文明思想矣，然使徒有是思想，而无达此思想之能力，则惟是袖手旁观，奄奄待毙如嫠妇之悲周、漆室女之倚柱"的悲惨后果，"故欲求为达此思想之义务，则莫若游学。游学之益，愈远愈烈、愈久愈多，以今日之中国，求一稍美备之男学堂而不可得，况女学乎？"同时，杜清持针对将女性禁锢在家中大门不出二门不迈的礼法进行了抨击。"然或谓中国女子素以不出门为守礼，以读书为末务。且跋涉长途，男子尚却足，而欲求之于荏弱无知之女子，无乃悬格太高，可言而不可行乎？吾应之曰：不然。我辈今日不欲脱离奴隶圈则已，否则必先造人格，必欲造下乘之人格则已，否则不能不游学以养成造人格质材料。以屋内人谈门外之事，其真伪相去不待智者可知。"①

值得注意的是杜清持对于女性游学，并未做泛泛的不切实际的空想规划，而是脚踏实地地想到具体的操作环节，比如"然不必遽言欧美，或东洋亦可，亦不必遽言东洋，或由县而郡而省会，亦何不可？即使出里门一步，亦无不可为之游学何也。其眼界进一步，知识亦进一步矣"②。这种务实的精神和她兴办女学的举动是互为因果的。而这种有步骤、有措施，因地制宜地鼓励女性走出家门，增长见闻与知识的做法，正是当时社会所急需的，由女性自身发出的这种呼声更具说服力和鼓动力。

---

① 杜清持：《论游历阅报为女子立身之要务》，《女子世界》1906 年第 4—5 期（合刊）。

② 同上。

实际上，这种行动早有先驱，秋瑾、陈撷芬等第一批中国女性海外留学者，她们用自身的实际鼓励和号召女性勇敢地外出游学。秋瑾在1905年第1期的《女子世界》"女学文丛"栏目中发表《留学日本秋女士瑾致湖南第一女学堂书》中说："欲脱男子之范围，非自立不可：欲自立，非求学艺不可，非合群不可。东洋女学之兴，日见其盛，人人皆执一艺以谋身，上可以扶助父母，下可以助夫教子，使男女无坐食之人，其国焉能不强也？"而为了鼓励女性出来留学，她说："我诸姊妹如有此志，非游学日本不可，如愿来，妹处俱可照拂一切。妹欲结二万万女子之团体学问，故继与共爱会，公举陈撷芬，而妹任招待。"①

这种倡导甚至也成为了一种政府与民间的共识，在1905年第12期的《女子世界》上还刊发了《满妇奏派女生游学折稿》的专件文章，这篇文章是一个满族贵妇"前布政使卫贵州候补道乌勒与巴图鲁罗应箶之妻二品命妇皮氏"所作。这位贵族女性就"请派游洋以倡女学"为主题，向当局政府奏请游学。虽然她的出发点在于从派遣女性学习"焙茶之法、树桑之法、育蚕之法、缫丝之法，回华整顿，用保利权"②，但也反映了当权阶层的利益考虑。伴随着清政府《奏定蒙养院章程及家庭教育法章程》将女子家庭教育内容列入教育计划，在1906年，清政府"明定官制，将女学列入学堂职掌"，1907年3月8日，学部又拟定了第一个女学堂章程《女子师范学堂章程36条》和《女子小学章程26条》，女性教育顺理成章地进入了社会教育中。③

这种女性教育乃至游学的倡导，不仅仅是最早期的女学兴办者的思路，也逐渐被在校学生所接受，1912年的《妇女时报》第15期，刊登了苏省女蚕校学生袁俊的《游历增学识论》：

---

① 秋瑾：《留学日本秋女士瑾致湖南第一女学堂书》，《女子世界》1905年第1期。
② 乌勒与巴图鲁罗应箶之妻二品命妇皮氏：《满妇奏派女生游学折稿》，《女子世界》1905年第1期。
③ 相关内容参见杨剑利《女性与近代中国社会》，中国社会出版社2007年版，第75—76页。

均是人也，具五官，备四肢，日处斗室之中，郁郁居此，宁有乐趣哉？一旦出门，四望豁然开朗，胸襟为之一畅。及至登高山，浮大川，则谓前所见者小矣，于是流连不去。玩赏不已，以为天下之奇观矣。及遍阅报章，则又曰不出门能知天下事。虽然，报章所载，不过十一也。他若山川之形势，物象之奇异，乌可遍览而详述之乎？

然则何以增学识乎？曰游历而已矣。独不闻古人之游历乎？若孔子之周游列国也，史公之遍览山川，张骞之奉使西域也。此三君皆吾国游历人之鼻祖也。然游历之事，诚非易易。彼孔子之游历，仅于中原之地，史张二公，足迹虽远，未尝不经挫折而冒险阻也。

故欲游历，非材而有文者，即周游无所得。非胆略稍壮者，辄畏缩而不前。二者备矣，而资斧困乏，仍不能如愿以偿。噫！游历实非易也，诚古今嗜游者之憾焉。

近则风气开矣。五洲万国，无所不通。水有汽船，陆有汽车。一日之内，数刻之间，可达百千里。游历之士，六月可遍全球。于是各国之形势，人情之异别，名胜之地，行罕之所，无不历览，较诸笔述图记者，不尤确而有征乎？

游历之后，而或着文焉，而或发为诗焉，或为歌焉，或为画焉，为图焉。匪第能增吾学识，且相传无穷，为人钦慕不已。

顾此事也，岂特丈夫为然，女子亦当然耳。向时风气未开，女子深居闺阁，不事学问。虽一乡一隅之事，亦罕见闻。以致女界沉沦，风俗腐败，国力萎弛，此憾事也。今则文明进化，凡我同胞，亟除陋习，当遍历环球，以增学识。庶不至腼然人面，为男界所轻视也。

然亦有无智之徒，假游历之名，而任意放荡，如脱辐之牛，轶笼之鸟，抛弃光阴，不知爱惜。一旦归乡，则攘臂昂首夸其乡人曰"适游环球来"、"适从欧美来"、"所历之事，记不胜记"，其乡之人，固无不心计交慕之，以为其所历者广矣。及询其游历之大略，且默然莫对焉。至记不胜记之事，更无论矣。呜呼！斯辈为增学识而事游历乎？抑假游历之名，而玩岁竭日乎？①

可以这样总结，通过女性教育、女性游学，大量女性终于开始以合理合法的面貌和姿态出现在社会公共视域中，而女性期刊的参与、推广力量更是居功至伟，在《女子世界》1904—1906年的三年办期刊生涯中，刊登女性游学鼓励性文章多达十余篇，在《女子世界》1904年第2期载有"薛锦琴②女士小影"，1905年第11期还在图画栏目专门刊出了日本实践女学校中国留学生的照片。《妇女杂志》1915年第2期登有"Miss Yoke Len Lee（李亦爱）Miss Mabel Lee（李美步）小影"的照片；《妇女杂志》1918年第9期有最近出洋留学之女学生小影，这些都可见女性期刊对于女性游学的鼓励以及关注的持续性。这种宣传力度和影响效果是非常巨大的，也正是从此开始，女性的游学、游历成为女性在文学作品中描摹的一个重要对象。

（二）陈衡哲的《记新大陆之村中生活》

作为中国现代文学史第一篇白话小说的作者，陈衡哲的文学创作带有很强的时代特色，而她本人的经历也正是近现代之际女性知识分子通过教育走向文学创作和广阔的社会文化空间的典型。1914年夏天，陈衡哲赴美留学，并在美国五所知名女校之一的瓦沙女子大学就读。1918年以优异的成绩毕业，并获得芝加哥大学的奖学金专修西洋历史继续深造，在此期间，通过书信和朋友介绍，认识了胡适、梅光迪、杨杏佛、朱经农、胡先骕等人，并且以莎菲的笔名开始创作。1917年陈衡哲创作的白话短篇小说《一日》发表于《留美学生季报》，成为当之无愧的女性文学先行者。她的《记新大陆之村中生活》刊发于《妇女杂志》第4卷第3期（1919年3月），在同时期的女性创作中比较醒目，一方面承袭了女性期刊介绍外国女

---

① 袁俊：《游历增学识论》，《妇女时报》1912年第15期。
② "薛颂瀛，广东香山人，留学生。字舟仙，北洋书院学生，向与康徒们还甚密，其（薛颂瀛）侄女薛锦琴在美国留学，即受保皇会供给也。甲辰春由王龙惠在美东介绍与孙总理相识。"参见中国史学会主编《中国近代史资料丛刊·辛亥革命》，上海人民出版社1957年版，第202页。

性运动、女性解放思潮新动向的传统，另一方面又以一种更直接的方式将自身的国外生活体验呈现在读者面前。而对于中西方生活的对比、文化的反思则成为了陈衡哲在美及欧洲游历期间的重心，这种思想倾向通过这种反映日常生活的游记类作品得到了反映。

从《妇女杂志》创刊伊始，女性期刊一直以增长女性见识、开拓女性视野为首要期刊传播内容。平湖淑英女学教习张芳芸在《发刊辞三》中写道："人生天地间，不可一日无所养，即不能一日无所教。……今者《妇女杂志》发刊，应时世之需，佐女学之进行，开通风气，交换知识，其于妇女界为司晨之钟，徇路之铎。"① 因此《妇女杂志》设立了"译海"、"记述"栏目，专门介绍国外时政要闻、女性典范、奇事怪闻，如第 1 卷第 1 期的《英国女子之经商试验谈》，第 1 卷第 2 期的《英国内阁应特置女政卿说》，第 1 卷第 4 期的《农村富人俱乐部（日本）》，第 4 卷第 5 期的《欧战与各交战国夫人之真相》、《印度女界近闻》等等。可以说这类文章视野甚广，横跨欧美，兼备亚洲诸国。但是，女性期刊的定位要求不仅仅除了介绍，还要有女性自身的经历才更加确实，更能拉近与读者的距离。从这一意义上，海外女留学生直接发表作品弥足珍贵。1920年《妇女杂志》刊发了《郑毓秀②女士之谈话》（第 6 卷第 4 期），以新闻记者的采访概述了郑毓秀女士对赴法留学的倡导。但是这些文章往往泛泛而谈，而陈衡哲的《记新大陆之村中生活》，却从自身游历的视角向读者展示了一个非人云亦云、崭新陌生的异国体验之旅，女性的身影已经勇敢地出现在大洋的彼岸，甚至是美国的山川田野中，这无疑是中国女性用地理空间实践女性文学空间的典范。

陈衡哲旅行的是美国东部名山甘芝克（Carskills），而区别于其他旅游景点的喧嚣，山麓小村亚旭康（Ashokan）引起了陈衡哲的喜爱，因此决定在小村进行游历。在陈衡哲的笔下，亚旭康小镇民

---

① 张芳芸：《发刊辞三》，《妇女杂志》1915 年第 1 期。

② "在赴法勤工俭学运动酝酿和发展过程中，最早赴法的女子是广东的郑毓秀和章明保。1912 年她（们）经北京留法预备学校短期培训后乘火车经西伯利亚到达法国，入蒙达尼女子学校学习。1916 年又有女子陆悦琴赴法。"参见孙石月《中国近代女子留学史》，中国和平出版社 1995 年版，第 195 页。

风淳朴、风景秀美，但她更关注的是村民的日常生活，在女性善感的目光中，首先注意到的就是美国乡村的贫穷。

> 美国以物质致富甲天下，不知穷乡僻村之间，贫苦之声乃不亚于吾国也。村中有病妇某者，有子六七人皆幼，其夫弃之外出不归。妇日夕苦作，遂成肺疾。之长女，为病母乞牛乳，邻右乃知其情，遂聚资送妇至病院，而诸子之食用，至今仍无着落云。此外类此者甚多，然大抵为儿女众多之家，然则贫苦之大原，岂不昭然甚明也哉？①

同为女性，为家庭所累、为子女众多所累，这种感同身受的感喟之语，再结合中国的因多子而致贫致病的苦难现状，不得不说会在读者心中引起共鸣和回响。而作为异国游子，陈衡哲也从细微处去描摹家难国耻：

> 吾以村中人鲜见外人，不欲标异，遂改衣美国衣裙，然初来之时，村人之驻足而视者，仍不少也。……或询吾在此邦何为，吾曰读书，曰然则君必系教会所遣送者矣，吾曰否，其人大奇。盖美国普通人民见吾国学生之在此者，几无不以为为教会之所遣送，亦即彼辈做好事之间接成绩品也，此耻吾国人将何以雪之？②

正如郁达夫在《沉沦》中体验的弱国子民之痛，陈衡哲在美国也深刻地体验到了国家积弱贫穷给国民带来的屈辱感受。她叙说了自身的美国乡村体验，承接了前辈如单士厘、吕碧成、秋瑾等人的步履和思索，且住且记、半游半走，美国乡村的人情时风跃然纸上，而女性的感伤和柔柔的思乡之情也随之流淌，在反思中国女性的不幸处境和中西方文化中，景色与思绪巧妙地结合，陈衡哲曾

---

① 陈衡哲：《记新大陆之村中生活》，《妇女杂志》1919 年第 4 期。
② 同上。

说："中国文化始终处于变化之中，西方文化过去一直在向中国人的生活中渗透，现在也仍是如此，没有办法逃避，中国传统文化离开西方文化的帮助，不足以解决大量因与西方文化的接触所产生的问题。"[①] 而这种文化的深刻反思正是基于自身旅居海外，耳濡目染之下产生的。当女性的世界从香闺扩展到世界之涯，借由文字传递心声，女性的认识和体悟开始深广而愈发敏锐了，女性在游学中更多亲身体验到西方文明的力量，在强烈的参与意识的促动下，形成迥异于旧时才女的精神视野。"文学女性的多情善感自此开始包蕴丰富的社会内容和阔远的人生境界，其主题指向不再仅囿于个人生活的狭小天地，而是同时辐射到广阔的社会历史领域，从而趋向博大、深邃。"[②] 这种个体的确认、生命情感的表现正是现代女性文学重要的标识之一。

尤其值得注意的是，尽管陈衡哲在异国感受着国家的差异，话语也指向一些宏大的"话题"，但其女性的特质在文字中仍然体现得十分明确，她饶有兴致地对不同地域带来的橘子的美味加以鉴别，对蜂蜜养殖充满浓厚的兴趣，惊奇于农民的日常作息，贪杯而酩酊大醉，痴迷于田园风光，这些富于生活趣味的温暖时光体现了女性独有的性别品味。"受男性思想的影响，日常生活与经济、政治等社会活动不同，往往被视为琐碎的、私密的、非历史的，因而也是次要的、从属的，长期被研究者、规划者、管理者所忽视。但日常生活对大多数人而言，尤其对女性而言，是个人生活的重要组成部分。"[③] 而在《雅典宪章》中，游憩正是城市四大功能之一。陈衡哲的海外游记因此也具备了一种展示都市知识女性融入自然、耽于田园风光，又以文学化的形式加以表现的重要意义。

二 休言女子非英物：女性政论文创作

如果说近代女性文学空间的拓展就是从闺房的秘密花园开始逐

---

① 陈衡哲编：《中国文化论集》，王宪明、高继美译，福建教育出版社 2009 年版，第 253 页。

② 乔以钢：《多彩的旋律——中国女性文学主体研究》，南开大学出版社 2003 年版，第 4 页。

③ 黄春晓：《城市女性社会空间研究》，东南大学出版社 2008 年版，第 23—24 页。

步向社会空间转移，在此过程中，叙事上的转变就是一个重要的表征。这种叙事转变首先表现在叙事的体裁转变中，顾廷龙在《历代名媛文苑简编·序》中说道："观乎历代妇学，以现存著述论之，则诗文词为多，而文又远逊于诗词。"① 这种以诗词为正宗的文学观念虽然随着梁启超等人的"小说界革命"逐渐有所改观，但在女性写作领域，这种变化还是举步维艰的，从古文到白话文，从诗词到散文乃至小说，女性写作者经历了初期的不适与阵痛，在半文半白间寻找着文字的出路。而其中很多作品也在这时间段涌现出来。有研究者发现，在体裁创作过渡选择中，近代女性作者几乎都在政论文中大显过身手：

> 女性政论是 20 世纪初女权运动的舆论产物，女权运动中的重要话语和热点，在女性政论中均有全方位的体现，诸如不缠足、兴女学、批判男尊女卑和封建婚姻、做女国民、投身民主革命，以及争取妇女参政，均是女性政论所论述的重要主题。为了更好地表现这些主题，女性政论也有鲜明的特色。诸如受梁启超"文界革命"的影响，以"欧西文思"入文；文章感情充沛，善以情动人；语言质朴流畅，富有生活气息；文白兼用，重视白话文体；故女性政论又有"女界新文体"之称。②

这种状况不应该被视为一个必然的现象，因为这种现象的产生本身就受到几个条件的制约。其一是知识女性数量的急遽增长，其二是女性创作与大众传媒的结合，其三则是女性自身写作方式的蜕变。"19、20 世纪之交的女性开始大量以散文写作，并彻底改变了女性的语文教育的本质，这本身就是个值得探讨的现象。"③

---

① 王秀琴编、胡文楷简订：《历代名媛文苑简编》，商务印书馆排印本 1946 年版。
② 郭延礼：《20 世纪初叶中国女性文学的转型及其文学史意义》，《上海师范大学学报》2009 年第 6 期。
③ 胡晓真：《文苑、多罗与华鬘——王蕴章主编时期（1915—1920）〈妇女杂志〉中"女性文学"的观念与实践》，《近代中国妇女史研究》2004 年第 2 期。

尤其值得注意的是，这些女性政论文写作者①，都有过创办报纸期刊，或是期刊主要撰笔人的经历，如陈撷芬创办了《女学报》，秋瑾

---

① 其主要女性政论文作家情况如下：

康同薇，生于 1879 年，卒于 1974 年，字文佩，号薇君，广东南海人，是著名维新变法运动领袖康有为的长女。康同薇从小受到较好的教育，精通国学和英语、日语。她15 岁时根据《二十四史》编纂《风俗制度考》，后翻译大量日文书籍，协助其父编纂《日本政变考》和《日本书目志》，1897 年，她参与澳门《知新报》的译报工作。1898年夏，康同薇与梁启超夫人李蕙仙、谭嗣同之妻李闰、叔父康广仁之妻黄谨娱、裘廷梁侄女裘毓芳等在上海创办《女学报》，这份报纸是近代以来第一份专以妇女为阅读对象的报纸，开辟了女性阅读的新天地。除了在《知新报》担任日文翻译外，康同薇还是该报的撰稿人之一，她的《论中国之衰由于士气不振》、《女学利弊说》分别发表于《知新报》第 32、52 期期首。

裘毓芳，生于 1871 年，卒于 1904 年，字梅侣，笔名梅侣女史。1897 年 7 月，裘毓芳担任了《女学报》主笔，发表了《话女学堂与洋学堂》和《论女学堂与男学堂并重》等文章。

陈撷芬，生于 1823 年，卒于 1923 年，笔名楚南女子，是 1899 年《苏报》继任者陈范的女儿。陈撷芬的《女报》创办工作历经坎坷，1899 年，陈撷芬在上海创办《女报》，但是不久就停刊。在 1902 年续出了《女报》，但由于 1903 年"《苏报》案"中革命志士的被捕而与父亲流亡日本。后来在南京又续出了《女报》第 4 期。陈撷芬比较有影响力的政论文有《独立篇》、《女界之可危》、《尽力》等等，观点鲜明，气势凌厉。

何震，生于 1885 年，卒于 1919 年，是著名学者刘文淇的儿媳，其夫刘师培也是后来蔡元培专聘到北大的著名古代文字学、文学专家。1907 年，何震与刘师培夫妇发起成立了"女子复权会"、"社会主义讲习会"，并且创办杂志《天义》、《衡报》，是我国较早宣传社会主义理论的实践家，并组织翻译《共产党宣言》等社会主义理论。何震的文章较多，多以"何殷震述"或者"震述"或者"志达"为笔名，发表了《女子宣布书》、《女子复仇论》、《女命》、《论中国女子所受之惨毒》、《伟哉女杰》、《女杰巅天录》、《女子教育问题》、《女子问题研究》、《秋瑾死后之冤》等文章。

秋瑾，生于 1875 年，卒于 1907 年，字璇卿，号旦吾，浙江省绍兴府山阴县（今绍兴市）人，近代女民主革命志士，生于福建省厦门，留学日本后改名瑾，字（或作别号）竞雄，自称鉴湖女侠，笔名秋千、汉侠女儿，曾用笔名白萍。1905 年加入中国同盟会，1907 年 7 月 15 日于浙江省绍兴古轩亭口英勇就义，著有《秋瑾集》。作为近代最著名的女革命家、新闻人，秋瑾对近代妇女期刊的发展做出了不可磨灭的贡献。1907 年 1月在上海创办《中国女报》，发表著名的鼓励女性争取女权的《发刊词》、《敬告姊妹们》、《勉女权》等文章。（转下页）

创办《中国女报》，燕斌创办《中国新女界杂志》，张默君创办《神州女报》，何震创办《天义》，胡彬夏曾为《妇女杂志》的主编，此外如杜清持、杨季威、张昭汉等人都是多份女性刊物的重要撰稿者。由于期刊的性质，要求有短小精悍、时政性强、观点尖锐的政论文章，而这正给了这些急于投身变革、敢为风气之先的女性以发声的平台，因此在期刊的"社说"、"论说"的栏目中，这些女性往往一显英雌本色，指点江山、激昂文字，而其中也出现了近代女性政论文的很多典范之作。

虽然这些女性按照有些研究者的分类是属于"承父荫、凭夫贵"，但是在当时大多数沉默的女性中，她们用自身的经历去书写了

接上页注① 唐群英，生于1871年，卒于1937年，字希陶，号恭懿。1905年加入中国同盟会，是该会第一位女会员，同会的还有秋瑾、何香凝等人。1904年和1910年两赴日本，入女校学习并进行争取女性活动，成立"留日女学生会"，创办《留日女学生杂志》及《留日女学会杂志》。1911年加入南社，1912年，唐群英在北京创办《女子白话报》，要用"至浅之言，引伸至真之理，务求达到男女平权的目的为宗旨"。1912年11月，又创办《亚东从报》。1913年2月16日，唐群英与张汉英、丁步兰等创办《女权日报》。可以说唐群英的一生是积极兴办女学、办刊物、争取女权的社会活动家的一生。

燕斌，生于1870年，卒年不详。1907年2月与刘青霞在东京创办《中国新女界杂志》，并发表《女权平议》的文章。

张昭汉，生于1884年，卒于1965年，南社成员，字默君。1912年11月，张昭汉与姚景苏、汤国黎、杨季威等人在上海成立了《神州女报》，也是"神州女界共和协济社"的机关报。1913年3月改成月刊。

胡彬夏，生于1888年，卒于1931年，是近代最早的留日女学生之一。1903年胡彬夏在日本发起成立"共爱会"，1907年，她又通过了官费赴美留学考试，成为首批官费留美的女生，毕业于韦尔斯利大学。1916年胡彬夏自第2卷开始担任《妇女杂志》的主编，发表文章如《二十世纪之新女子》、《美国家庭》、《蒙得梭利教育法》、《何者为吾妇女今后五十年内之职务》、《二十世纪之新精神》、《基础之基础》、《美国少年》等。胡彬夏在主编《妇女杂志》期间所倡导的妇女改造家庭的主张，直接来自于19世纪末20世纪初美国的妇女教育理论。第2卷之后，胡彬夏即不再出现于该刊。

杜清持，生卒年不详，又号清池女史、杜青持、杜清池、青持女士。光绪二十九年（1903年）杜清持与刘佩箴共同创办广东女学堂，是中国最早兴办女学的志士之一。在《女子世界》发表《论游历阅报为女子立身之要务》、《男女都是一样》、《文明的奴隶》文章，在《妇女杂志》1卷10号发表《西湖游记》。

女性勇敢走向社会、走向世界的历程，并且用自己的笔锋，直指中国女性解放的若干问题，这就是她们伟大可贵之处。她们的政论文章也由此呈现出以下几方面内容和意义：

（一）以争取"女权"为中心，直面封建社会女性压迫历史

自梁启超的《变法通议·论女学》发表以来，以围绕救国兴亡展开的争取各种女性权利的运动就不曾停歇，1902—1903 年之后对西方"女权"思想的介绍使得中国知识女性认识到"女权"这一解放武器①，首推的就是《女界钟》传播的"女权"思想。陈东原在《中国妇女生活史》中指出，"关于妇女革新运动，有一本很激烈的书，便是光绪二十九年（民国前九年，公元 1903）'爱自由者金一'著的《女界钟》"。这里的"爱自由者金一"指的正是金天翮，在《女界钟》中金天翮提出了女性的六项权利——"入学之权利，交友之权利，营业之权利，掌握财产之权利，出入自由之权利，婚姻自由之权利"②。而秋瑾、燕斌、陈撷芬等人的政论也主要是围绕着不缠足、兴女学、经济自由、婚姻自由、做女国民、争取女性参政等一系列女权主张而展开的。

例如燕斌对中国封建社会压迫女性的《女诫》进行猛烈抨击的文章《女权平议》说：

> 自人道主义之说兴，女权之论，日以昌炽。浅见者必惊其奇辟，目为邪说，从而力驳之，以为干刚坤柔，男尊女卑，乃不易之定理。女子以卑弱为主，何权之有？噫！为此说者，所

---

①　"'女权'这个词从 1902—1903 年左右开始在中国言论界普及。对于'女权'的普及，贡献最大的是马君武和金天翮。两人发表的著作都频频使用'女权'这个词。"参见［日］须藤瑞代《中国"女权"概念的变迁》，姚毅译，社会科学文献出版社 2010 年版，第 51 页。须藤瑞代指出，马君武翻译了斯宾塞《社会静态学》第 16 章"女性之权利"和达尔文的社会进化论，刊登在《新民丛报》第 29—31 号，1903 年，他又翻译了《弥勒约翰之学说·二 女权说》于《新民丛报》30 号。马君武的《女权篇》、《女权说》（简称上面两篇翻译）在当时反响巨大，在 1912 年，吴增兰曾把两篇文章改成白话文，发表在成都的《女界报》上，参见夏晓红《晚清文人女性观》，作家出版社 1995 年版，第 71 页。

②　陈东原：《中国妇女生活史》，商务印书馆 1937 年版，第 328—337 页。

谓"夏虫不可语冰"井蛙之见，不足以知天之大。①

陈撷芬则针对女性争取权利而提出女性必须独立的主张：

> （女性）徒以身命肢体委之男子。即有以兴女学、复女权
> 为志者，亦必以提倡望之于男子。无论彼男子之无暇专此也，
> 就其暇焉，恐仍为便于男子之女学而已，仍为便于男子之女权
> 而已，未必其为女子设身也……呜呼，吾再思之，吾三思之，
> 殆非独立不可！②

陈撷芬因此从各种角度阐述女性与国家天然联系和女性爱国的
益处：

> 美！！美！！美！！吾敢断言曰，吾中国二十世纪后之女界，
> 为超越欧美，龙飞凤舞一绝大异彩之时代，其故何？曰，中国
> 女子有三特色，请举以质于吾同胞。一曰吾女子有坚执心，请
> 试观自古至今，为孝女烈妇者，可为车载斗量，虽为家族思想
> 所限制，然非爱情坚执者能致此乎？吾中国人心散乱，皆因无
> 爱情耳！苟女子一旦幡然而明，知国为至宝，彼岂不以其爱父
> 母，与夫从一而终之爱情，移爱于国，移爱于同胞乎？其结团
> 体也，必至永久不散，死生相共也。一曰吾女子有慈爱心，一
> 身虽安享，而若见贫苦人，则觉恻然，必设法而施给之，……，
> 吾女子倘成就学业，得参预政治外务，必有平等、公和、自爱
> 种族之心。一曰女子有报复心，中国向有谤女子之言曰，最毒
> 妇人心。吾知此毒性，亦为吾女子之特美性也。中国人之无恨
> 心也，日受外人之荼毒，而不知恨，尚有趋奉之者，即今之满
> 洲异族，食吾之毛，践吾之土，二百六十年矣。……我女子若

---

① 燕斌：《女权平议》，《中国新女界》1907年第1期。
② 陈撷芬：《独立篇》，载全国妇联妇女运动历史研究室编《中国近代妇女运动历史资料（1840—1918）》，中国妇女出版社1991年版，第245页。

能一旦明白满洲之为我异族也，残酷我同胞，断送我土地，则其仇恨心必坚决，不顾一身之利害，必辗转设计而对敌之。所谓最毒妇人心，既知其非，必与其始终反对，无忽而仇敌，忽而和好之病矣！吾女子有此三特性，苟能人人读书，知大体，爱国爱种，办事之手段，必胜于彼男子也，必优于彼欧美女子也。①

秋瑾在《敬告中国二万万女同胞》中痛陈女性饱受压迫的不幸遭遇：

哎！世界上最不公平的事就是我们二万万女同胞了。从小生下来，遇着好老子，还说得过。遇着脾气杂冒、不讲情理的，满嘴连说："晦气，又是一个没用的"，恨不得拿起来摔死。总抱着"将来是别人家的人"这句话，冷一眼白一眼的看待。

没到几岁，也不问好歹，就把一双雪白粉嫩的天足脚，用白布缠着，连睡觉的时候，也不许放松一点；到了后来，肉也烂尽了，骨也折断了，不过讨亲戚、朋友、邻居们一声某人家姑娘脚小，罢了。这还不说，到了择亲的时光，只凭着两个不要脸媒人的话，只要男家有钱有势，不问身家清白，男人的性情好坏、学问高低，就不知不觉应了。

还有一桩不公的事，男子死了，女子就要戴三年孝，不许二嫁。女子死了，男子只戴几根蓝辫线，有嫌难看的，连戴也不戴；人死还没三天，就出去偷鸡摸狗；七还未尽，新娘子早已进门了。上天生人，男女原没有分别。试问天下没有女人，就生出这些人来么？为什么这样不公道呢？那些男子，天天说"心是公的，待人是要和平的"，又为什么把女子当作非洲的黑奴一样看待，不公不平到这步田地呢？

……这总是我们女子自己放弃责任，样样事体一见男子做了，自己就乐得偷懒，图安乐。男子说我没用，我就没用；说我不行，只要保着眼前舒服，就做奴隶也不问了。自己又看无

功受禄，恐怕行不长久，一听见男子喜欢脚小，就急急忙忙把它裹了，使男人看见喜欢，庶可以藉此吃白饭。至于不叫我们读书、习字，这更是求之不得的，有什么不赞成呢？诸位想想，天下有享现成福的吗？自然是有学问、有见识、出力做事的男人得了权利，我们做他的奴隶了。既做了他的奴隶，怎么不压制呢？自作自受，又怎么怨得人呢？①

在《敬告姊妹们》中，秋瑾对女性甘心奴性，放弃反抗，甚至不以为耻反以为荣的情况进行猛烈的攻击：

我的最亲爱的诸位姊姊妹妹呀……所以人说书报是最容易开通人的智识的呢！唉！二万万的男子是入了文明新世界，我的二万万女同胞，还依然黑暗沉沦在十八层地狱，一层也不想爬上来。足儿缠得小小的，头儿梳得光光的，花儿、朵儿，扎的、镶的，戴着；绸儿、缎儿，滚的、盘的，穿着；粉儿白白、脂儿红红的搽抹着。一生只晓得依傍男子，穿的、吃的全靠着男子，身儿是柔柔顺顺的媚着，气虐儿是闷闷的受着，泪珠儿是常常的滴着，生活儿是巴巴结结的做着：一世的囚徒，半生的牛马。试问诸位姊妹，为人一世，曾受着些自由自在的幸福未曾呢？②

（二）争取话语权，表现女性立场

如果说梁启超的一系列文章为中国女性解放开辟了道路与方法，那么女性知识分子在女性报刊的积极发声既体现了她们的责任感，也在一个方面言说了她们的声音和主张，"透过这项新式的文学场域，女性找到与自己同声相气者，纷纷开言提倡女权女学，企图一扫千古以来女性在公共领域中的失语/无语状态。对照之下，当时大部分的报刊仍旧掌握在男性文人之手，这些女性启蒙者及其

---

① 《秋瑾全集》，上海古籍出版社1960年版，第5页。
② 同上书，第14页。

报刊的启蒙功能便显得更加重要"①。

尤其值得注意的是，从女性知识分子参与到政论文之后，天生的女性立场和不同的思考角度，使得同样在时代背景下的兴女权，也呈现出了不同的观点和风貌。这也可以被理解为不同话语权的出现所显示的女性独立立场。

如前文我们分析的金天翮的《女界钟》，在出版之时，有一篇林宗素所作的序，在序中林宗素虽同意金天翮的女性平权的主张"诞育国民之母"，但同时她认为"虽然权也者乃夺得也，非让与也"，这种观点无疑更具有革命性和主动性。联系后面女性争取参政权利的种种武力举动，无疑是这种看法的现实操练。所以林宗素的"特欲以自鞭策我二万万之女子，使之由学问竞争进而为权利竞争"为后来的女性革命者高呼猛进提供了最初的理论支持。其后的陈撷芬也在《独立篇》中阐发了脱离男性的女性解放观点，"无论彼男子之无暇专此也，就其暇焉，恐仍为便于男子之女学而已，未必其为女子设身也"②。而且对于女性的地位是"国民之母"的"母性观点"，陈撷芬也并未多加讨论，反而在列强虎视眈眈、中国救亡图存的前提下去论述解放女性，虽同是为爱国救亡，但陈的着眼点并不是男性眼中的"母性"角色，这是当时女性不屈从男性想象构建的一次重要尝试。

金天翮的"国民之母"的主张，也遭到了后来的女性革命家的反驳。秋瑾的女性解放文章中的核心观念就是"尽与男子一样的义务"。1907 年的《敬告姊妹们》在叙述了中国女性黑暗的生活之后，秋瑾认为，女性的一大问题就是"一生只晓得依傍男子"，裹小脚、穿红戴绿、逆来顺受，这样的生活完全没有自己的自由，这种生活完全是一种奴隶的生活，而要破除这种生活，就一定要自立。"如有志气，何尝不可求一个自立的基础，自活的艺业呢？"③

---

① 罗秀美：《从秋瑾到蔡珠儿——近现代知识女性的文学表现》，台湾学生书局 2010 年版，第 60 页。
② 陈撷芬：《独立篇》，载全国妇联妇女运动历史研究室编《中国近代妇女运动历史资料（1840—1918）》，中国妇女出版社 1991 年版，第 245 页。
③ 《秋瑾全集》，上海古籍出版社 1960 年版，第 15 页。

因此女性要争取受教育，或者掌握技术，这样能够谋生，才能得到男性的尊重。可见秋瑾的女性解放的立足点是女性自身的"自立"，而非将希望寄托于做"国民之母"孕育下一代。

杜清持在《女子世界》第 6 期的"演坛"栏目也有一篇文章叫《男女都是一样》，谈到兴女学，说了这样一番有道理的话，"如今读书，不是讲徒然认得两个字，会读两三本木鱼书①，就算为读书的，一定要读些有用的新书，靠读书来明白人间的公理，见得男女都是一样，就当尽国民的义务，各人都出来办事，各人都出来谋生，彼此创出一番新世界来"②。这种男女都同样承担社会责任、尽社会义务，同时彼此创造新世界的想法显然要比当时男性所提倡的女性强健自身，从而为培育中国强健的后代，或者用新思想武装，从而更好地为家庭服务的观念先进了不知几许！如果当时的男性精英们能够仔细聆听一下这些女性的真知灼见，那么女性解放的道路将向着另一个方向挺进也未可知。

"感伤性是传统女性文学的一大特点，这与女性这一弱势群体的社会地位有很大关系。中国传统哲学伦理，总是把女性视为柔弱、卑贱、依附、顺从的代名词，这便注定了她们生活中的不幸，乃至悲剧性的命运。因此，在她们的作品中时常笼罩着一种感伤气氛。近代女性文学，除受传统女性文学感伤性的影响外，又增添了时代的悲剧内容，即民族危亡、战乱频仍的社会现实，国家的忧患与个人的不幸遭遇（战乱带给妇女的不幸），使近代女性文学回荡着感伤与悲怆。"③ 这是研究者对于近代女性为文风格的总结，但是，这种情形在近代女性的政论散文中却经常被壮怀激越、博大雄壮之气所取代，这种原因恐怕与中国女性的坚忍不拔的品质有直接

---

　　① 清代著名谴责小说家吴趼人承认弹词文学对女性的重大影响，在光绪三十一年（1905 年）刊行的第 2 卷第 17 号《新小说》"小说丛话"中说："弹词曲本之类，粤人谓之'木鱼书'，此等'木鱼书'皆附会无稽之作，要其大义无一非陈述忠孝节义者……妇人女子习看此等书，遂时受其教育。风俗亦因之以良也。"吴趼人：《小说丛话》，《新小说》1905 年第 7 期。由此条评论可知，杜清持在此抨击的就是通文字的女性经常在家里读的弹词小说。

　　② 杜清持：《男女都是一样》，《女子世界》1904 年第 6 期。

　　③ 郭延礼：《中国前现代文学的转型》，山东大学出版社 2005 年版，第 338—339 页。

关系。当传统哲学伦理将女性看作柔弱、顺从的象征时，他们往往忽视了女性的意志力和时代的风云：

> 如果中国的妇女运动不汇入挽救国家危亡、推进民主政治的民族民主革命洪流，如果妇女不首先争得基本的生存权，就根本谈不上其它人权和女权。因此，中国的妇女解放运动无法成为一种独立存在的运动。在这种波澜壮阔的社会历史背景下，中国的女性创作不但无法跟反映并推动民族独立和社会变革的主流文学脱节，不但无法跟人民大众的主流意识形态脱节，而且不少卓有成就的女作家还自觉淡化性别意识，将自己独特的性别遭遇转换为对民族命运、种族生存的关注，以一种"大女性精神"进行创作。①

从这一角度说，尽管当时的很多女性从自身的性别境遇和思考中已经开始发出了独立思考的呼声，但是囿于形式而失声或者融入时代声浪，这是一个不可弥补的遗憾。但是她们对于社会—家国系统的关注和参与恰恰显示了女性从传统的闺房文化、女子不得参政的庙堂文化向着天下兴亡匹"妇"有责的女性国民身份的转变，这种转变在实际层面是政治性的，而在文化层面却是立体的，"散文——论说文的出现，使得传统女性的阅读与书写教养发生变化。她们接受报刊散文，进而书写报刊散文，这显示报刊散文的影响力，促使近代女性思想发生质变的一面"②。它内化到女性的心灵，外化到媒介文化的传播中，最终形成了一股不可遏制的力量。

第四节　女性期刊的女性儿童文学创作

> 凡是对儿童有爱与理解的人都可以着手去做，但在特

---

① 陈漱渝：《云霞出海曙，辉映半边天》，《长城》2000年第6期。
② 罗秀美：《从秋瑾到蔡珠儿——近现代知识女性的文学表现》，台湾学生书局2010年版，第61页。

别富于这种性质而且少有个人的野心之女子们，我觉得
最为适宜，本于温柔的母性，加上学理的知识与艺术的
修养……①

——周作人《儿童的书》

一　儿童的发现：女性文学与儿童文学的关联历史溯源

伴随着女性解放问题，儿童的发现与儿童的教育成为清末民
初知识分子关注的焦点，这种表征最明确的是震动寰宇的《少年
中国说》：

日本人之称我中国也，一则曰老大帝国，再则曰老大帝国。
是语也，盖袭译欧西人之言也。呜呼！我中国其果老大矣乎？
梁启超曰：恶，是何言！是何言！吾心目中有一少年中国在。

制出将来之少年中国者，则中国少年之责任也。使举国之
少年而果为少年也，则吾中国为未来之国，其进步未可量也。
使举国之少年而亦为老大也，则吾中国为过去之国，其渐亡可
翘足而待也。故今日之责任，不在他人，而全在我少年。少年
智则国智，少年富则国富，少年强则国强，少年独立则国独
立，少年自由则国自由，少年进步则国进步，少年胜于欧洲，
则国胜于欧洲，少年雄于地球，则国雄于地球。红日初升，其
道大光；河出伏流，一泻汪洋；潜龙腾渊，鳞爪飞扬；乳虎啸
谷，百兽震惶；鹰隼试翼，风尘翕张；奇花初胎，矞矞皇皇；
干将发硎，有作其芒；天戴其苍，地履其黄；纵有千古，横有
八荒；前途似海，来日方长。美哉，我少年中国，与天不老！
壮哉，我中国少年，与国无疆！②

梁启超在《变法通议》中对儿童教育问题的思考使得他成为中

---

① 刘绪源辑笺、周作人著：《周作人论儿童文学》，海豚出版社2012年版，第186页。
② 梁启超：《立法宪议·少年中国说》，载梁启超《饮冰室合集》（第五册），中华
书局1989年版，第5页。

国第一位从"未来国民"的角度思考"开民智"、"养新民"的人。
而由此生发了中国历史上前所未有的对于儿童问题的关注，魏寿
镛、周侯予合著的我国第一部儿童文学（教育）研究著作《儿童
文学概论》中说："这两旁的不用说，年来最时髦，最新鲜，兴
高采烈，提倡鼓吹，研究试验，不是这个'儿童文学'问题么？
教师教，教儿童文学，儿童读，读儿童文学，研究儿童文学，演
说儿童文学，编辑儿童文学，这种蓬蓬勃勃勇往直前的精神，令
人可惊可喜。"①

　　这种对于儿童文学的关注也大量反映在当时的报刊、期刊当
中，其实早在晚清时期儿童文学报纸杂志就已经开始出现，并出现
了儿童文学丛书。1875 年，美国教会学校清心疏远创办了《小孩月
报》（后更名为《开风报》），1897 年上海蒙学公会创刊了《蒙学
报》，1902 年，上海文明书局出版教科书《蒙学课本》（文言文），
1910 年孙毓修开始主编出版《童话》丛书，《童话》共计 102 册，
以译述、改编为创作方法，其中包括 29 种中国历史故事，包括
《史记》、《前后汉书》、《唐人小说》、《木兰辞》、《今古奇观》 等
等，48 种取材于西洋民间故事，如希腊神话、《泰西五十轶事》、
《天方夜谭》、格林童话、贝洛童话、笛福小说、斯威夫特小说、安
徒生童话等等。

　　与儿童期刊相对应的就是近现代知识分子对于儿童文学的翻
译、传播、研究和讨论，中国知识分子一直在儿童文学领域进行着
初期建设和耕耘，在儿童文学翻译方面，尽管当时没有明确的儿童
文学概念，却出现了以儿童为主要阅读对象的翻译盛景：1888 年张
赤山翻译的《海国妙喻》（《伊索寓言》）（继 1625 年、1840 年的
第三个中译本，1907 年放入《海外异闻录》出版，由天津时报馆
代印），1900 年对凡尔纳的科幻小说进行了大量、多版本的翻译，
1902 年 2 月到 1903 年 1 月，在《新民丛报》第 2 号到 24 号连载了
梁启超、罗孝高翻译的《十五小豪杰》（法文原著名《两年闰学校暑
假》），1902 年 11 月到 1903 年 9 月《新小说》（1—7 号）刊出的

---

① 张心科编著：《民国儿童文学教育文论辑笺》，海豚出版社 2012 年版，第 1 页。

《二勇少年》（南野浣白子述译），1903 年徐念慈翻译的《海外天》由海虞图书馆出版，1907 年商务印书馆出版的临沭、李世中合译的《爱国二童子传》，1905 年包天笑翻译的《儿童修身之感情》（1905 年上海文明书局出版）及其 1915 年商务印书馆初版单行本的《苦儿流浪记》等等不一而足，虽然这些作品有的秉持科学，有的秉持奇幻冒险，有的主旨在于教育，有的则着力于宣扬爱国主义，但比较明确的是其翻译均有这样的初衷，如梁启超说"见这本书可以开发本国学生的志趣智识，因此也就把它从头译出"①。又如包天笑翻译《儿童修身之感情》时说"此书情文并茂，而又是讲的中国事，提倡旧道德，最合十一二岁知识初开一般学生的口味"②。

对儿童文学问题的研究也开始出现在精英知识分子的思考视域中，但是这种将国家运命建立在儿童培养教育之上的思路明显带有功利性色彩，于此而来的儿童文学提倡也必将重视如科学、教育、冒险、爱国等内容，但并未真正思考儿童文学的核心，而 1912 到 1913 年，周作人发表了《童话研究》、《童话略论》等文章，才真正将儿童从"未来之国民"的身份还原到儿童的身份，1920 年周作人在《儿童的文学》中提出"我们对于误认儿童为缩小的成人的教法，固然完全反对，就是那不承认儿童的独立生活的意见，我们也不以为然"③。这种论述不仅把儿童看作独立的个人，而且要把儿童当作儿童，以儿童特质出发去研究儿童，这种主张是最切合儿童文学研究命脉的观点。钱理群在对周氏兄弟的研究中，就极大地肯定了周作人对五四时期"儿童的发现"的贡献，并认为五四时期周作人对儿童问题的考察与其早年在绍兴时偏重国家民族繁衍的立场不同，而是转向了"人"的健全发展的角度，将儿童作为"人的发现"的一个重要组成部分。同时，钱也强调周作人在五四时期所进行的儿童学、童话学、神话学研究在文学观念、艺术思维方式等方

---

① 胡从经：《晚清儿童文学钩沉》，少年儿童出版社 1982 年版，第 204 页。
② 同上书，第 106 页。
③ 刘绪源辑笺、周作人著：《周作人论儿童文学》，海豚出版社 2012 年版，第 112 页。

面都对中国现代文学的发展进行了富有启发性的开拓。①

　　而另一位举足轻重的儿童文学研究者、翻译者就是鲁迅，鲁迅的儿童文学翻译占据了他120余篇翻译的重要部分。早有研究者发现，从1921年左右鲁迅与周作人的通信推断，周作人从最初对安徒生童话全无兴趣到后来成为"中国介绍安徒生第一人"的成长过程中，鲁迅起了指导与启蒙的作用。② 就在《妇女杂志》上，鲁迅也先后发表过翻译爱罗先珂的《鱼的悲哀》、《小鸡的悲剧》。尽管鲁迅并未对儿童观、儿童文学进行过针对性的系统描述，但是仍有研究者认为："鲁迅是中国现代儿童观的经典中心"，鲁迅的儿童观则可以概括为"'立人'旨归下'儿童本位'的多种矛盾冲突"③。与此同时，诸多知识分子也纷纷重视儿童文学，如知名学者赵景深、郑振铎、张梓生等人，他们不仅广泛翻译了俄罗斯、日本、欧美知名童话，还进行了专门的有关童话的学术性讨论，如发表于《妇女杂志》第8卷第1期通信栏目的郑振铎《儿童世界宣言》、同期赵景深和张梓生的《儿童文学的讨论》、第8卷第7期冯飞的《童话与空想》、第16卷第1期霜葵的《童话与妇女》、第17卷第10期朱文印的《童话作法之研究》，赵景深还于1924年将有关文章汇编成中国首部童话论文集《童话评论》。

　　那么，儿童文学类型又是如何与女性文学结下不解之缘的呢？

　　早在维新变法之初，梁启超就已经将儿童教育的责任与女性的家庭教育相联系，他认为，儿童教育的责任很大程度上在于教师。而当时中国的教师"蠢陋野悍，迂谬猥贱"，"毁齿执业，鞭启觥挞，或破头颅，或溃血肉"，"导之不以道，抚之不以术"。正是因为有这样的教师，才使得中国的儿童教育质量低劣，"是欲开民智而适以愚之，欲使民强而适以弱之也"。而儿童教育的关键，72%

---

　　① 钱理群：《第四讲：儿童学、童话学、神话学研究与传统文化的反思》，载钱理群《周作人研究二十一讲》，中华书局2000年版，第48—64页。

　　② 藤井省三：《鲁迅与安徒生——儿童的发现及其思想史的意义》，载藤井省三《鲁迅比较研究》，陈福康编译，上海外语教育出版社1997年版。

　　③ 徐妍：《鲁迅论儿童文学·前言》，载鲁迅著、徐妍辑笺《鲁迅论儿童文学》，海豚出版社2012年版，第2—4页。

归于家庭教育，在家庭教育中，梁启超又特别强调母亲对儿童的影响，但可惜的是："中国妇学不讲，为人母者，半不识字，安能教人"，所以"女学衰，母教失"。① 因此要发展儿童教育，就要发展女子教育。《女子世界》发刊词中《女界钟》的著名撰稿人金一也这样去理解女性的"母体"功能："女子者，国民之母也。欲新中国，必先新女子；欲强中国，必先强女子；欲文明中国，必先文明女子；欲普救中国，必先普救我女子。"② 可见在维新改革派及其观点接受者那里，女性首先的属性是母性，这里就孕育着母与子的天然联系，而女性教养儿童成长的逻辑也由此而来，可以说这种女性与儿童的必然联系建立的基础仍然是一种女性归属家庭的传统女性价值取向，承认女性教育之功的前提一不是女性与男性的性别差异，二不是儿童自身的儿童发现，但是注重女性教育提升对儿童子女的教育，这本身确实起到了对女性参与儿童文学的创作推动作用。

儿童文学由此也进入了民国时期的教育体系，特别是女学体系中，1923年4月钱基博在其所拟的《三年师范讲习科国文教学纲要》之"本科作业支配"中将"通解普通语言文字"、"自由发表思想"与"解悟小学教学法"作为师范教育的三项要务，并指出若要"解悟小学教学法"就要研习"儿童读物研究"和"改文"两类重要的课程。③ 1924年北师大附中高级部女子师范科课程标准中开列的科目有"模范文选"、"书法"、"文字学"、"国语发音学"、"语法"、"修辞学"和"儿童文学"。④ 张圣瑜在其所著的《儿童文学研究》（商务印书馆1928年版）的"例言"中写道："本编材料适敷师范科学生第三学年第一学期两学分之修习，编者在江苏省立第一师范学校作为研究材料，复经邵鹤亭君于江苏省立第二女子师

---

① 以上梁启超观点见梁启超《论幼学》，载梁启超《饮冰室合集》（第一册），中华书局1989年版，第45—60页。

② 金一：《女界钟》，《女子世界》1904年第1期。

③ 光华大学教育系、国文系编：《中学国文教学论丛》，商务印书馆1927年版，第117页。

④ 《高级部女子师范科国文课程标准》，《北京市大周刊》1924年第5期。

范学校采为教材。"教育系统尤其是女学教育内儿童文学的重视和固定化更为女性与儿童文学发展树立了牢靠的思想接受基础和现实储备。

女性期刊发行之始就将儿童文学尤其是"童话"这一体裁纳入撰稿的视域中。以《妇女杂志》为例，自1915年发刊始至1932年刊物终结，没有中断对于童话小说的刊发，在王蕴章主编时期，共刊发"余兴"栏目（家庭俱乐部）童话41篇；章锡琛主编时期刊发家庭俱乐部"儿童领地"童话38篇；即使其后编辑屡经更迭，还发表了16篇。

如此宏大的童话刊载量在现代报刊上的出现意味着几个事实：第一，当时的知识分子（撰稿人、编辑者）充分认识到了儿童文学的重要价值和作用。第二，尽管数量巨大，但是童话大都来自于西方儿童文学资源的借用和翻译，真正原创性的儿童故事仍属少数，这恐怕也是民初儿童文学创作的一个现实境况。第三，童话体裁在女性期刊的出现印证了女性期刊在编辑话语时的天然的母性定位，将儿童、家庭统一归纳于女性事务范围之内。《妇女杂志》3卷2号《猿尾钓鱼记》的后面，有"记者附识"写道："儿童在家无事，为母者宜为之讲述有益之童话，可于不知不觉中引进其德性。盖寓言故事，较有趣味，儿童脑海中易于感触也。如此篇略寓害人自害之箴砭，苟猿不先害狐，则狐亦不致设计害猿。儿童悟得此意，无故侵害他人之意，自不易发生矣。（记者附识）"①

那么在清末民初阶段女性投身儿童文学创作的情况又是怎样的呢？

不可否认，在20世纪初的第一个20年女性文学的发展本身处于发轫建构中，女性儿童文学的译介和创作更是处于荒芜开创阶段，因此若论及这一时间段的女性儿童文学实绩主要集中在译介方面。儒勒·凡尔纳的《八十日环游记》首译者就是福建女诗人薛绍徽（1866—1911），这部作品在1900年由薛绍徽和她的丈夫陈寿彭完成。而据学者考证，翻译过程是"林译式"，就是陈寿彭口译，

---

① 鸟蛰庐：《猿尾钓鱼记》，《妇女杂志》1917年第2期。

薛绍徽笔述。① 1898 年出现了梅侣女士用白话翻译的《海国妙喻》，据郭延礼考证，梅侣女士译本不是自希腊文或英文译出，而是将张赤山《海国妙喻》中的文言改译成白话，但因其是第一个白话译本，故颇受学界重视。

《赠斧柄顿忘后患》部分译文如下：

> 　　有一把斧头，磨得极快利。这斧头自想必要装一木柄，才能合用，就去寻了一棵大树，对树说道："先生，赏我一小枝做柄，在先生身上所损不多，我却有了用处。他日我一定报效大德。"……谁知斧头既得了柄，就把这树砍得干干净净，岂不是上了斧头的大当么？……②

从翻译可见梅侣女士注重儿童文学语言的通俗性和趣味性，用儿童接受的语言方式而非佶屈聱牙的文言文，当然更受到儿童的欢迎。

但是这种女性翻译在 20 世纪初尚属少数，就目前资料看，翻译者不超过 20 人③，为什么说伍孟纯、伍季真是中国最早的女性儿童文学创作呢？原因有以下两点：第一，中国近代女性作家数量目前统计约百人以上，但涉足儿童文学创作者目前可见寥寥，笔者遍翻文学期刊及近代儿童期刊、当代文人研究均未见有对五四之前女性儿童文学创作的发现性研究。第二，持续性地在文学刊物发表作品，甚至在刊物某一栏目取得固定的撰稿席位，如伍孟纯在《妇女杂志》第 3 卷第 7 号到第 4 卷第 8 号"家庭俱乐部"童话栏目持续性发表作品的情况比较少见。也正是从这个意义上来说，《妇女杂志》上伍孟纯及其姊妹伍季真的翻译、创作就尤显得难能可贵了。

---

　　① 郭延礼：《20 世纪初叶中国女性文学的转型及其文学史意义》，《上海师范大学学报》2009 年第 6 期。

　　② 转引自杜传坤《中国现代儿童文学史论》，中国社会科学出版社 2009 年版，第 80 页。

　　③ 郭延礼：《20 世纪初叶中国女性文学的转型及其文学史意义》，《上海师范大学学报》2009 年第 6 期。

二　伍季真、伍孟纯的女性儿童文学创作

提及伍季真、伍孟纯，则必提其父兄伍光建、伍蠡甫。伍光建（1867—1943），原名光鉴，字昭，15 岁考入天津北洋水师学堂。毕业后，先后就读英国格林威治海军大学、伦敦大学，任晚清海军部军学司司长、民国财政部参事等政治职务，而他最闻名于世的则是他的译著。他一生翻译作品共计 130 余种，今天著名的《三个火枪手》（当时名为《侠隐记》），以及歌德的《狐之神通》、艾米莉·勃朗特的《呼啸山庄》都出自他的翻译。茅盾对伍光建翻译的《侠隐记》评价很高，他认为伍光建的译本不是全译，但他删节得很有分寸，没有损伤原著的精彩内容，书中主要人物的不同个性，在译本中非常鲜明，甚至连说话的腔调也有个性。因此，茅盾在 1924 年将这两本译作收入《万有文库》，后来被教育部列为中学生补充教育读本。伍蠡甫是伍光建的儿子，出生于 1900 年。他本来在复旦大学学的是文科，却非常喜欢绘画。上中学时就拜在国画大师黄宾虹门下学习绘画，是一位很有造诣的青年画家。1923 年从复旦毕业后，他并没有从事绘画工作，而是受聘于复旦大学和暨南大学担任文科教授。受父亲的遗传基因和家庭的潜移默化的影响，伍蠡甫对外国文学情有独钟。从 1929 年起，他先后创办了《世界文学》杂志，译介外国文学作品，还独译，或者与友合译，翻译出版了歌德、欧·亨利、泰戈尔等外国著名作家的五六本译著。特别是 1932 年他将美国作家赛珍珠的取材中国生活的长篇小说《大地》，编译成《福地述评》出版。

因为时光流逝，在这个显赫的知识分子家庭中①，两个女性的身影被父兄的荣光所遮蔽。在检索历史的吉光片羽时，在缝隙中我们可以看到这样一些痕迹，比如 1957 年 3 月少年儿童出版社出版

---

①　之所以说这个家庭知识分子显赫，是因为在这个家族中出现了很多中国近现代史上的著名人物，伍孟纯、伍季真的舅舅就是中山陵的设计者吕彦直，吕家与严复家关系密切，吕彦直的父亲叫吕凤祥，与严复是故交。因此，伍光建与妻子吕氏的婚姻由严复介绍，而吕氏的妹妹吕静宜则嫁与严复长子严伯玉，严复还介绍了知交罗稷臣的儿子娶吕氏的三妹，将侄女严琦许配给吕凤祥的长子吕彦深。因此，严家、吕家、伍家、罗家构成了紧密的家族联姻关系。

的《三个火枪手》，就是伍光建的子女伍蠡甫和伍孟纯根据伍光建的《侠隐记》译本缩写的。而伍孟纯的文学生涯早在 1918 年就开始了。她从 1918 年到 1919 年两年时间共发表创作、译介 9 篇。分别是第 3 卷第 5 期《鸦声》、《有恒与无恒》，第 3 卷第 7 期《洛宾之晚膳》，第 3 卷第 8 期《家事》，第 3 卷第 9 期《啄木鸟》，第 4 卷第 2 期《大言之狼》，第 4 卷第 3 期《驴子剃头》（附图一），第 4 卷第 8 期《勤惰之结果》。而从《吕彦直家世考证》文章及网上拍卖伍季真的书信来看，伍季真应该是伍孟纯的姐姐，即照片中的伍莹，伍孟纯则为伍璞。伍季真在《妇女杂志》第 3 卷第 12 期发表了《英兵与雀》，此外，伍季真还撰写过文章《回忆前辈翻译家、先父伍光建》，以及在 1929 年 7 月上海现代书局出版的蓝皮小书丛书中翻译过《恩定》出版。据历史资料，伍季真绘画才能出众，曾在 1937 年 3 月 24 日与女画家杨雪玖在上海南京路大新公司四楼举行二友画展并被评论为"伍季真作西画，具有东方风味"[1]。

图 1—2　伍光建一家合影

左起分别为：长女伍莹、次子伍荀、伍光建先生、长子伍庄、三子伍范、夫人吕氏、季女伍璞。（翻拍）[2]

①　《女画家杨雪玖、伍季真举行二友画展》，http：//memory. library. sh. cn/node/48877. html，2015 年 5 月 20 日。

②　《新会乡亲伍光建先生：中国"翻译界之圣手"》，http：//www. jmnews. com. cn/a/content/2010-10/25/content_ 88175. html，2010 年 10 月 25 日。

　　细读伍季真与伍孟纯作品，在这两位少女稚嫩的笔下，仿佛用童话向孩童们讲述着故事，同时也在展示着自己对世界的理解。在1917年，两姐妹先后在《妇女杂志》第3卷第5期、第3卷第12期发表了相同故事主旨的《鸦声》和《英兵与雀》。两篇故事都十分短小，伍孟纯的《鸦声》通篇白话文，而且语言文字简单洗练，准确地来说，这两篇童话读者对象全都设定为少年儿童比较恰当，不是像一般童话采用拟人写法，而是将现实中的人事作为故事素材，主题则都是对于动物的慈爱和人道精神。而且两个童话都配有生动的插图，让儿童一目了然，颇有趣味。

　　在这两个小巧的故事里，《鸦声》采用正叙与倒叙结合的方法，揭示人对鸟兽的残忍，反而对自己产生长久的心灵愧疚感，从而警示儿童要与人为善、爱护动物。在第3卷第9期的《啄木鸟》中，伍孟纯为偷吃粮食的啄木鸟辩护说："这个鸟虽是一个小小的动物，上帝也许他，和我们人类一样的呼吸空气，也许他自由的飞来飞去，况且啄木鸟并不像狐狸的狡猾、虎豹的猛恶，他不过在人家田里吃一点米来养活他的生命。我们失去一点米麦，并没有什么要紧。"最后，伍孟纯以讲述教导的口气结尾说："小朋友们，听了这段故事，牢牢记住，不可忘了，须知禽兽虽不能说话，一样也有知觉，决不可无缘无故去伤害他啊。若是看见同伴们虐待禽兽，请君务必要劝谏他，那才是正理呢。"[①] 长久以来，中国作家创作的儿童作品多以劝谕讽诫、道德教化为主，这种方法也深深影响了这些女性写作。对未来的儿童怀抱期许、培养良好的道德品行，这是这些作家写作的出发点。《妇女杂志》第3卷第5期的《有恒与无恒》从利赛姑娘和妹妹阿梅缝手巾的故事，告诉人们做事情锲而不舍要比三天打鱼两天晒网更有成效，是《龟兔赛跑》的翻版。而第3卷第8期的《家事》在伍孟纯的所有创作中算得上是最有滑稽色彩的了。她写了一个农人和妻子角色互换所引出的一系列可笑事。丈夫本来认为妻子不擅长料理家事，但等自己在家的时候，家务繁多、处处忙乱，最后待到妻子回来发现"满地的酒和牛乳"、"又看见小

---

　　① 伍孟纯：《啄木鸟》，《妇女杂志》1918年第9期。

孩子捆在床上","牛挂在墙头上,四个蹄子乱动",丈夫则"跌在水缸里"。最后丈夫无奈地表示"明天我去种田还是你在家里罢"。对比当时对女性家庭角色忽略的"分利说",伍孟纯的这篇《家事》用轻松娱乐的戏谑笔调,写出了女性家务事的繁多并需要智慧,相比之下,丈夫的耕田事业似乎更加轻松简单。男女角色互换所带来的喜剧效果描写得活灵活现,颇得莎士比亚《十二夜》的优长。正是"写人之愚钝刺谬,以供哄笑,如后世谐曲,越中有女婿故事,其说甚多"①。

伍氏姊妹的创作,可能只是她们生活中的尝试,在花季少女的年龄,受到家庭氛围的熏陶,用自己的稚嫩笔触去讲述儿童们喜闻乐见的小故事,但是从中我们会发现这样有意思的几个话题:

第一,女性的儿童文学创作在诞生之初,是较少考虑文学的社会价值功用的。朱自强在《中国儿童文学与现代化进程》中认为:"中国儿童文学是受西方儿童文学的催生而产生的。'五四'时代里,真正的儿童文学时代并没有出现在中国社会,因此,也是作为时代生活的表现和作为作家生活感受表现的儿童文学创作,难以获得'儿童本位'的感性体验,其艺术形态中,不可避免地缺失'儿童本位'的表现,而过多地渲染属于成人世界的思想和心境。"② 比如叶圣陶的《稻草人》最后的悲剧描写,就被认为"不像是文学作品,而更像是一种宣传材料,一种类似说明世界末日来临,百姓不得不反的宣示"③。陈伯吹的《阿丽思小姐》也写了阿丽思在中国看到的国民党统治的黑暗现实,从而具有了一种"生吞活剥,艺术性不成熟,不免是有'图解'之讥"④ 的问题。女性作家在接触实际生活时,也未尝没有揭露黑暗、抨击讽刺的鲜明意图,比如秋

① 刘绪源辑笺、周作人著:《周作人论儿童文学》,海豚出版社 2012 年版,第 26 页。
② 朱自强:《中国儿童文学与现代化进程》,浙江少儿出版社 2000 年版,第 196—197 页。
③ 刘绪源:《中国儿童文学史略(1916—1977)》,少年儿童出版社 2013 年版,第 23 页。
④ 陈伯吹:《阿丽思小姐》,湖南人民出版社 1981 年版。

瑾、王妙如①、邵振华②，或者如汤红绂的《蟹公子》（1909 年连载
于《民呼日报图画》）所反映晚清社会的种种官吏腐败、洋人横
行、恶霸横行的社会图景。但是在女性儿童文学初创之时，因为社
会经历（伍孟纯、伍季真彼时都是十几岁的少女）、人生阅历的关
系，伍孟纯、伍季真并未将文学与社会价值挂钩，即使是任季真的
《英兵与雀》描写英法交战，其注意力也仅在士兵思念家庭之苦的
表述上。这一点竟天然地暗合了儿童文学创作的主旨。周作人在
《童话研究》一文中指出：

> 　　盖凡欲以童话为教育者，当勿忘童话为物亦艺术之一，其
> 作用之范围，当比论他艺术而断之，其与教本，区以别矣。故
> 童话者，其能在表见，所希在享受，撄激心灵，令起追求以上
> 遂也。其余效益，皆属副支，本末失正，斯昧其义。有若传
> 奇，亦艺文之一，以其景写人生，故可假以讨论世故（即社会
> 剧），或以扬榷国闻，然必首具文德，乃始可贵，不然则但得
> 比于常谈，盖喻道益智，未为尽文章之能事也。
>
> 　　童话之用，见于教育者，为能长养，儿童之想象，日即繁
> 富，感受之力亦益聪疾，使在后日能欣赏艺文，即以此为之始
> 基。人事繁变，非儿童所能会通，童话所言社会生活，大旨都
> 具，而特化以单纯，观察之方亦至简直，故闻其事即得了知人
> 生大意，为入世之资。且童话多及神怪，并超逸自然不可思议
> 之事，是令儿童穆然深思，起宗教思想，盖个体发生与系统捧
> 生同序，儿童之宗教亦犹原人，始于精灵信仰，渐自推移，以
> 至神道，若或自迷执，或得超脱，则但视性习之差，自定其

----

① 王妙如（1877—1903），号西湖女士，浙江杭州人，著有小说《女狱花》。小说
对女性饱受男性和封建礼教统治的情况进行过尖锐的批判，文章描述女界是"里面上头
高耸坐着老老少少贫贫富富的无数男子，底下笑嘻嘻跪着老老少少贫贫富富的无数女
人，且与一群一群的牛牛马马，一同跪着"。参见沈燕《二十世纪初中国女性小说概
述》，载刘琦、杨萍主编《中国近代文学国际学术研讨会暨第十三届近代文学年会论文
集》，吉林人民出版社 2006 年版，第 98 页。
② 邵振华，邵作舟的女儿，安徽人，著有《侠义佳人》40 回。目前可见刊载于商
务印书馆出版的 1909 年 4 月的上、中两集。

趋。又如童话所言实物，多系习见，用以教示儿童，使多识名言，则有益于诵习，且以多述鸟兽草木之事，因与天物相亲，而知自然之大且美，斯皆效用之显见者也。①

这其中周作人所提到的童话的作用在于感性具象、供人欣赏，并且感染人心向上的功能更接近于艺术而非教育，教育的效果应该在审美作用的转化，而不能本末倒置。这些主张落实在伍氏姊妹的作品中，虽然有点夸大的嫌疑，但不可否认，伍氏姊妹是符合这种判断的。

第二，女性儿童文学创作得益于域外小说。陈平原在论述中国小说叙事模式的问题时有这样的论断："中国小说叙事模式的转变基于两种移位的合力：第一，西洋小说输入，中国小说受其影响而产生变化；第二，中国文学结构中小说由边缘向中心移动，在移动过程中吸取整个中国文学的养分因而发生变化。"② 而如果检视伍氏姊妹的创作，这种域外小说的影响几乎是不言而喻的。在前面的论述中，我们已经得知了伍氏姊妹家庭存在的翻译外国文学的因缘传统，在考察其作品时，我们不难发现其作品的外来因素。

首先，伍氏姐妹充分使用了多元的小说叙述方法，伍孟纯的《鸦声》以老者劝说儿童不要用石子掷鸦的一句话"石子却会反掷诸君"引起悬念，从而使叙述时间产生了逆转，在短小的篇幅容量中，使叙述时间在中间部分进行倒叙，这其实正是受到域外小说影响的关系。当时的作家发现"我国小说，起笔多平铺，结笔多圆满。西国小说，起笔多突兀，结笔多洒脱"③。所谓的"后者前之"、"中者前之"在当时的小说创作中体现得非常充分，而这与中国传统以来的叙事方式还是有很大的不同，"尽管有个别文言小说家偶尔采用倒装叙述，直到十九世纪末，艺术成就较高、在中国小说史上占主导地位的长篇章回小说，仍然没有把《左传》的'凌空

---

① 刘绪源辑笺、周作人著：《周作人论儿童文学》，海豚出版社2012年版，第14—15页。

② 陈平原：《中国小说叙事模式的转变》，北京大学出版社2010年版，第13页。

③ 徐念慈：《电冠·赘语》，《小说林》1908年第8期。

跳脱法'付诸实践。因此，可以这样说，到 20 世纪初接触西洋小说以前，中国小说基本上采用连贯叙述方法"①。

　　而在叙述人称上，伍季真的《英兵与雀》第三人称与第一人称叙述交杂使用，在叙述英兵所感时直接使用第一人称，在叙述时又转换为第三人称，没有任何旁白介绍，或者诸如"心里念道"、"心想"之类的穿插，转化自如，在人物心理与事件进程中自由推进叙事，这也显示了当时伍季真对于西方小说技巧的吸收借鉴。

　　其次，从语言运用上来看，尽管伍孟纯、伍季真创作时年纪幼小，但对于白话文的掌握，尤其是对欧化白话文已经颇有涉猎，而由此出现了一种朴素、简单、自然的白话文写作语言。胡适在《白话文学史》中对于"白话"有这样的论述，"一是戏台上说白的'白'，就是说得出、听得懂的话；二是清白的'白'，就是不加粉饰的话；三是明白的'白'，就是明白晓畅的话"②。而对于偏重于欧化白话文来说，则是和中国古代白话文有着鲜明的区别的，"在语言风格方面，古白话更加接近口语、缺乏严密的逻辑语法结构，而相比之下新文学的语言则更加逻辑清晰，经常使用长修饰语、分句、复句以及倒装形式，注重语法结构的完整"③。其实就这一问题，茅盾在论述伍光建的翻译时就曾经写道：

　　　　伍光建是根据英译本转译的，而且不是全译，有删节，可是他的译本有特点：第一，他的删节很有分寸，务求不损伤原书的精彩，因此，书中的达特安和三个火枪手的不同个性在译本中非常鲜明，甚至四人说话的腔调也有个性；第二，伍光建的白话译文，既不同于中国的旧小说（远之则如三言二拍，近之则如《官场现形记等》）的文字，也不同于五四时期新文学的白话文，它别创一格，朴素而又风趣。④

① 陈平原：《中国小说叙事模式的转变》，北京大学出版社 2010 年版，第 36 页。
② 胡适：《白话文学史》，载《胡适文集》，北京大学出版社 1999 年版，第 147 页。
③ 袁进：《纠正胡适的错误——〈新文学的先驱〉前言》，载《中国近代文学学会第十七届年会会议论文集》，天津，2015 年，第 575 页。
④ 茅盾：《我走过的道路》，人民文学出版社 1981 年版，第 234 页。

　　对于作为儿童文学的语言来说，表达反复逻辑结构的复杂复句结构显然是不适合的，但是就中国古代白话文而言，儿童文学的朗读性特征又无法体现。而观察伍氏姊妹作品，她们的文学叙述语言简洁、明了，但是语气助词、关联词、介词、拟声词的熟练使用，使得她们的作品具有了可宣讲性、晓畅性和生动性，这些与新文学作品也形成了鲜明的对比。

　　最后，伍氏姊妹的作品人物姓名与内容都广泛借鉴西方故事。例如，伍孟纯《有恒与无恒》主人公名字就是"利赛"与"阿梅"，故事进行中还出现"汤姆"这样的人物姓名；而《洛宾之晚膳》的作品虽因原文遗失不得见内容，但仍可推测主人公为"洛宾"；《家事》的主人公未有姓名，但从其家庭生产方式观察，确定为西方农夫家庭无疑；伍季真的《英兵与雀》的主人公也是一名西方士兵，故事发生的背景则是英法战争。在自己创作的作品中频繁使用西方故事原型、西方人名、西方社会背景，这也是当时中国在接受西方文化影响的一种十分典型的创作方式，这种方式被有的研究者总结为"以译代作"现象。"它是在中国近现代文学转型的语境中新文体诞生初期的一种文学产物。当时一些女性在创作时，受到西方文学作品故事情节、人物形象和表现手法的影响，自觉或不自觉地借鉴西方文学作品。这个过程经历了由摹拟外国小说到'以译代作'的过程。这种现象的出现与'西学东渐'的深入发展和女性作家对外国小说阅读的深入密切相关。她们以阅读、翻译外国小说为手段，经过移植、过滤与改造，生成一种新的文本，并表现出本土化的特点。"① 伍氏姊妹的创作虽是原创，但究其创作某些故事情节仍然属于这种范畴，这也是在近代儿童文学发展过程中出现的一种过渡形态的证明。

　　作为五四前的女性创作而言，其艺术功力、文学造诣的确与五四运动后第一批女性作家群崛起的盛况难以匹敌。但是当我们将历史的眼光回眸，往往会在芜杂的历史资料中看到这些凭借稚嫩笔端

①　郭延礼：《20世纪初女性小说书写中的"以译代作"——兼论中西文化交流早期的一种文化现象》，载《中国近代文学学会第十七届年会会议论文集》，天津，2015年，第122页。

而竭力留下足迹的女性的声音。在中国儿童文学的处女地上，恰恰是这样的努力，使得女性并未在儿童文学的发展道路上缺席，或者成为永远被男性启蒙的对象。也正是在这个意义上说，伍氏姊妹的儿童文学创作具有现代拓荒价值。其作品的情节、结构、语言、语境都是中国在近代社会转型期的过渡产物，也在中国儿童文学发展中留下历史的印迹。

表 1—1　　　　　　　《妇女杂志》童话创作情况一览表

所在卷期	童话题目	著者/翻译者
第一卷第四期	三面包	男爵夫人碧那原著，天行译
第三卷第二期	猿尾钓鱼记	鸟蛰庐
第三卷第三期	鹭与蟹	鸟蛰庐
第三卷第四期	黑夜明星	西神
第三卷第五期	鸦声	孟纯
第三卷第五期	有恒与无恒	孟纯
第三卷第六期	动物报仇谈	英国 Ernest A. Bryant 原著，射寿长译
第三卷第七期	洛宾之晚膳	孟纯
第三卷第八期	家事	伍孟纯
第三卷第九期	啄木鸟	孟纯
第三卷第九期	犬与狼	鸟蛰庐
第三卷第十期	猾驴	訡痴
第三卷第十一期	渔父之妻	訡痴
第三卷第十二期	英兵与雀	伍季真女士
第四卷第一期	鸽群脱网记（附图一）	独冥
第四卷第二期	大言之狼	伍孟纯
第四卷第三期	驴子剃头（附图一）	伍孟纯
第四卷第四期	生死交情（附图）	济才

续表

所在卷期	童话题目	著者/翻译者
第四卷第五期	一文钱（附图一）	窈九生
第四卷第七期	童话二则（一）聪明知县（二）勇敢少年	周介然
第四卷第八期	（一）勤惰之结果	伍孟纯
第四卷第八期	（二）报德	诒痴
第四卷第九期	猴之故事（之一）（之二）	窈九生
第四卷第十期	盗与虎（附图一）	观钦
第四卷第十一期	贪丐（附图一）	禹文
第四卷第十二期	蝶衣女（附图）	译美国母范杂志，宗良译
第五卷第一期	土耳其法官之一（附图一）	窈九生
第五卷第二期	土耳其法官之二（附图一）	窈九生
第五卷第三期	虾蟆与田鼠（附图三）	袁凤冈
第五卷第四期	模范儿童	邰光典
第五卷第四期	智鹅（附图）	美国 The Youth's Companion 杂志，云孙译
第五卷第五期	塔遁（附图）	鸣岐
第五卷第六期	知礼与改过	慕鹤译
第五卷第七期	模范儿童（续）	邰光典
第五卷第八期	一报恩 二戒贪（附图二）	君义女士
第五卷第九期	负义之蛙	马介贞
第五卷第十期	怪雌鸡（附图）	艾耆
第五卷第十一期	汤儿（附图）	浏阳李王采南
第五卷第十二期	懒狐	电子
第六卷第一期	猴之故事	谷青
第六卷第二期	朴泼鼠的遇险（附图一）	冰岩
第六卷第九期	富翁子	李王采南
第七卷第一期	贪猫	李王采南
第七卷第一期	玫瑰花妖	丹麦安徒生原著，学懿译

续表

所在卷期	童话题目	著者/翻译者
第七卷第二期	聪明女郎	梅三
第七卷第二期	懒惰美人	学懃
第七卷第二期	白雪与红玫（附图一）	韵兰译
第七卷第三期	国王与小屋	俄国托尔斯泰著，寿白译
第七卷第四期	仙牛	英国勖德夫人原著，封熙卿译
第七卷第五期	金发王女	寿白译
第七卷第五期	母亲的故事	丹麦安徒生原著，红霞译
第七卷第七期	老街灯	丹麦安徒生原著，伯恳译
第七卷第七期	月亮的故事	美国戴维森（Ollie Davidson Going）原著，其善译
第七卷第七期	青鸟（附图一）	比利时梅德林克著，仲持译
第七卷第八期	艾获莎遇盗（附图一）	英国蒲耐德夫人原著，徐虑群译
第七卷第八期	鹳	丹麦安徒生著，赵景深译
第七卷第八期	三愚任	封熙卿译
第七卷第九期	虾蟆王子	格林童话集，封熙卿译
第七卷第九期	艾获莎遇盗（附图一）（完）	英国蒲耐德夫人原著，徐虑群译
第七卷第十期	白蛇	格林童话集，孙凤来、赵景深同译
第七卷第十一期	一滴水	丹麦安徒生著，石麟译
第七卷第十一期	魔术博士（附图二）	德国民间传说，钰孙译
第七卷第十一期	一荚五颗豆	丹麦安徒生原著，赵景深译
第七卷第十二期	恶魔和商人	丹麦安徒生原著，赵景深译
第八卷第一期	鱼的悲哀	俄国爱罗先珂作，鲁迅译
第八卷第二期	安琪儿	丹麦安徒生作，赵景深译
第八卷第三期	她不是好人	丹麦安徒生著，仲持译
第八卷第五期	穿靴子的猫	法国白罗勒著，葛孚英译
第八卷第七期	松孩	俄国爱罗先珂作，吴觉农译

续表

所在卷期	童话题目	著者/翻译者
第八卷第七期	小红帽子	法国白罗勒作，葛孚英译
第八卷第八期	三色继母花	德国史托尔姆著，余芷湘译
第八卷第九期	小鸡的悲剧	俄国爱罗先珂作，鲁迅译
第八卷第十期	从前有一个国王	印度台羲尔作，仲持译
第八卷第十二期	开花的老人（童话剧）	日本武者小路实笃作，Y.D.、翰周译
第九卷第三期	老屋	丹麦安徒生原著，赵景深译
第十卷第二期	风雨下的小鸟（创作童话）	张人权
第十卷第三期	给海兰的童话（童话）	俄国西比尔雅克作，王鲁彦译
第十卷第七期	白雀（创作童话）	张人权
第十卷第十期	西山的猫（创作童话）	张人权
第十卷第十一期	一封未发的信（创作童话）	张志基
第十一卷第一期	小克劳斯和大克劳斯（翻译童话）	丹麦安徒生著，顾均正译
第十一卷第一期	春（童话剧）	日本竹久梦二作，Y.D.译
第十一卷第二期	飞尘老人（翻译童话）	丹麦安徒生著，汪延高译
第十一卷第三期	锐蒯特一撮毛（翻译童话）	泊拉特著，孔山宗译
第十一卷第四期	夜鹰（翻译童话）	丹麦安徒生著，顾均正译
第十二卷第五期	海底下的磨子	挪威 P.C. Asbjornsen 著，顾均正译
第十二卷第六期	驼背木匠	G. Burchill 著，天朴译
第十二卷第七期	苦工的爱妻	天朴
第十四卷第十二期	雪儿	凤歌
第十六卷第七期	日本童话三篇 老人和小鬼	徐调孚译
第十六卷第七期	日本童话三篇 断舌雀	徐调孚译
第十六卷第七期	日本童话三篇 松山镜	徐调孚译
第十六卷第九期	意大利童话黑山魔王	赵景深译
第十六卷第十期	蟹的出身	沈醉了
第十七卷第十期	童话剧猫头鹰与小孩	日本久保田万太郎作，姜宏译

第二章

塑造理想女性：男性在女性
期刊中的策略叙事

　　梳理女性期刊上的文学叙事，就会发现汹涌奔流的女性解放浪潮下潜藏着巨大的话语价值差异和操作策略。即使充斥着以女性为叙事对象的文学描述，也由于男性作家的立场和观点的差异而显示出不同的人物价值取向和主题建构。我们今天则容易想当然地将五四新文化运动代表人物的代表女性观点进行一种"以一代全"的替换。鲁迅的《伤逝》中子君的"我是我自己的，他们谁都没有干涉我的权利"成为女性解放天空的一道呐喊；巴金的《家春秋》中如鸣凤、钱梅芬、瑞珏惨死于封建伦理但还是有淑英这样的女性勇敢地走出了家庭；胡适《终身大事》中为追求婚姻自由而离家私奔的田亚梅……在"婚姻自由"、"离婚自由"、"废娼废婢"、"女子参政"等女性运动如火如荼地展开时，文学叙事中的女性似乎突然进行了 360 度的转身，即从传统的饱受压迫的女性形象变成了果敢的、坚毅的、有独立人格与行动力的女性。但在实际文本层面上，这些具有独立意识的女性形象在众多男性笔下是极其另类的，或许也正是因为其稀少才更显可贵。无论这些男作者们用多么激烈的言论在大喊着"妇女解放"、"妇女自由"，他们笔下女性所处的世界仍然是一个有着巨大传统价值传承的社会实况，而文化心理的转型也必将不像历史政治事件那样轰轰烈烈。甚至在各种文化运动的这些男性领导者内部对于女性的性别认知也仍然存在着巨大的分歧和策略上的差异。而这些叙事话语的描摹主体——女主人公们也仍旧以各种面目在表演着男性们心目中的"理想女性"，于是女性期刊中的文学叙事女主人公的主体"构建"就成为了一个融合政治话语、历史语境、审美理想、文化象征等多种意义的有意味的形式。

第一节　闺装愿尔换吴钩：以《女子世界》为中心的爱国侠女形象

1935 年 11 月 13 日一个下着阴雨的日子，在天津东南角的居士林，施剑翘借由听讲佛法的机会，三枪刺杀了军阀孙传芳。当晚，《新天津报》刊载"号外"，一条醒目的大标题在那个晚上不知刺激了多少人的眼球，标题称：《孙传芳被刺死施小姐报父仇》。次日，《益世报》头版头条登载详情，题目是《居士林内昨日骇人惨案，施从滨有女复仇孙传芳佛堂毙命》。一时之间举国哗然，"奇女子"、"侠女"、"烈女"的称号如潮水般涌来，伴随后续的漫长的司法审判和 11 个月牢狱之灾后的大赦，施剑翘成了那个年代又一个杰出女性的代表。施剑翘曾经在复仇后写下《告国人书》诗二首：（1）父仇未敢片时忘，更痛萱堂两鬓霜。纵怕重伤慈母意，时机不许再延长。（2）不堪回首十年前，物自依然景自迁。常在林中非拜佛，剑翘求死不求仙。这位 18 岁毕业于天津师范学校的女学生显然受到了良好的教育并具有很高的文学造诣。而在民国的时代背景下，这种具有"侠义"精神崇尚武道的女性行动似乎并不是少数。将历史的目光向前漫溯，自号"鉴湖女侠"的秋瑾曾在诗词《同胞苦》中留下这样的诗句："手提白刃觅民贼，舍身救民是圣贤"，《柬徐寄尘》则表示"时局如斯危已甚，闺装愿尔换吴钩"。而留在人们印象中最深刻的也是她身穿和服，手中横握一把闪闪发光的匕首的照片。同为好友的"潇湘三女杰"的唐群英，在 1912 年 3 月 11 日南京临时参议院指定的《临时约法》公布后，因为没有之前的"男女平等"的规定，而在 3 月 19 日上午 8 时，率领 20 余女性到参议院要求参政权。3 月 20 日，在议事厅 20 余名女子将玻璃窗片捣毁，将议员置于抽屉的议案搜索一空，并以脚踢打警卫，21 日早晨，60 余名女子装备武器直入参议院，因为警卫势力单薄，孙中山不得不派禁卫军 200 人前去支援，并允诺彼等再提议请愿书，再讨论约法修改问题，众始散去。整个事件由始至终都受到了《申报》的强烈关注，以《女子以武力要求参政权》予以详加报道。《申报》1912 年 8 月 31 日第 2 版又以《二十五日之湖广会馆》报道沈佩贞率领女会员阻挠国民党成立大会、唐群英扇宋教仁耳光的事件。从 1912 年 3 月 24 日到 1913 年 5 月 24 日，《申报》发表了大小报道十余篇，其内容全部围绕女性武力争取参政权利。其标题更用了《国民党干事选举会怪剧》、《唐群英大闹报馆之祸胎》的字眼。①

以上的例子或许并不是当时女性的大多数，但是当传统的女性身影走出闺房在社会空间活动时，以武力和暴力革命解决个人恩怨和社会争端的案例却频频在传媒上予以传播，女性期刊上对于"侠女"形象的展示和推广，正是对时代发展下女性主体身份认定的一种建构。这种建构无疑是一个由性别双方共同完成的过程。但是近代女性的身份认定却在这里显示了一种"突变"性的因素，即中国传统文化范围内并不缺乏女性雄性化的描述，但只有在近代这种雄性化女性的革命才形成了可能。那么这种雄性化女性倾向在女性革命中是如何起到推动性作用的，文学性的抒写又是如何从心灵外化为行动的，则成为一个研究近代女性文学发展与女性解放之间关系比较重要的文化话题。

一 传统文化圈女性经典形象的再塑造

在中国古代社会，先民的自然认知经历了由母系社会向父系社会的转变，父系社会出现后长久的文化内塑为一种由观察天地及自然现象而得来的二元相对模式。这种模式产生了阴阳、乾坤的二元宇宙观和伦理观。男性的体力强势在农业社会阶段显示了优势而成为"大哉干元，万物资始，乃统天"②，地则"坤厚载物，德合无疆"③。由此形成了"女正位乎内，男正位乎外"④ 的天地大义，开

① 《女子以武力要求参政权》，《申报》1912 年 3 月 24 日第 2—3 版。
② 王政挺：《六书浅引——〈易经〉明白解读》，中国友谊出版社 2009 年版，第 40 页。
③ 同上书，第 59 页。
④ 同上书，第 315 页。

启了长达 2000 余年的男女/内外的社会阶级、经济、法律、礼法秩序。这种社会秩序在价值判断上的尊卑贵贱形成了"天尊地卑，乾坤定矣。卑高以陈，贵贱位矣。干道成男，坤道成女。干知大始，坤作成物"① 的不平等关系。这种尊卑贵贱思想在中国封建社会统治下形成了一套完整而又细密的对女性进行驯化和规范性的社会体制。刘向编撰的《列女传》、范晔将"女传"载入史册、班昭的《女诫》，这些女性规范的出现是历朝历代在女性教育、社会地位等问题上由知识阶层和权力统治阶层合谋形成的社会意识形态。而妇德、妇言、妇容、妇工乃至发展到极致的"饿死事极小，失节事极大"的程朱理学则将女性的生存空间压降至最低。但是，女性生命的呼声在历史上从未中断，在封建社会文化体制中，一方面是生存的多样性和性别在客观世界的命定性存在给了女性以缝隙，另一方面来自于文化上性别另一端——男性的人道主义和士大夫文化所产生的文化空间。于是，李清照、冯小青、苏小小、薛琼枝这样的才女得以在文学世界留住芳影。湖南江永地方出现的女性封闭式同性文化"女书"，清代广东顺德一代的"金兰会"，明清时期出现的女性职业"闺塾师"，这种种文化现象都表明女性的内阁文化正在明清之际随着家庭生活含义的扩大和女性内部的文化认同而在疆域上不断冲击着传统的女性与男性之间的壁垒。而雄性化的侠女形象，以及对这种女性形象的传媒赞颂和道德默许则以传奇的方式补充了男女之间的鸿沟。

　　这种例子在古代中国女性故事中几乎成了一种范本，最典型的当数《木兰辞》与《梁山伯与祝英台》，之后在徐渭的笔下有了戏剧《四声猿》中的《女状元》。直到清代陈端生的《再生缘》中孟丽君的故事。这些女性无一都是借用男性身份而在社会秩序中获得了认同，及至女性身份暴露也仍然可以获得世俗大众的理解和支持甚至是赞美。这表明，"社会性别界限暂时僭越这样一种偶然是受到尊重的"。但是不能否认，"当女性努力变得男性化时，社会性别体系中的意识形态和机能上的不平衡现象并未受到

---

① 朱熹注：《周易·系辞上》，上海古籍出版社 1987 年版。

挑战"①。原因就在于这些女性最后都是回归到女性传统身份，她们可能在自己创造的崭新空间为拓展女性的社会界限做出了努力和挑战，但是她们最终形成了"安全阀"。她们的本意也并不是对这个社会性别体系做正面的攻击。

二 维新志士的"侠女"形象构建与女性期刊的回应

明清时期已经逐渐形成的女性在社会性别身份上的认定在近代社会的剧烈变革环境下变成了一种可能。一方面是近代中国丧权辱国的步步退让，一方面是维新派积极"开眼看世界"、"废缠足、兴女学"。在男性心目中，女性的社会身份的转变联系着国家的存亡。1907 年发表在《中国新女界》上的一篇文章确实将女性与暗杀明确联系起来，主张"暗杀是妇女参与革命的最好方式"，而将一种可能是偶然的联系转变为一种必需的甚至是"宿命"的联系。并且革命者与暗杀的联系被蔡元培领导的爱国女校（1903—1906）加入到基础课程之中。② 借由爱国救亡对女性的要求，民间文坊兴盛的武侠之风，乘除暴安良、匡扶正义的大旗，涌现出塑造爱国"侠女"形象的女性期刊的群体文学行动。

这种行动无可否认发生在男性启蒙倡导之下，首推的是梁启超的传记作品《近代第一女杰罗兰夫人传》，梁启超以几乎神话的方式不遗余力赞颂："罗兰夫人何人也？彼生于自由，死于自由。罗兰夫人何人也？自由自彼而生，彼有自由而死。罗兰夫人何人也？彼拿破仑之母也，彼梅特涅之母也。彼玛志尼、噶苏士、俾士麦、加富尔之母也。质而言之，则十九世纪欧洲大陆一切之人物，不可不母罗兰夫人。何以故？法国大革命，为欧洲十九世纪之母故；罗兰夫人，为法国大革命之母故。"描绘罗兰夫人自小的教育："而尤爱者，为布尔特奇之英雄传。常置身卷里，以其中之豪杰自拟……其少年奇气，观此可见一斑矣。"当革命爆发时，领导吉伦特派

---

① ［美］高彦颐：《闺塾师——明末清初江南的才女文化》，李志生译，江苏人民出版社 2005 年版，第 151 页。

② 孙思月：《中国近代女子留学史》，中国和平出版社 1995 年版，第 57—58 页。

"以如镜之理想与如裂之爱国心相结,而鼓吹之操练之指挥之,实为罗兰夫人"。其后,罗兰夫人被激进革命派党人逮捕入狱,她"无所恐怖,无所颓丧,取德谟逊之咏史诗,布尔特奇之英雄传",每日诵读,未尝或辍,直至殉国。其后的《东欧女豪杰》更是大力渲染如俄国无政府主义女英雄索菲亚·彼罗夫斯卡娅暗杀沙皇亚历山大二世的过程。经由梁启超对罗兰夫人、索菲亚等"救国女杰"形塑神话化,清末报刊书籍中一下子涌现出一批西方"救国女杰":有法国历史上的爱国女英雄贞德,救死扶伤的女性楷模南丁格尔,以及用文学改变美国黑奴命运的斯托夫人……这些"救国女杰"人物生活于不同时代和国度,无论是历史背景,还是她们的事迹本身所蕴含的社会意义和价值观念都大相径庭,但是在中国清末特殊的民族国家语境中她们被赋予了一致的意义,从而被捆绑式地介绍到了中国,成为了对中国女性进行"爱国救国"主体建构的女性楷模,因此胡缨评论这一时间段的梁启超女性形象塑造时说:"对女性形象的这一塑造,是与建构文化、种族以及国家身份的焦虑,也即所谓现代性焦虑紧密联系在一起的。"[1]

对于梁启超的女性建构的响应,最为得力的当属与之时间距离十分相近的女性期刊《女子世界》。虽然据不完全统计,庚子之变至五四新文学运动发生期间,在国内创办的女性期刊数量是极大的,有代表性的如《女子世界》(1904,常熟)、《妇女时报》(1911—1917,上海)、《妇女鉴》(1914,成都)、《中国新女界》(1907)、《香艳杂志》(1914—1915,上海)、《中华妇女界》(1915—1916,上海)、《中国女报》(1907,上海)、《女权》(1912)、《女子杂志》(1915,上海)、《女学生》(1910,上海)、《妇女杂志》(1915—1931,上海)等。而在这些刊物中,《女子世界》在女性解放、女权争取、女学倡导方面的先锋性和尖锐性最为突出。《女子世界》月刊是清光绪三十年冬(1904年)由丁初我等创办,1905年停刊,共出17期。1906年2月秋瑾又续办一期,总计18期。是辛亥革命前出版时间

---

① [美]胡缨:《翻译的传说:中国新女性的形成(1898—1918)》,龙瑜宬、彭珊珊译,江苏人民出版社2009年版,第5页。

最长的妇女白话文刊物。在其发刊词中《女界钟》的撰稿人金一在发出振聋发聩的呼喊："女子者，国民之母也。欲新中国，必先新女子；欲强中国，必先强女子；欲文明中国，必先文明女子；欲普救中国，必先普救我女子。"丁初我写的《女子世界之颂词》提出"改铸女魂"的三个目标是："易白骨河边之梦为桃花马背之歌，易陌头杨柳之情为易水寒风之咏，易咏絮观梅之诗为爱国独立之吟。"① 慷慨悲歌，以改造中国妇女为己任，跃然纸上。

梳理女性期刊这类外国女杰的传记叙述，占据了几乎当时女性期刊的半壁江山。同时还积极对"爱国救国"的女性形象进行了响应。表现则为不仅挖掘国外的女性豪杰，还要将中国古代即有的"女杰"也都进行整合性的阐释。1904 年创刊的《女子世界》② 上，柳亚子以松陵女子潘小璜、亚卢的笔名发表了 5 篇传记《中国第一女豪杰女军人家花木兰传》（1904 年第 3 期）、《中国女剑侠红线聂隐娘传》（1904 年第 4 期、第 5 期、第 7 期连载）、《中国民族主义女军人梁红玉传》、《女雄谈屑》、《为民族流血无名之女杰传》，则是将这些雄性化的侠女都冠以了"中国"的大帽。其主旨则是借女性的传奇，浇筑爱国图强之块垒。传统的传记往往是受已故妇女的一位亲戚委托，由某位著名却未必了解死者的人物写作，其目的是颂扬贞女列夫身上值得效仿的美德。学者曼素恩在评述这种传记时说："帝国晚期，存在着无数单调俗套的妇女故事，或者是为了贞洁而自杀，或者是守寡终生以侍奉公婆。"③ 而柳亚子的女性传记开篇抒写的是一个维新志士对于世界和自身国家的认知："长宵载梦，历太平洋而西，神游于文明之欧美，放眼其庄严灿烂之国土。"正

---

① 丁初我：《女子世界之颂词》，《女子世界》1904 年第 1 期。

② 辛亥革命前出现过两份《女子世界》，另一份为陈蝶仙主编，1914 年创办于上海，月刊，鸳鸯蝴蝶派女性期刊。该刊创办人为丁初我，1904 年 1 月创办于上海，1906年出至第 16、17 期合刊后停刊，1907 年续出 1 期，由陈勤编辑，共出版 18 期。是最早采用白话的妇女刊物。作者多为后来南社的社员，如柳亚子、陈大悲、高天梅、高吹万等。设有社说、演坛、传记、译林、谈薮、小说、文苑、女学文丛等栏目。它号召妇女"我亦国民一分子，不教胡马越雷池"，鼓励女性接受教育，注重体育，提倡女性应该和男性一样肩负起爱国救亡的重任。

③ ［美］胡缨：《翻译的传说：中国新女性的形成（1898—1918）》，龙瑜宬、彭姗姗译，江苏人民出版社 2009 年版，第 129 页。

是在中国和世界先进国家的剧烈对比中，柳亚子提出"曰民族主义
焉，曰尚武精神焉，曰军国民资格焉"。于是，柳亚子在对中国历
史女性的梳理中对古代女性进行了新型的建构，他发现如希腊女
性、贞德这样的能在战场上保家卫国的女性在中国是如此之罕见，
"我可爱之祖国可怜之同胞，其竟无人耶？"于是"旁搜杂采，及于
诗歌小说，恍兮惚兮若有人兮。而中国第一女豪杰、女军人家之徽
号，乃不得不谨上花木兰"。原来传统文化中的"安能辨我是雌雄"
但仍能还乡故里的花木兰就这样被冠以了女军人家的名头。这里需
要我们注意的有两点：第一，女军人家的称呼本身的提出是在世界
范围的变革中出现的；第二，花木兰本身的性别身份并未引起足够
的重视，反而花木兰的"雄化"特征得到反复强调。柳亚子说，
"彼其义侠之性情，英烈之手腕，自呱呱坠地时，已与生俱来，虽
家庭幸福，沐浴和平，承欢父母，友恭姊弟"，但她的英气已经是
"磨刀霍霍，以待日月之至矣"①。作文通篇并不是对花木兰生平的
叙写抑或是野史类的加工，更多的是柳亚子本人的议论。他对于女
性在历史书写中的地位这样评论："西哲有言，历史者，国民之镜
也；爱国心之源泉也。虽然，此独不可以例我中国。中国之历史，
则势力之林耳、专制之怅耳。彼点染淋漓、大书特书，以一代史
笔自命者，类皆不知自由平等为何物。由是炀于尊君卑臣之谬说，
而连篇累牍无非家奴走狗之丰功伟烈，于英才俊彦反漠然置之矣。
炀于重男轻女之恶俗，而所谓烈女节女之篇，皆奄奄无生气，且
位置不足以占全史百分之一，乃群在若明若昧之间矣。"而中国女
杰们的价值对照参数，自然是西方的女杰，所以他认为，"缇萦上
书代父……谓中国之娜丁格尔非耶？""海曲吕母散财破产以资助
少年……与苏菲亚韦露颉颃矣。"②

可见这一时期的女性理想形象的参照系数是由两纬构成。现实
的革命需求、保家卫国的女性诉求是基本的，而这种指标又通过西
方女性的参照愈发明确。在《女子世界》1904 年第 1 期开始就连

---

① 松陵女子潘小璜：《中国第一女豪杰女军人家花木兰传》，《女子世界》1904 年
第 3 期。
② 同上。

载的职公的《女军人传》也是将历史文献中的女性予以重新挖掘，开掘出沈云英、秦良玉等人物，也都是这一价值系统的产物，此外当时如《神州女报》、《妇女杂志》等刊物的社论文章，谈及女性解放列举女性榜样时，言必称红玉、花木兰或者卓文君、班昭，这种对于传统女性形象的重塑无疑也是救亡图存与时代合力的作用。在"文苑"栏目的"女子唱歌"中，通过女学校的群体演唱而将这种内容深深根植在女学生的思想意识中，从《女杰花木兰歌》（《女子世界》1905 年第 2 期）的"四万万人，齐声同歌、歌我花木兰"以及《女学生入学歌》（1904 年第 10 期）的"斯巴达魂今来飨"、"励志愿作女英雄"的"愿巾帼，陵须眉"的豪青到《女国民歌》的"胡尘必扫荡，大唱男降女不降"（《女子世界》1907 年第 6 期）的"铁血作精神"，所传达的皆是将女性放在"爱国"与"女斗士"的角度加以描述。这样女性作为清末民初中国文学的女性叙事，"一方面是男性主体的在女权与爱国之间游动、并最终以民族国家诉求为终极目标的表达；另一方面，女性主体亦在此呼应中追寻着女权的某种程度的获得，并经由女权的过渡，弘扬着建立新的民族国家的欲求"①。

第二节　《妇女杂志》中新知识武装的贤妻良母形象

一　新旧"贤妻良母"观

中国女性解放运动自梁启超、康有为等人为代表的维新派改革开始，而在前五四时期的女性解放主导方向从梁启超的《变法通议》中的《论女学》可以找到理论先声。正如恩格斯在《社会主义从空想到科学的发展》中的观点一样，"傅立叶第一个表明了这样的立场：在任何社会中，妇女解放的程度是衡量普遍解放的天然尺度"②。而中国女性解放改革也必然成为资产阶级维新改良的一个社

---

① 李奇志：《在"女权"与"爱国"之间——清末民初文学中的"新女性"想象》，《广西师范大学学报》2007 年第 3 期。

② 《马克思恩格斯选集》（第 3 卷），人民出版社 1972 年版，第 411—412 页。

会突破口，梁启超猛烈抨击了"女子无才便是德"的传统观念，提出了以保种保国保教为前提的女学理论，"教男子居其半，教妇人居其半，而男子之半，其导原亦出于妇人，故妇学为保种之权舆也。""故治天下之大本二，曰正人心，广人才；而二者之本，必自蒙养始；蒙养之本，必自母教始；母教之本，必自妇学始；——故妇学实天下存亡强弱之大原也。"① 这种观点，将女性提高学识、健康身心（废止缠脚运动）和救亡图存、富国强兵的时代主题相连，探讨了女性被压迫、受奴役的根源是由于没有自立自强的资本，因此增加妇女学识、提高女性地位、改变传统女性观、实现男女平等就成为重要改革内容。

但是也恰恰在立论部分，梁启超把"（中国）女子二万万，全属分利，而无一生利者"作为四个论点之一来论证"兴女学"的重要意义，"中国即以男子而论，分利之人，将及生利之半，自公理家视之，已不可为国矣！况女子二万万，全属分利，而无一生利者。惟其不能自养，而待养于他人也……彼妇人之累男子也，其不能自养，而仰人之给其求也，是犹累其形骸百年"②。这种论断虽然在结果上的确促进了中国女性经济独立的权利争取，但在根本上，它存在两个悖论。第一，假设"女子不生利"说成立，那么是否照顾家庭的繁重劳动就被排除在"工作"的范畴之外？这里明显地存在一个对于家庭工作在社会工作中的性质确认，但是中国传统的女性与家庭生活相关联。"男主外，女主内"的社会分工实践却让这种观念深入人心，并且达到了女性与家庭生活融为一体的程度。而梁启超的观点只不过是进行了一个"理所当然"式的归类。此外，出于对女性职业扩展问题的提倡，也让后来的新文化领导者有意识地将女性的家庭工作刨除在社会工作范围之外，如罗家伦在《妇女解放》一文中援引胡适之观点说："专指得报酬的工作而言，母亲替儿子缝补衣裳，妻子替丈夫备饭，都不算是职业。"③ 第二，梁启超的说法是否符合中国社会现实？因为就历史发展而言，女性一直

---

① 梁启超：《饮冰室合集》（第一册），中华书局 1989 年版，第 38 页。
② 同上书，第 36 页。
③ 罗家伦：《妇女解放》，《新潮》1919 年第 1 期。

参与了中国传统手工业、农业的劳动过程。"以女子有职业为不屑者，是乃社会卑污女子，无适当之职业，所见尽伶、妓、婢仆，遂鄙贱之耳。""古之称妇德者四，而工居其一。且恒举桑妇与农夫并称，是故女子有职业之证也。"① 这种理论观点的提出实际上仍反映了中国男权根深蒂固的观念，以及由此产生的男性在女性解放倡导中的一个悖论性的矛盾：女性如何兼顾家庭与社会两个方面。就梁启超的观点看，一方面女性的身体健康、参加社会生产是对国家发展、繁育中华民族后代的必需条件，另一方面女性势必要在家庭生活中占据重要的抚育子女的地位，而男性的家庭责任却被简单地忽略掉了。由这种带有性别歧视性和功利主义色彩的女学理论也就衍生出一种新型"贤妻良母"概念，即开展女学可达到的是"上可相夫，下可教子；近可宜家，远可善种"的目的。

　　站在今天的观点看，这种由女学改革导致的"新贤妻良母主义"变形无疑具有一种折中的嫌疑，但是在当时的历史语境中，却异乎寻常地得到了社会各界的认同。1916 年 12 月，著名教育家蔡元培在上海爱国女校发表演说，称"今日女子入学读书后，于家政往往不能操劳，亦为人所诟病。必也入学后，于家庭间之旧习惯有益于女德者保持勿失，而益以学校中之新智识，则治理家庭各事，必较诸未受过教育者，觉井井有条。夫女子入校求学，固非脱离家庭间固有之天职也"②。著名女性运动领导者朱胡彬夏的《二十世纪之新女子》（第 2 卷第 1 期）一文，以美国梅夫人、孟夫人、南夫人为例，畅谈女子受过教育更善于管理家政，认为"学问为立身之基础。有学问而后心思灵巧，五官敏锐，感觉真确，道德坚厚。……

---

　　① 就这一问题，《妇女杂志》的部分女作者用调查和议论进行了事实上的"反驳"，鹃湖素琴的文章《妇女劳动感》认为，现实中迫于生计从事劳动的妇女张多，民国元年，江苏省已达 67000 余人。而这种劳动，"无非利用妇女劳银之低廉；役工约束之简易。而于内部之设施，不闻有合于法则也，厂规之宣布，未闻有利役工也。利欲心惟已是图噫。"（《妇女杂志》1915 年第 4 卷第 1 期）用事实说明了女性并非"分利者"而是"创利者"；白云《女子职业谈》则公开宣告女子取得正当职业的合理性。提出"男治乎外，女治乎内"的传统观念随着社会公园、剧场、蒙养院、幼儿园等公共服务设施的完善，应该予以改变，并针对一些反对言论，进行了有力的反驳。（《妇女杂志》1915 年第 1 期）

　　② 陆璋：《蔡子民先生演说记》，《妇女杂志》1917 年第 2 期。

为人也必圆通广大，无所不能，烹饪也，裁缝也，治家教子也，著书立说也，皆以极寻常之举动，演出极高妙之事实"①。她还用自己的经验证明这一观点："予昔在家不知烹饪，游学时更无暇及之。然今试之，较仆妇之能力为大。"② 她又在《何者为吾妇女今后五十年内之职务》（第 2 卷第 6 期）和《基础之基础》（第 2 卷第 8 期）两篇文章中，反对女子参政，提倡女子改良家庭，认为改良家庭是改良社会的基础，女子应创造一个美好、舒适、干净的家庭环境。另一位女性作者缪程淑仪也提出了"我女界修养之第一功，当人人愿为寻常之妇人女子，而勿为特别之妇人女子"，"夫不求为出类拔萃之女子，先求为宜其家人之女子"的应和观点。

可见在维新变法的废缠足、兴女学开始的中国女性运动中，女性的理想价值体系，除了前文所述的"女国民"的诉求外，还有一个很基本的"母性"观念。梁启超等人的"强国"、"保种"的女权运动的轰轰烈烈也正有绝大部分建立在"母"的观念之上。因此，女性的个体价值、主题追求，在当时仍然是一个不欲被讨论的话题。这种状况恐怕就像今人胡坤在《蓝色的阴影——中国妇女文化观照》中具体说到梁启超等人的兴女学和废缠足运动时指出的"或许出于迫在眉睫的民族存亡之严峻现实的潜质，近代中国资产阶级对女性解放运动的决策，不可避免地带有浓厚的功利主义色彩。他们对这个问题的思考，与其说源于对女性处境的严重不安，毋如说源于拯救民族危机的战略谋划。……完全被当前的功利目的牵制，一味以女性解放为社会变革和进步的手段，势必忽视女性解放的深度和广度。动荡的形式和急于寻求出路的合力强迫本来就被功利主义驱动的中国资产阶级在女性解放问题上做出功利性选择，对与富国强兵联系紧密的区域就别加重视，对那些表面上缺乏近期效应的方面则忽略不顾。许多在开创期就必须解决的问题被历史的延误了"③。

①　朱胡彬夏：《二十世纪之新女子》，《妇女杂志》1916 年第 1 期。
②　朱胡彬夏：《二十世纪之新精神》，《妇女杂志》1916 年第 7 期。
③　胡坤：《蓝色的阴影——中国妇女文化观照》，陕西人民教育出版社 1989 年版，第 235 页。

二　《黄鹂语》、《春燕琐谭》的贤妻良母取向

这种对于女性增长知识后的"新型贤妻良母"的理想形象一时之间就成为了这一阶段男性文学叙事描摹的主要对象。像《妇女杂志》的早期 1915 年到 1921 年，虽号称近现代女性第一刊物，其所刊登的女性创作却非常少。在"寒蕾"、"君肥"、"寄尘"、"惜华"的笔名之下，隐藏的赫然都是男儿身，女性的文字只散见于"国文范作"、"通讯"等栏目中。尽管情形随着女性解放的浪潮扩大而逐渐有所好转，但女性发出的"自己的声音"仍显薄弱。因此，在《妇女杂志》的文本中，男性力图塑造的女性叙事话语就显现出了特殊的指向意义。《妇女杂志》所刊登的第一篇小说《黄鹂语》作者叫红豆村人，在当时的文学界名不见经传，却能代表当时普通撰稿人的基本形状。这篇小说讲述了一位北美阜其尼亚省思洛维海港旁贵族少女卢达尔，在少女时期受到老渔人的教诲，当上议员夫人、身居高位的时候她却清心寡欲，一再劝阻丈夫在仕途发展，在丈夫逝世后，回到故乡开幼儿园当教师的故事。小说艺术含量不高，情节也颇为简单，但从女性主人公的形象设置上却让我们看到了几个纠缠在一起的复杂的理想女性观。

第一就是在形式上回归传统的女性塑造方式。小说开篇就以赞颂笔调描摹少女的外貌，"二颊受朝阳，似苹果乍熟，樱口不时开闭，风致秀曼而亦烂漫天真，似新结之网"，其性格也是聪明谦顺、日后更为贤妻良母。而她的丈夫约翰，更是"长身玉立好修饰、善言辞、占政界中优胜地位"。更从情节上小说采用了通俗言情小说的"鸳鸯蝴蝶派"模式加以表现卢达尔品行高洁。小说开篇设计了很多悬念，首先，以老人的吟唱引出少女卢达尔的离奇出场；其次，设置贪恋浮华生活的母亲给予障碍；再次，少女卢达尔婚事的波折；最后，卢达尔丈夫的逝世给予卢达尔的打击。在种种困难的考验下，最终主人公摆脱了虚幻浮躁的城市生活，归隐田园。尤其在女主人公丈夫的逝世过程中，也完全切合当时鸳鸯蝴蝶派"哀情骈俪"戏码，承接了《玉梨魂》、《孽怨镜》的风格，显示了卢达尔不离不弃的为妻责任感。但小说却蕴含一个颇有悖论意味的问

题，少女卢达尔年轻时就美貌无双，又才艺双全，本应该在社会上有所作为，但她却安心囿于家庭做家庭主妇，丈夫去世后的教师职业，也变成了一种无奈归隐之举。一方面是女性解放的浪潮呼声，一方面是女性仍然在小说中做着恭顺的"贤妻良母"，在社会大事件频频爆发的时候，小说主人公就以其自身的发展道路，向广大女性传递了男性试图表达的潜话语：女性要戒骄戒躁，在社会名利或者不如直接表达为"社会大事件"面前应当处于退让的态度。这或许正间接回应了梁启超的观点即"（中国）女子二万万，全属分利，而无一生利者"的陈旧女性社会属性判定，不论女性有多少才华或者在家庭生产中居于怎样重要地位，她只是在进行一种本职而非对这个社会的发展有所贡献。

不仅对女性的社会属性进行判定，对于女性的个体属性，小说也进行了"友好"的规劝。主题则在开篇就交代得十分清楚：女性要戒虚荣戒浮华的弊病，所以设计了主干情节是听取智者渔翁的教诲及回忆教诲。这种训诫的表现就是一系列女学主张的宣扬。小说先后通过生活阅历丰富的长者（在小说中表现为老渔翁）和学校的教师（小说中表现为教师爱迭生）对女主人公卢达尔进行了戒骄戒躁的劝导。而小说的重点也恰恰是放在这两个人身上进行了详细的描绘，老渔翁所体现的是社会生活对人的培养，爱迭生体现的是学校生活对人的培养。通过小说女主人公的经历，实际上在向读者灌输着理想的女性的一系列标准，《妇女杂志》刊物创刊之初的目标群体就是有一定知识的女学生、女教员和社会市民。因此，这种标准在《妇女杂志》的其他文章当中早就表述得很清楚，"理想之女学生，其修学也不惊欧化之新奇，而先立国学之基础，爱国观念油然而生，缇萦救父、班姬续史，启必罗兰夫人耶？至实用之学，尤所注意，数学之可用于家计，缝纫之制衣裳，生理之有关于卫生，物理之足矣破迷信，家政之宜如何整理，侍奉之宜如何谨慎，斯诚不愧为德慧双修、中西一贯，将来之贤妻良母矣"。在着装上，"是可以立俭德而辟奇离之陋俗矣"。在家庭生活中，则要"务使家庭之间，其乐融融"，"其感情较之旧日女界尤为厚也，其孝行较之旧日女界尤为笃也，家庭之陋习则欲以渐除之，所得于学校者，渐灌输于家庭焉"①。小说的主人公卢达尔正是用自己的举动践行了"理想之女学生"的标准，也展现了教育对女性成长之功。正因如此，这篇小说成为《妇女杂志》的小说开篇之作。作者主题先行，甚至在小说最后不惜现身说法："是篇草创，敷演殊未能工。顾区区之意，实欲使读者惩浮华之失而返于淳朴。篇中天然之良一语，是其的也。善读者当能略辞取意。"作者唯恐读者不解其意，直接将故事的寓意予以解释。而更值得深究的是，为什么女性的注意修饰似乎就带来了罪恶呢？《妇女杂志》中的很多批评性文章对女性消费——其实消费只是奢侈的代称——的抨击，虽然包括了名媛、富家太太，但是女学生才真正是其抨击的主要对象。在该杂志的《赋发刊词》里，刘瑷就批评某女校的制服为某洋服店所制，某女校的餐点为某大餐馆的名厨所煲，她担心女学生在这种养尊处优的环境中几年以后，将无法还居乡里或在边省瘠县服务。②值得注意的是，女学生的教育程度越高，似乎越能引发男性作者的焦虑。例如王卓民说："女生之程度愈高，愈长其娇纵之习，而无裨实用。有如名花纵极绚烂，只堪供养，非若禾麻菽麦之可供衣食也。"又如董纯标说："一般受过高等教育或是外国留学回来的新妇女们……骄气冲天，神气活现。"《妇女杂志》对女学生的抨击可以说是从创刊开始，一直到停刊为止，最典型的批判是：她们戴金丝眼镜，穿高跟鞋，穿艳装，戴首饰，用香水、化妆品，忙修饰，写情书，跳舞、唱歌。更尖刻的则说她们"天天征逐于朋友之间、影戏院、跳舞场之中，衣必美，食必丰，居必华堂，出必轻车"，更有甚者，则说女学生的装饰"娼妓化"，走在路上，看起来跟妓女简直没有两样。不可否认的是，一些女性以学习新知识为名，将学校当成了高级交际场所，试图以此来获得较好的出嫁资格，但是更多的是女学生们通过学习新知的过程认识了世界并发生了内心世界的改变。而这些过于严厉的批判本身也成了女性发展身心独立的又一个枷锁。

---

① 飘萍女史：《理想之女学生》，《妇女杂志》1915 年第 3 期。
② 刘瑷：《赋发刊词》，《妇女杂志》1915 年第 1 期。

《黄鹂语》正是从这一角度上观察，埋藏的仍然是"贤妻良母"的女性价值认证体系，和由此产生的种种对新女学发展的隐患预察。也许有人说这可能反映的只是一部分"落后守旧"的男性观点，并且这种观点又恰恰和编辑组稿的观念契合。但实际上这种观点不仅是名不见经传的红豆村人，甚至叶圣陶 1919 年的作品《春燕琐谭》（《妇女杂志》第 4 卷第 2 期至第 3 期）也表述的是同一观点。

叶圣陶的《春燕琐谭》是他发表的第一篇小说，在短篇小说的艺术上并未有何特异，但其主人公葆灵的塑造却反映了叶圣陶对当时女性问题的美好想象。借葆灵之口，叶圣陶表达了对当时男女不平等的批评："生男便喜欢，生女不稀罕，原是吾国的大弊。不稀罕便不留心去教养他，将来长大了，倒叫他去治家，岂不糟了么？况且聚家成国，国政不治，还要归咎到家政不修。所以，女孩子应当特别看重他才是。"[①] 如果说《黄鹂语》的卢达尔除在接受知识外仍是一个与社会大事件隔离的女性。那么葆灵则是一个在闺阁内改革的新型家庭主妇。她运用科学养鸡方法结合自己的改良创新在院子后面开办了新型养鸡场，此外她还雇用了十几个女孩子开办了毛巾厂，这样不仅家庭有了收入，还解决了这些年轻女孩子的自立问题。在家庭生活中，葆灵还是一个充满生活情趣、懂得艺术审美的主妇。从餐桌、居室的布置到进餐的科学合理，闲暇时光的时尚"拍网球"锻炼到学习医疗科学可以诊治小病患，都彰显了在新知识熏陶下女性的美好新生活，以至于在众多妇女中起到了表率作用。

就女性如何改革家庭生活，叶圣陶借葆灵与陆夫人、李夫人之口发表了这样的讨论，陆夫人认为"家里旧法相传，一时难即办到"。李夫人则认为"无论何事，总宜渐渐改良，立时变更原是不妥当的"。葆灵点头道："这真是扼要之谈，我们想把旧时家庭习惯改良起来，总要不背习俗上加些精密修改的功夫，使他渐渐接近我

---

① 叶圣陶：《春燕琐谭》，《妇女杂志》1918 年第 2 期。

们的理想，否则削足适履，非但一事无成，还要别生障碍。"① 这种女性家庭改良观似乎更加表达了叶圣陶自己对于女性解放运动的诸多见解的一种回应。

这种用知识补充贤妻良母的改良主义，在当时的社会环境中观察，仍然有着巨大的市场，也比较符合在中国式温和的维新改良派思想启蒙下的男性立场。在后来的五四女性作家笔下，如冰心、凌叔华、苏雪林等人的作品中都有所体现。对于五四女作家来说，尽管她们可能是父亲"忤逆"的"叛女"，但对于母亲、母性的依恋与推崇，成为她们创作的源泉。研究者指出："冰心从精神上强调母亲的作用，把母性的提高作为民族发展之源来认识。其实即使五四时期一批深刻的中国知识分子已经认识到，单线条地靠科学兴国（如洋务运动），或政治革命（如辛亥革命）往往是欲速则不达，而改变民族心理，培养新型的中国人人格精神则是终极关怀。致力于改变国民性，建立理想人格，进行精神再造则是当时普遍的呼声，作为一名女性，并且受到东西方不同文化浸养的女性，冰心有着自己独到的主张，这种主张就体现在她的'爱的哲学'里。"② 这种普遍的状况向我们展示了在 19 世纪前 10 年间，中国的女性观在发展早期是如何的筚路蓝缕，在深厚的传统思想的重压下，貌似"新潮"的读物，也在传达着陈旧的"清规戒律"，因此当我们感叹新文化运动女性创作队伍不健全的时候，当一些研究者认为当时的女性创作艺术含量不高的时候，只要多一些对《妇女杂志》类女性期刊早期作品的考察，就会得到一个符合历史的结论，也会从更符合女性文学发展的角度进行评述。

第三节　幻想中的性对象：以《新女性》
为中心的女性形象

《新女性》1926 年 1 月创刊，一年一卷，每卷 12 期。1929 年

---

① 叶圣陶：《春燕琐谭》，《妇女杂志》1918 年第 2 期。
② 刘媛媛：《她视界——现当代中国女性文学探析》，山西人民出版社 2010 年版，第 9—10 页。

12 月自行废刊，共刊出四卷。《新女性》先由新女性社自行出版发行，1926 年 7 月因股本增加，改为由开明书店发行，友文印刷所印刷。每一册《新女性》实价为一角五分；全面 12 册，实价一元五角。在其首期第 2 页上，鲜明写着第 1 卷上册是 1927 年 7 月合订，实价大洋九角。每一期有七八十页，从第 2 卷开始，页数增加到 100 页左右，第 3 卷增至 120 页以上，每年的新年号和专号页数也会增加。

　　《新女性》的主编是商务印书馆《妇女杂志》的主编章锡琛，这段历史从赵景深先生在《鲁迅给我的指导、教育和支持》（《新文学史料》（一），第 47 页）的回忆中可以得知："我在海丰中学教了半年语文，就回到上海。当时章锡琛本来是在商务印书馆编《妇女杂志》的，据说商务为了该刊登了性知识，认为猥亵，批评了他，他就辞职出来，自己办了《新女性》，又开了开明书店。"①开明书店的发起和策划者除了章氏兄弟，还有胡愈之、夏丏尊、刘叔琴、杜海生、丰子恺、胡仲持（胡愈之的弟弟）、郑振铎、孙伏园、钱经宇、吴仲盐（章锡琛的妻弟）等。由于从《妇女杂志》辞职而来，因此《新女性》承接了《妇女杂志》的风格，仍然坚持对

---

① 1925 年 1 月的《妇女杂志》上，周建人发表了《性道德之科学的标准》，章锡琛发表了《新性道德是什么》。主张一种摆脱封建礼教束缚的新的科学的性道德。这两篇文章发表后，北京大学教授陈百年（大齐）在 3 月 14 日《现代评论》第 1 卷第 14 期上发表《一夫多妻的新护符》，抹杀周、章两文中主张"男女平等"、"不能把异性的一方作为自己的占有物"的积极方面，把两文曲解为"一夫多妻的新护符"。章锡琛和周建人又各写一篇文章答陈百年，旨在引起公开争论，但是已经不能在《妇女杂志》上发表了，而是由《现代评论》大加删节后，刊在 5 月 9 日第 1 卷第 22 期上的"通讯"栏里。鲁迅看到《现代评论》这样扭曲章、周两位的文章，就把它们全文发表在 5 月 15 日《莽原》周刊第 4 期上，并在《集外集·编完写起》里说："诚然，《妇女杂志》上再不见这一类文章了，想起来毛骨悚然，惊然于阶级很不同的两类人，在中国竟会联成一气。"陈百年的文章发表以后，商务就不让章锡琛主编《妇女杂志》，把他调到国文部去。章锡琛在国文部编《文史通义》选注，到 1926 年 1 月，用开明书店的名义出版《新女性》。商务里有一个规定，商务里的职工不准在外搞有损于商务业务的事。商务勒令章锡琛或者停办《新女性》，或者离开商务。章锡琛因此离开商务印书馆创办了开明书店。鲁迅曾针对此事发表过评论说："《现代评论》是学者们的喉舌，经它一喝，章锡琛先生的确不久就会失去《妇女杂志》的编辑的椅子，终于从商务印书馆走出。"（《集外集·拾遗》）《新女性》杂志社为了克服经费困难，逐渐出版了《妇女问题十讲》、《新性道德讨论集》等一些图书。

女性解放运动进行尖锐而有针对性的讨论。同时，在《新女性》刊物的周围迅速集结了当时一大批富有代表性和影响的青年作家。这些作家有沈雁冰、叶圣陶、胡愈之等《妇女杂志》时代就对女性问题保持关注的作家，有新进的现在被称为乡土作家群的作家彭家煌、许钦文，有后来著名的女性记者陈学昭，有象征派诗人李金发，有当时闻名一时的"性博士"张竞生，其他如周建人、周作人、丰子恺、郑振铎、孙伏园、夏丏尊、顾颉刚等著名新文化运动成员，也有樊仲云这类今天看来颇为神秘的文人学者。在这些作家群体的斑驳陆离的构成中，对于女性几种问题的讨论也影响了他们笔下的女性建构，而最为著名的莫过于对于"性问题"的公开谈论了。

一　《新女性》的"性"讨论

深究《新女性》成立的缘起，与"新性道德"的论战实在是密不可分。在1925年1月的《妇女杂志》的《新性道德专号》上，刊登了章锡琛的《新性道德是什么》和周建人的《性道德之科学的标准》。章锡琛在文章中主张性生活必须以爱情为基础。文中引用了福莱尔的"对于性的冲动及性的欲望的自制，实在是第一要务"及"甚至如果经过两配偶者的许可，有了一种带着一夫二妻或二夫一妻性质的不贞操形式，只要不损害于社会及其它个人，也不能认为不道德的"，而谈及性欲，他主张"性欲的满足并不是专为有利于一己的，同时亦须认为有利于对手的异性的。所以像从前那样把供给男子的性欲满足认为女子在结婚生活上的义务，乃是不道德的。男子不应该在性欲事情上强迫妻子满足自己的欲望，同时尤须顾及对手的欲望使她得到相当的满足，这是素来许多人所不曾注意的事情，然而却是新性道德上非常重要的事情"①。而章锡琛希望现代女性应该成为异于传统女性的"独立的人"，对自己的身体和思想拥有绝对的支配权，这样才能让新贞操观得到贯彻。

沈雁冰也在同期发表《新性道德的唯物史观》来呼应章锡琛的

---

① 章锡琛：《新性道德是什么》，《妇女杂志》1925年第1期。

观点，甚至把恋爱推到了至高无上的地位："新性道德反对片面贞操，并非即为主张把旧性道德所责望于女子的贞操主义亦依样的加之于男子身上：这是我先须知道的，旧日的贞操主义强令凡女子终身只能爱恋一个男子——或不如露骨的说，只能与一个男子发生性的关系——是片面的，故为不合理，但是假若并要强令凡男子终身亦只可恋爱一个女子，则虽已改片面的为两面的，理论上似属圆满，而其为不合理也如故。因为恋爱不过是人类感情中之势最强烈，质最醇洁，来源最深邃者而已，决不能保其永久不变迁……恋爱是神圣不可侵犯的，为了恋爱的缘故，无论什么皆当牺牲：只有为了恋爱而牺牲别的，不能为了别的而牺牲恋爱。从这意义上，恋爱神圣也就是'恋爱自由'的意思：恋爱应该极端自由，不受任何外界的牵制。"① 陈威伯在《恋爱与性交》中指出："主张恋爱自由者，同时便主张自由离婚及性交自由。有人以为这样的恋爱是一种放肆的恶意的纵欲主义或者乱交状态，这实在是他们的浅薄。……恋爱自由的真意原是流动与生机，因为是流动的，所以是有生机的，恋爱的花才会永远自由的灿烂着。"②

尽管引起了北京大学教授陈百年（大齐）在 3 月 14 日《现代评论》第 1 卷第 14 期上发表《一夫多妻的新护符》的强烈攻击，但无论是章还是沈，他们的基本观点并未发生转移。由此在《新女性》上，开展了对于"新性道德"更为持久与深入的讨论。章锡琛此后又发表《新女性与性的研究》、《中国妇女的贞操问题》、《礼教的私欲》、《礼教与标准》、《贞洁之经济的起源》等一系列文章继续抨击禁锢恋爱自由与性自由的旧礼教、旧思想、旧社会结构；周建人（笔名高山）发表《二重道德》、《禁欲主义与恋爱自由》阐明对女性恋爱和性造成压迫的社会的、经济的、宗教迷信的根源，《"婚姻指导"和"性欲与性爱"》、《性的比例和两性关系》、《性的第二官能》、《性教育运动的危机》则从科学角度阐释性知识。无竞翻译日本学者室伏高信的《男女关系的原理》高呼"人类

---

① 沈雁冰：《新性道德的唯物史观》，《妇女杂志》1925 年第 1 期。
② 陈威伯：《恋爱与性交》，《新女性》1927 年第 8 期。

的性生活有两个目的：一是种的保存，一是性生活本身"①。这种讨论范围越来越大，逐渐发展为科学知识普及和某些极端现象讨论，像长青发表《谈谈灌输性知识的态度》，仲持发表《性的游戏技能》，开时发表《性与遗传》，岂明《性的解放》，更有激进者如黄石《同性为什么不可以结婚》，秋原《同性恋爱论》，剑波《性与友谊》、《谈"性"》、《论性爱及其将来的转变》，招勉之《性和恋爱》等文章。

二　《新青年》乡土派作家的女性书写

在《新女性》成立的这四年时间，对于恋爱与性自由的问题是一个持续性的讨论话题。众多知识分子对于"性"的问题从哲学、心理学、历史学、经济学等各个层面进行了学理性的探究。② 而这些撰稿人基本秉承的是恋爱自由观点，由此观点出发则必然导出对于性交观念的变化和对于贞洁、贞操观念的破除和抨击。向前追溯现代文学史，有关于"性交自由"的问题所产生的文学作品，都曾经在文坛掀起轩然大波。郁达夫的《沉沦》曾被评论为"他那大胆的自我暴露，对于深藏在千年万年的背甲里面的士大夫的虚伪，完全是一种暴风雨的闪击"③。而在六年之后的文坛，对于性问题的关注和深入讨论似乎在为此主题增加更多接受的基础。在重重学理的阐发下的文学创作也因此对于女性给予了更多层面的表述。也正因为此，在《新女性》中的文学作品中女性的样貌呈现出比较丰富的多样化表现。

《新女性》的文学阵营中，以后来被我们称为"乡土派作家"为年轻力量，发表了大量的以女性为主题的小说。如彭家煌的《节妇》、《晚餐》、《朦胧》，许钦文的《大树江中》、《清明日》、《三朋友》、《船山底女郎》、《犹豫》、《灯下》等等。

---

① 无竞：《男女关系的原理》，《新女性》1927 年第 4 期。
② 据不完全统计，《新女性》刊载的有关性问题的文章约 60 篇，占全部文章 901篇的 6.66%。对于性问题讨论之热烈、范围之广，在现代史上是非常罕见的。
③ 郭沫若：《论郁达夫》，载《沫若文集》（第 12 卷），人民文学出版社 1959 年版，第 547 页。

表 2—1　　　　　　　乡土派作家《新女性》小说创作一览表

卷号/期号	文章名	作者
一九二七年第一卷第一期	船山底女郎	许钦文
一九二七年第一卷第三期	大树江中	许钦文
一九二七年第一卷第六期	清明日	许钦文
一九二七年第一卷第十一期	灯下	许钦文
一九二八年第二卷第十期	三朋友	许钦文
一九二九年第三卷第三期	犹豫	许钦文
一九二九年第三卷第八期	一只蝴蝶化得许许多多	许钦文
一九二七年第四卷第三期	节妇	彭家煌
一九二七年第四卷第十期	朦胧	彭家煌
一九二七年第四卷第八期	晚餐	彭家煌

发表当时，他们都正值青年，可以说正是新思想孕育的新一代青年作家，而《新女性》开篇仍念念不忘的"新性道德"主张，在这些作家的笔下不能不有所反映。在自身情感感召、独立观察思考下，产生了独特的女性形象。许钦文的《船山底女郎》就描写了这样一个意念上的"女郎"。

> 金珍在我底脑筋里，最近会晤时所得到的印象是最深刻的了。我们从相识以来，这次会见以前相隔最久了。如今在我脑里她底最明确的观念是穿着方领口的上衣，米色的裙和同样的雪白的鞋袜的，这位女郎最使我注意的也就是这几点了。我看了女郎行动底敏捷，做事底周到以及态度底活泼，越觉得她是酷像我的金珍了。①

作者写出了一个思念恋人的男子形象。这名男子在一条船上偶然遇到了酷似他心中恋人的女郎，并没有用大篇笔墨去书写"金

---

① 许钦文：《船山底女郎》，《新女性》1927 年第 1 期。

珍"的美貌，而是从开始的穿衣风格神似到最后的行动风格，发现
这样独立自主的女性越发像他心目中思念的恋人。如果说旧时代女
性的"温顺"、"柔美"、"谦卑"这样的规范是女性的标准的话，
那么在社会新思潮的冲击与影响下的青年一代心目中的理想女性形
象已经发生了变化。"方领口的上衣"、"米色的裙"、"雪白的鞋
袜"这些样式简洁大方、色彩单纯的服装更体现了受到新式教育下
女性的穿衣特点。而"行动底敏捷，做事底周到以及态度底活泼"
正昭示了女性可贵的性格特征：独立、自主、充满生命力。这样带
有无限活力与光芒的女性同样也吸引了男性的目光，他们看到了与
传统不一样的女性形象，更加个性化的穿衣风格，言行举上都带有
自己的特色，不再是千篇一律的，模子式培养的"好妻子"。男性
在面对着这样的女性时，其心里也是充满了遐想和冲动的。在看清
楚女郎并非自己的恋人金珍后，"我"仍然"情不自禁"地注视着
女郎，"她比金珍略微矮小，她们却有不同的地方：金珍下巴的左
旁有一个小小的黑痣……然后或有或无，我觉得她们实是同样的可
爱"①。于是，"我"的目光紧紧追随着女郎的目光，甚至当女郎有
一次出现在"我"的视线中时，我感到激动和狂喜，而当女郎最终
离开"我"的视线时，我感到"张目四顾，无非茫茫"的荒凉。这
种心境的袒露，虽不能说是赤裸裸地对于女性的肖想，不见恋人的
悲哀，但也可以看作是对女性的一种"意淫"了。

　　而在许钦文的《大树江中》，这种对于女性的灵肉冲突体现得
更为明确了。小说描绘了钦文和丽娥的一段情感往事，钦文和丽
娥是在学校排演戏剧时认识的，丽娥主动询问钦文的名字，主动
给钦文写信，甚至主动和钦文约定回到故乡的时间。在回故乡的
船上，丽娥做出了积极大胆的举动，她显示诱使钦文喂自己吃年
糕，而后"我第二次把年糕放在她底嘴上的时候，她用她底舌头
舔了舔我底指头"。小说甚至刻意将内容用省略号略去，颇得《金
瓶梅》的精髓。

---

① 许钦文：《船山底女郎》，《新女性》1927 年第 1 期。

　　我底右手放在兰娥的衣裾内，得到强烈的温柔的感觉，她底脸色时时转变，有时捎带青色，有时分外的红。温热的脂粉气夹杂着微酸的汗香一阵一阵地送入我底嗅觉感官，我实在已被激动了性欲。我想，我底手是在她底肚子上，往下伸去就可摸到她底大腿，往上是她底胸膛。但是我立即想到她底未婚夫，一个高颧骨的胡子脸现着凶狠的神气现在我的面前。我就把我的右手抽将回来。

　　作别的时候兰娥现着沉静的神气郑重的说："钦文，刚才的行为现在我自己也觉得是不应该的了，都说男子诱惑女子，可是女子实在是比男子还要不好。我希望你不要当我作为荡妇看待，钦文这实在因为我是真真地爱你，你说也是爱我的，这我很相信你，但我还希望你大胆地爱我！寒假期中你必须约期来会我，地点可由你临时决定。"

　　兰娥坐着原船回去了，从此我不再看见她，寒假期中我竟不去约她会晤，虽然我很想去会见她；她来约我我又不实行赴约，虽然我曾几次预备赴她底约。寒假以后她连信也少给我了，我竟不再作答，因为信中的话已经没有作答的必要了。不久就连信也不来往了。①

　　兰娥的行为，即使是放到今天来看仍然是大胆的。但是，我们可以感受到兰娥并不是一个放荡的女子，她只是一个极力想摆脱父母媒妁婚约的束缚，大胆向所爱男子求爱的一个女子。难道她的语言是贫乏的，并不能形象而生动地表达她的爱？不，实质上受过教育的她是会说甜言蜜语的，可是，作为一个骨子里就是朴实的女子她不会用虚无的言语去表达她诚挚的爱，所以，她做了一个大胆的举动。她用行动表达了她坚定的决心与爱。可惜，年少的"我"仍然有着内心的挣扎，这份纯净的爱就这样悄无声息地流逝在岁月当中。兰娥坦然接受这一结局，并能理智地斩断情丝，在钦文心中留下了一个永远到不了的背影。而"我"的退缩在这里反而显得更具

---

① 许钦文：《大树江中》，《新女性》1927 年第 3 期。

意味。新思想启蒙下的男性思想向来是不被过多描述的，他们已经被认定为天然的、优势的启蒙者，但事实上也许并非如此。实际上，他们宁愿用遐想去构建女性的身体，而当女性主动要求时，他们反而显现出怯懦、胆小、犹疑的特征。

爱情的解放到来了，独立而又有文化的女青年开始反对中国流行了几千年的包办式婚姻，勇敢而大胆地去追求属于自己的爱情。可是亲身经历与看到听到的毕竟不一样，很多女性追逐新的思想，却完全分辨不出什么是爱情，更有甚者，由于受到自身限制的影响，她们可能一辈子都不能体会爱情。作为乡土派代表的作家彭家煌，紧紧跟着时代的步伐，把这一现象与自己的体会写在自己的作品中。他的笔下不乏很多女性仍停留在旧观念旧思想中，并且拒绝体会新思想，拒绝解放自己，解放自己的爱情观，反而去极力排斥新思潮的例子。在她们心中，自由恋爱实质是变了形式的玩弄。彭家煌的《晚餐》借翠花之口展示了作者的心声：

"那是恋爱啊，恋爱是很神圣的。你知道吗？"

"我知道的，一个男人勾搭上一个女人，这就叫恋爱，勾搭不上女人，就去找窑子，这就叫做嫖，比如客人爱了那窑子，窑子也爱了那客人，这也还是叫做嫖，因为窑子是要钱的。但是他勾搭上的那个女人多半是有钱的，有饭吃，当然她不要钱，甚至倒贴钱都可以，但也得请她吃大菜，看电影。若是那女人境遇不好，你得供给她的衣食，若是和她正式结了婚，还得养她一世，这就不算嫖吗？——先生，您今天肯上我这儿来，总算看得起我，而且我是很爱你这种人的，你很爽气，我求求你把我们这回事也看成恋爱吧，犹如你和没有钱用没有饭吃的女人恋爱了吧，你也不必把它看成神圣，只须把它看成慈善事业就得了吧。——你晓得我们当窑子也不是没有一点骨气的，我们不像那些已经嫁了的女人，背了男人跟姘头跑，一辈子不见自己男人的面，我们只要那客人认识我，随他那时欢喜我，他就可以来满足了去，只要他每次给我们袁世凯。——我晓得你先生就是为着这一点看不起我们喽！但是，在从前孙传芳坐南京时，我们生意好，很好混，我们也晓得摆臭架子，呃，不是知心的客人，我们也不轻易留住的，可是如今不同了，不准挂牌子，又什么都贵了几倍，所以，我们很苦楚，先生，只要您愿意，我总不会忘记您，请帮帮忙留在这里吧！"①

翠花住在秦淮河附近从事不被允许的行业，她只擅长接客的技能并且不打算学习新的谋生方法。全家的老小衣食住行全负担在她身上，除了重操旧业，她似乎也想不出别的办法了。在她所见所闻中，恋爱就是一个男人勾搭上一个女人，而只要这个男人能留在这，能给她带来收益，她就爱！翠花的生命中是没有爱情的，在她看来，爱情是什么？爱情只不过是男女勾搭的借口，以爱之名去勾搭，并不比她所从事的事情高贵。实质上，翠花的生命中肯定不会经历爱情，无论她懂不懂爱情，归其原因，并不是她所从事的行业给她带来的，而是她连自己都不爱的症结。试问，一个连自己都不爱的女子，怎么去获得别人的倾慕？而彭家煌想让我们思考的也许就在于此。到底怎样的女子值得去爱，到底怎样的女子会让男人倾慕？仅仅是靠翠花"精细的在梳妆台前装饰，胭脂水粉敷得极其匀称，旗袍靴袜全换崭新的"。抑或是像"她立在衣镜前端详着自己，粉纸在鼻头上，额角上又精细的擦了一遍，觉着实在是毫无遗憾的了；按一按头顶，鸭屁股光溜溜的也犯不上再敷司丹康了；于是袅袅婷婷的侧转身，这姿态正同荡漾的微波，正同融融的温柔的海，她斜睨着整个的海面，斜睨着沿海的曲线，且轻飘而袅娜的踱了几步，这样对镜卖弄着风情，同时也咨嗟的给予自己以同情的慰藉"②。拥有风情的女子就够了？不，这些都还不够。不光不够，而是完全不是。当女性盲目地追求爱情，以为男人只喜欢像翠花这样的美貌具有风情的女子，接受了新思潮冲击的男性审美早已从过去那种欣赏小家碧玉式的女子风格转变到了拥有独立女性思想的女子

---

① 彭家煌：《晚餐》，《新女性》1927 年第 8 期。
② 同上。

身上。

　　女性可以大胆地追求属于自己的爱情，然而，很快她们就发现，爱情并不是像想象中、书本上描绘的那样美好。她们或许会经历失败，严重者会遭遇欺骗甚至失身。年轻而又初涉人事的很可能被打着爱情名义的男性肆意玩弄。她们分不清爱情与戏耍的区别。如彭家煌的《朦胧》中写道："游艺会闭幕了，歌声绝了，不相识的男女们面熟了，相识的增加了友谊，相互微笑地鞠着躬。别了，恋爱的人们，含笑的偎依着，追随着，夫妻们拖儿带女的嘀咕着，抱怨着，一双双，一对对，尽兴的散了，留给这学校只是闷闷沉沉的夜。"校园里的游艺会给青年男女带来了相识的机会，但是并非所有人都是抱着单纯的想法去参加游艺会。

　　　　正是暑假开始的一夜，来宝中的怀远却没有走。他是该校的毕业生，不是抱着特殊的兴趣参与这个会，更不是和别的男的一样，想在拥挤难耆的当儿想象有艳遇的机会，他是已经有了所谓的"恋人"的人，虽然没有资本，也不想用资本去结婚，但不得已时还是愿意去花点小款和陌生的女人游戏着，这在他并不算怎样新鲜了。[1]

　　我们不止一次从文中看到，怀远即使有了恋人，仍然没有全心全意地去爱护自己的恋人。他认为恋爱只是满足男女的需要，相比用时间与精力去陪伴恋人，他更喜欢花点小钱与陌生的女人游戏。从始至终，怀远一直在玩弄女子的感情。我们看到这仅仅是怀远自己的爱情观吗？不，不是的。实质上，这是当时好多男子的爱情观。他们打着自由恋爱的旗号，打着反对封建婚姻的幌子，去玩弄女孩子纯真的感情。他们很多人像怀远一样，不仅仅有恋人，更甚者是有未婚妻的，可是，他们是怎样欺骗女孩子的呢？他们惯用的伎俩就是已经走进新时代，要反对"父母之命，媒妁之言"，要提倡自由恋爱，有多少无辜纯真的少女掉入了他们的陷阱，抑或是

―――――――――

　　[1]　彭家煌：《朦胧》，《新女性》1927 年第 10 期。

怀远这种花点小钱，不断周旋于陌生女子之间。这是作者在警戒年轻的女子们，不要被新思潮冲昏了头脑，要擦亮眼睛，去寻找真正的两情相悦的爱情。可以说在这一方面，如彭家煌、许钦文的青年作家似乎在文学空间更多意义上地向人们展示了新思想到来下女性的变化和由此产生的更多的社会问题。

对于下层女性不幸命运的关注则是乡土作家笔下更重要的主题。在彭家煌的笔下，《节妇》阿银就过着传统女性所经历的一切。"仅以八元的身价，阿银在十岁上便被卖给候补道夫人做小婢。"阿银沉默地被母亲卖掉。一个女性的价值难道就只值 8 元吗?! 这样的开头像是注定了阿银这被无情的世道所摆布的一生。

> "男大须婚，女大须嫁"，这在阿银似乎不在乎的，而候补道大人却认为是不可违背的古训，他决意将她嫁给自己；自己的年纪只比她些微大了五十多岁，身体健壮，对于这件事也很需要，而且自问是能够胜任愉快的。顺从惯了的阿银，也很识抬举，用不着别人征求她的同意，她在无声无息中似乎早已首肯了。①

没有人征求过阿银的意见，在其他人眼中，阿银是走了好运的，可以嫁给老爷当一个名正言顺的正房太太，他们理所应当地认为只要老爷同意了，就是顺理成章的事情。所有人，包括阿银自己，都认为嫁给一个比自己大 50 多岁，都快是自己爷爷辈的人这件事没有任何不妥。没有人对此提出异议，阿银沉默地被身边的所有人嫁掉，当然，包括她自己。可是，事情的发展总是波澜曲折的，假若如此"顺利"地过着一生，我们也不会对阿银抱有那么大的同情与钦佩。"候补道大人没料到在七十二岁上便与年轻的妻子长辞了。这时阿银还只二十岁，孩子刚一岁。"候补道大人死后的阿银在安分守己的生活中获得了长子的同情，可是这同情掺杂着无法与人道的隐秘。

---

① 彭家煌:《节妇》,《新女性》1927 年第 3 期。

柏年往前进，阿银往后退，最后是坐在床沿了，而柏年的手却伸过孩子的身体了，而且在拥抱的姿势之中顺便在阿银的乳房上来了几个花样。阿银的脸红了，头低了。她的心在怦怦的跳，她不像和从前一样的麻木，她微微感到生命中的某种的承受之需要。那由胡须边传出的蒸气是多高热啊，这个有胡子的人飘来飘去，时近时远，是多敏活，多勇敢啊！这都是不能在候补道大人的龙钟的身体内所能发现的宝藏，她昏昏沉沉的回味着推求着自己应该怎样顺从他报答他而获得的那种"好处"，曾经在汽车中幻梦过的"好处"……她的心灵上发生了一种油然的生趣，身体上出现了一种天真的活泼，她不再无可无不可了，不再作婢女，亲姆，太婆，寡妇了，在她的生命上感觉着一种不可名状的需求与满足，在这样的少妇的生活中，长男真没有冷遇她，她生活得比从前更好。[①]

生活真的比以前更好了吗？看上去可能是这样的。阿银剪了时髦的发型，有了新的旗袍穿，不再做婢女，有了男人的"疼爱"。可是偷来的感情是不能长久的，这样的感情也不是爱，只是一种生活的调味剂罢了。长男柏年只不过想让自己平淡的生活多一点调剂，"就是柏年自己也觉着不甚妥当，那是逆伦的事，传扬出去，于阿银没有什么，自己的家声，个人的名誉，地位，不全都毁了吗？虽然可说是干着自由恋爱，但在他这把年纪，有胡子的人，私通着先严的继室，这一切是定规会给毁了的"。为了这样的调剂付出这样大的代价柏年是不会干的，是会毁掉他的人生的，于是，阿银又要被送回乡下。可是，已经见过繁华世界的阿银，已经体会过情的滋味的阿银怎么甘心再回到那种孤苦无依、漂泊不定的生活中去呢？命运又给了她一次看到曙光的机会。

晚餐是一个丰盛的晚餐，还有上等的玫瑰酒，这些是振黄

---

① 彭家煌：《节妇》，《新女性》1927 年第 3 期。

特意备的。饭菜是阿银吃不下，然而振黄殷勤的劝，酒是阿银
平日不沾口的，然而阿银难却的尽量的饮，振黄自然不消说。
阿银是生怕白花费了钱吗？是故意不装客气吗？实际这其间，
恐怕阿银自己也不知其所以然的。阿银又快要从荒凉孤苦中解
救出来啊！她要趁着青春尽量的陶醉啊。她他都是年轻人，斗
室里又没有第三者。①

　　是啊，都是年轻人，这里没有亲姆，没有大少爷，没有第三
者，没有妻室，只有年轻的两个男女，我们仿佛看到了爱情的萌动
在两个青年男女之间出现了。阿银好像又一次真的结了婚。这已经
是阿银第三次感觉结了婚。可是，这看似甜蜜没有阻碍的"第三次
婚姻"很快被上一次"婚姻"里男主角柏年所察觉，他义正词严地
的发来信件"务嘱太婆即日回乡，青年嫠妇，应守先君坟墓，否则
飞短流长，有隳家声，贻羞乡里，置我等颜面于何地！"甚至要亲
自来阻止这一段有悖伦常的感情。阿银刚刚升起的希望被打破了，
并且这次是再也不会有愈合的迹象了。为人妻，为人母，三从四德
节烈贞孝，悲剧一出出，她身上压着太多太多。最后，阿银看清了
这个世界，看清了她经历的三个男人，于是她发出了这样的呐喊：
"候补道大人老爷少爷八块钱！"
　　在以女性为主角的《新女性》中还有不少是书写母亲的文章。
但在彭家煌笔下《晚餐》中从未识得爱情滋味的暗娼翠花的母亲却
早在苦难中失去了母性的光辉：

　　　母亲并非没有关心这打扮齐全女儿的，她心中除温习着已
经付出的三十元房金，二元木柴，三元米等的大事情而外，也
留神到女儿之所以要装得那末妖艳的意义的。她想：只须女儿
一出门，个把客人定能拉到手的，住夜十元，八元；打茶围，
一元，二元，这是不用愁的。晚餐更应该丰盛点，是啊，我
现在就该盘算买什么菜，她出门不会给人识破吧，不会给人

----

　　① 彭家煌：《节妇》，《新女性》1927 年第 8 期。

告发吧，倘是触霉头给警察破获了，天啦，她会被送进济良所，我还得罚钱，往后我凭什么养活自己，凭什么养活儿女呢？孩子也得读几年书，学一门职业，小女儿也得读几年书，要到十七八岁才能正式上捐，呵，我老昏了，明的暗的全部禁止的啊！①

　　总之，她平常把翠花尊重得同什么似的，与其她在外出乱子，宁肯暂时忍耐着饥饿。她划算好了，对女儿说："你不打算到什么地方去吧，姑娘？"翠花的母亲害怕翠花被抓进济良所，并不是担心翠花的前途，而首先想到的是她还得罚钱，以及以后凭借什么养活自己和一家人。何其悲哀的翠花！何其悲哀的母亲！何其悲哀的一家人！同样身为女性，她并没有感同身受地体会到翠花的痛苦，翠花的心酸。试问，哪一个女人愿意去做暗娼？哪一个女人愿意曲意逢迎地活着？哪一个女人愿意去做低贱的工作？难道作者只是单纯地写翠花母亲不称职，阿银的悲惨命运吗？母亲在彭家煌的笔下是如此无情而冷漠，恰恰揭露了当时社会底层妇女的现状，和苦难下母性的"异化"。这种主题的选择和深度的揭示都是比较深刻的。

　　在《新女性》大部分男性文化撰稿人的笔下，对于历史上和正在生活着的女性的境遇，男性们都充满了复杂的哀其不幸、怒其不争的感情，而在描摹女性的生存状态时，对这种女性地位的极其黑暗的描述，使得女性解放的呼声也就成为了一个发自男性认知的真诚的呼喊。《新女性》有关恋爱、性、贞操、婚姻的一系列讨论是当时的男性对于女性问题的一次大胆而尖锐的探索，这种探索既剑指几千年的礼教，同时又不可避免地带有某些男性中心主义的特征。而作为理论讨论的回应和应对现实的青年问题，进入到20年代后期的男性作家又往往以情爱冲突为中心，去探讨"性爱"与"爱情"之间的话题。在《沉沦》出现之后，对于青年男女自身的生理需求，甚至是泛滥的情色叙述一时间成为了文坛上反对旧道

---

① 彭家煌：《节妇》，《新女性》1927年第8期。

德、旧礼教的武器，于是有了一批大胆的"犯禁"作品。但是，在这一时间段的描述中，我们基本上可见的都是男性作为身体欲望的主体和叙述者，女性则是被书写的身体欲望的客体，是男性身体欲望的投射，这实际上反映了当时男性作家心底充满矛盾悖论的性爱观或女性观。刘慧英在评价章锡琛主持的《妇女杂志》期间的女性观点时说，"与梁启超等中国男性女权先生的集体主义民族国家立场不同"，章锡琛、周建人、张竞生"他们是一种纯粹的个人主义立场，然而那种根深蒂固的性别角色偏见在他们心目中却丝毫没有改变。梁启超时代因为国家话语的巨大笼罩和缠绕，性别角色偏见往往是镶嵌在民族国家话语的缝隙之中，很难有一展身手的机会，而妇女主义者们身处五四后一个相对个人主义语境之中，那种偏见便显露无遗"①。将《新女性》上对于女性性想象的文字与同时期丁玲的《莎菲女士的日记》相对比，截然不同的女性立场反而显示出了前所未有的果敢与挣扎，从这个意义上说《新女性》虽名义为"新"，但性别偏向的缺失恰恰成为它的一个致命的弱点。

第四节　欲罢不能的都市"倩影"：《玲珑》中的女性形象

时光荏苒，当五四女性解放的浪潮退去，20 世纪 30 年代众多关于女性问题的尖锐讨论慢慢沉寂，章锡琛在谈到这时间段的女性期刊时说：

> 有了四年历史的《新女性》决定于明年废刊。废刊的原因是很单纯的，就是时代已经不需要我们了。
> 时代真是握有无上权力的专制暴君。在五六年前供人震骇以为邪说妄谈的议论，到了今日，人人都觉得无奇。"妇女解放"、"妇女运动"一类的名词，在五四运动以后的知识阶级

---

① 刘慧英：《"妇女主义"：五四时代的产物——五四时期章锡琛主持的〈妇女杂志〉》，《南开大学学报》2007 年第 6 期。

里，人人都在兴高采烈地讨论着，宣传着，同时还有一部分思想落后的人在反对着，诅咒着，现在却被当作像饥了应该吃饭，冷了应该添衣一般的老生言谈，虽然饭有没有得吃、衣有没有得添还是一个问题。……

妇女问题的解决，不得不与社会问题的解决同时，这在今日已成为自明的真理。用了浮泛的空谈来讨论解决方案，在阅读的人固然觉得味同嚼蜡、一毫不能感到兴味，在发论的人也自觉赧然不能下笔。"换一个方向吧！"也有许多朋友这样劝诱着。但是，换个什么方向呢？左倾一点吧？在这党的权力高于一切的党治国家之下，也许会因此被认为赤化，砍掉脑袋。虽然也是快事，可惜我们还没有这种勇气。右倾一点吧？和有钱的太太奶奶们讲什么衣服应该怎样裁才时髦，蛋糕应该怎样做才有味，也许可以给《新女性》销路，把定户激增到几万份以上。然而我们不曾学过裁缝厨子，说出来未免外行；即使会讲，也不愿吃了自己的饭去做太太们的供奉。如其为了赚钱，倒不如改业去做珠宝商，还可以多骗几张太太奶奶们手里面的钞票。左也不是，右也不是，所以结果还是废刊！①

而这一时间段，如果我们将目光全面地投向女性期刊却能发现这一时间段的女性期刊发展是十分繁荣的。20 年代末的上海，代表各阶级、政党、商业团体的刊物已经陆续增多，竞相扩大自己的话语阵地，在 1934—1935 年间，出现了"杂志年"的说法。"九一八"事变后，以上海为中心，出现了女性期刊的又一繁荣期。此时的《妇女杂志》额外关注女性的休闲生活，大量刊载女性读者作品；而如沈兹久主编的《妇女园地》仍持续宣传妇女解放、民族解放思想；左翼阵营由丁玲主编的《北斗》则吸引了众多女性作家如冰心、白薇、陈衡哲、凌叔华、葛琴、杨之华等等，成为左翼力量中特别带有性别倾向的刊物；由黄心勉、姚名达夫妇以及后来的白冰、鲍祝宣、封禾子、高雪辉等人主编的《女子月刊》在艰难的办

---

① 章锡琛：《废刊词》，《新女性》1929 年第 12 期。

报生涯中力图为女性代言，做"天下女子"的"播音机"；《女声》
的主编关露通过大量文章对社会仍然存在的女性歧视现象进行批判
等等。这些进步女性期刊在当时发表多角度的言论，但是在他们
的整体叙述中出现了一个共同的话题，即对"摩登"女性的深刻
剖析和抵制。这种鞭挞绝非空穴来风，而是当时的上海在资本集
聚、市民生活繁荣、都市文化发展中的一种反映。即女性被消费
主义所诱惑、所吸引，从而产生的一种畸形、不健康的生活观念
与生活方式。

　　而在另一方面，"摩登"已经变成这一时间段上海的代名词，
甚至以"摩登"为名刊出的刊物就有上海摩登青年社 1929 年 12 月
至 1930 年 4 月刊出的《摩登青年》以及上海摩登半月刊社在 1939
年 9—12 月刊出的《摩登》，其他如《妇人画报》、《良友》画报这
类期刊也一直在竭力塑造着时尚、时髦的现代新都市女性形象。这
种生活现象中的摩登风潮无疑和社会思潮、政治文化走向有着千丝
万缕的联系，对女性形象的"摩登"打造则成为这一时间段中女性
生活的中心话题。这方面代表刊物首推《玲珑》。

一　《玲珑》"摩登"女郎观念的性别分歧

　　《玲珑》1931 年创刊于上海，共出版 298 期，一直发行到 1937
年，原名《玲珑图画杂志》，1936 年第 221 期改名为《玲珑妇女杂
志》，简称《玲珑》。《玲珑》的版式不仅编排小巧别致（32 开），
还充满了都市潮流气息。杂志内容主要包括家庭实用常识、妇女美
容美体术、女性社交娱乐活动消息、名人名媛报道、影坛八卦娱
乐、读者情感信箱等。以"增进妇女优美生活，提倡社会高尚娱
乐"①为目标，致力于打造都市新女性形象，引领时代风潮。《玲
珑》杂志编辑群体的成员大多都接受过西式先进教育，主办者林泽
苍更以摄影见长，因此杂志以"摩登"女性照片为封面，封底则采
用好莱坞影星的图片，这样的版式风格几乎贯穿《玲珑》整个生命
周期。再加上《玲珑》杂志定价较低，仅为每册大洋 7 分，后虽然

---

① 《发刊词》，《玲珑》1931 年第 1 期。

涨价至 1 角，仍比当时的《良友》画报、《妇女杂志》低廉很多。
同时，其文章的撰稿者多为知识妇女、在校女学生，而其供稿一旦
发表也都冠以"某某女士"的称谓，这使得刊物从发行定位到内容
设计都聚焦于最广大知识者女性群体，因此成为上海受众面极大、
影响力极高的女性刊物，所以张爱玲说 30 年代上海女生人手一本，
此话并不假。

　　《玲珑》给上海女性树立了一个都市生活"摩登"指南。而在
关于摩登的论述中，男女性在这里却出现了泾渭不同的标准，对于
《玲珑》的女性撰稿人来说，"摩登"有两层意思。一层意思，"摩
登"是一个形容词，指代的是"时兴的、时髦的、时尚的"，所以
会有《摩登的脚》、《摩登式的布置》、《摩登的用具》这类文章；
第二层意思，"摩登"是一种新的生活方式，有新的内涵，而这其
中经常出现的就是"摩登女子"、"摩登少女"。这些女性撰稿人认
为真正的摩登不是"她的服饰，她的言语行动，开口会洋文，会伴
阔绰的绅士们跳跳交际舞"，这是误解摩登。"真正的摩登女子，不
是仅懂得跳舞和衣饰便成功，她必须在交际之外，还懂得一些实际
的技能和知识。管家正是女子固有的美德。"所以要会"有相当的
学问，在交际场中，能酬对。……稍懂一点舞蹈。能管理家政。会
怎样管仆人。自己会烹饪，能缝纫"①。而在另一篇文章《摩登女
子的条件》中，作者也认为摩登的女子应该是具有"端庄的品
性，温和的性情，高深的学问，大方的交际，朴实的习惯"②。对
于盲目追求时髦、攀附虚荣的女性的行为，基本上女性撰稿者都予
以了抨击与否定。

　　令人感到奇怪的是，《玲珑》的男性在文章中总是怒斥女性追
逐摩登的"奢靡之风"，认为这行为败坏了社会风气，但在另一方
面，却又欣赏女性的美、女性的活泼、女性的曲线，这都是充满诱
惑力的。而且《玲珑》经常刊登男编撰人刊写的"御男术"，如
"引起别人注意你的性感，真正的性感不是美貌，而是一种富于吸

---

① 胡玉兰女士：《真正的摩登女子》，《玲珑》1933 年第 20 期。
② 王庄：《摩登女子的条件》，《玲珑》1933 年第 18 期。

引力的磁性；保持着女性的外观和态度……当一个女子在追求着男子时，不要装起贞洁的样子，假道学是不成的。不要一直死板板没有变化，应该常常想出新花样来，才能够常常引起你的男友的好奇心理"①。与其是在教授女性御男有道，不如说是男性在自己阐述着"理想情人"。更有甚者，以滑稽暗讽的笔调，描摹《上海女子速写》，认为上海的女子有三类：一是"克莱拉宝型的姨太太"，她们"一幅古式金铒，配上光晶闪烁的金刚钻。一九三五年式眼之化妆术。涂着口红的嘴唇，高耸着嫩艳的乳房，摇摆着肥大的臀部，穿着漆皮的高跟鞋。呵！迷人的克莱拉宝型的妖艳呵！"二是女学生，"深黄色的胭脂，涂在淡黑的皮肤上，现代化的健康美，白的上衣黑的短裙，黑漆的手皮夹，黑色的平跟鞋。Love Letter 不断地飞来，不断地飞去，忙坏了绿衣人"。三是"卖淫型的舞女"，她们被"搂得香汗淋漓，娇声喘喘。Pianno 在动荡，梵华铃在摇头，在五彩迷蒙的光芒下，灯火乍暗中，她们在扭动着灵活的臀部，轻盈地，美妙地"②。一方面极度蔑视、一方面又禁不住吸引，这是当时大部分文章所反映出来的男性腔调。在都市商业带来的繁荣物质追求之中，女性已经随同"金刚钻"、"高跟鞋"、"短裙"、"化妆术"一起成为了"物"的代表，这种物化直接与身体欲望挂钩，成为煽动男性抛掷金钱、放开道德底线的突出诉求。

相比之下，女性对于"摩登"的理解流于口号，似乎"摩登女性"与"美德女性"、"理想女性"都能够雷同，从而在强大的都市诱惑中失去方向；而男性这时的女性要求则非常准确，不要奢靡是担心女性的浪费，但这并不影响女性要有风情、有情趣，在精神的选择和肉欲面前，道德往往不堪一击。在巨大的话语冲突中掩藏的应该说就是这一时间段迥然不同的性别追求。

二　"俘虏"的都市暗喻

白夜在《玲珑》1935 年第 5 卷第 5 期发表了短篇小说《俘

---

① 露丝：《一位富于性感的女性梅惠斯脱之御男术》，《玲珑》1933 年第 44 期。

② 一男士：《上海女人速写》，《玲珑》1935 年第 6 期。

虏》。开篇为我们描绘的就是这样一个女性形象——"一个有舞女和影星风度的姑娘推门进来了"。舞女和影星的风度按理来说应当有很大的不同。舞女的职业性质在 30 年代的上海基本等同于"交际花"、"娼妓"，而影星则从事着时髦的新事业，但女郎接下来的话将两者联系到了一起："我想约你去联华参加拍戏"，于是在叶影"浅紫色眼圈里的明亮的眸子"、"清朗的笑声"的邀请下，"我"出于善意，带羞地去了。

> "跳舞吧！"冷不防一副俏皮的娇媚的笑迎送过来，接着叶影的丰腴的肉体倚进怀抱了。不自主地被拉近波动的漩涡，也流呀流的流进角度里。
>
> 嘴边：柔软的肉，俏媚的眼，浅紫色的眼圈儿，樱红的唇吻：一顿甜美的夜餐啦！
>
> 然而我昏沉，烦恼，像在食欲迟钝的当儿，硬给我一顿油腻的肴馔，多么不自然哪！
>
> 我意识着我是受骗了。
>
> 但是我可以摆脱怀里的人么？这个好像怪亲热的叶影姑娘。不为自私，但为影场空气的和谐，又不能那样莽撞。
>
> 端详她的眸子：啊，是乞怜吧？不，她在夸耀，讥讽，说我受她的骗！
>
> "你不该骗我，使我在一个女人面前表示懦弱……"
>
> "哈哈……男人就要不得懦弱？一定要属于女人吗？"
>
> "不，你不应该骗我。你不说好你要我陪你跳舞并且陪你做个临时演员吗？"
>
> "临时演员？我不过被邀来助演舞场这一幕吧，你不愿意就走好了！"①

"我"的软弱使我又帮助叶影继续跳下来。

---

① 白夜：《俘虏》，《玲珑》1935 年第 5 期。

于是，臂弯里的手腕插进了掌握，肉与肉的抚摩，开始扩展。浅紫色眼圈儿，你是朵活的花苞啦——包着你的水晶似的水珠子！

我浑身发烧，但是我的心变得平静了。

人们踏着虚无的狂妄的步子，挣扎着最后的生命的延续。

揉一揉眼，打起精神来。姑娘们把自己投送给男人，在男人怀里合上眼……是梦一般飘渺的，挺尸般笨重地。眉眼和浅笑到哪去啦？①

在都市漂泊的男子，遇到同样漂泊的女子叶影，而男女在影场舞厅的跳舞因此具有了深深的性的诱惑力："柔软的肉，俏媚的眼，浅紫色的眼圈儿，樱红的唇吻"，女性在这里是等同于美餐的存在，而"肉与肉的抚摩，开始扩展"也使我"浑身发烧"。但就在这种肉欲的诱惑中，"我"又感到了生命的虚无和狂妄，在看似群舞的狂欢背后，有的"不过是挣扎着最后的生命的延续"。最终在凌晨时分，"当东方已经映着鱼肚白，几点灿星暗淡地代替了舞场的辉煌的灯光"，"我们俩获得四块钱"，两个陌生的男女各奔东西。

如果说这个短小的作品留给人们的印象的话，那就是在繁华大都市中灯红酒绿下男女的萍水相逢，逢场作戏的肉欲吸引下，潜藏着生命的悲凉。而女性在这个具有意味的场景中，不过像一个游魂、一个过客，留下"浅紫色"的阴影。她的突然出现和凌晨的突然消失就像都市中茫茫人海邂逅又分别一样自然，只是，男子心中留下了自己是她的"俘虏"的心理印记。

与其说男子被女子所俘虏，不如说，男子被这个城市所俘虏。城市的繁华终究不能成全个人的理想和想象，短暂的欢愉与肉体的欲望最终会被这种都市的虚空感所替代。

与此相同，这种对于都市"惘惘"、女性充满诱惑力的命题在20世纪30年代中国现代作家笔下也有过典型描述。茅盾的《子夜》在开明书店的第一个版本中，封面的设计上有几行小字："子

---

① 白夜：《俘虏》，《玲珑》1935 年第 5 期。

夜：1930 年的中国传奇。"而《子夜》的开篇这样描绘上海：

> 这一苏州河、黄浦江沿岸的外滩，外白渡桥高耸的钢架，从桥上向东望，可以看见浦东的洋栈像巨大的怪兽，蹲在暝色中，闪着千百只小眼睛似的灯火。向西望，叫人猛一惊的，是高高地装在一所洋房顶上而且异常庞大的霓虹电管广告，射出火一样的赤光和青磷似的绿焰：Light，Heat，Power。①

陈清侨的《现代中国现实主义中对欲望的物化》对此曾有过精准的评述。在钢架、灯火、电管广告的映衬下，浦东是一只巨大的"怪兽"，现代都市文化与工业文明就是这样以摧枯拉朽之势席卷着中国。而在现代都市中，女性的身体又被迅速欲望化与符号化，成为都市"怪兽"，撩动人心而有充满毁灭性的力量的代表。吴老太爷在生命的最终时刻就受到这样的刺激：

> 一切红的绿的电灯，一切长方形、椭圆形、多角形的家具，一切男的女的人们，都在这金光中跳着转着。粉红色的吴少奶奶，苹果绿色的一位女郎，淡黄色的又一女郎，都在那里疯狂地跳，跳！她们身上的轻绡掩不住全身肌肉的轮廓，高耸的乳峰，嫩红的乳头，腋下的细毛！无数的高耸的乳峰，颤动着，颤动着的乳峰，在满屋子里飞舞了。②

住在吴宅的一位诗人对此评论说："吴老太爷像僵尸一样生活在乡下，乡下像坟墓一般，但也让他安全；一进了现代城市，老僵尸马上就会风化。"③这正是茅盾对于中国农业文明遭遇都市文明的一种鲜明暗喻。而茅盾"在观念上把金钱与女人、投机家与娼妓等同起来"恰印证了西美尔的现代都市中智力胜过情感的结论。德·劳蕾提斯的《艾丽丝没有做》中说，城市"是对女人的再现，而女

---

① 茅盾：《子夜》，人民文学出版社 1960 年版，第 3 页。
② 同上。
③ 同上。

人是这一再现的基础。……女人既是梦想中的欲望对象，又是将欲望物化（建一座城）的理由，这形成无限的循环。她既是表现欲望的源泉，又是其最终的、不可企及的目标。这样，为体现男子梦想而建的城，最终只书写了女人的缺席。建立卓贝地城的故事……说的是把女人创造为文本的故事"①。这也从一个层面说明了性别在面对都市文化差异性的对待方式和文本建构模式。

无独有偶，在其他有关上海这个都市的男性描述中，女性也成为了对这个城市的表述方法。新感觉派作家在其城市叙述作品中常采用一个叙述策略，那就是"女人的缺席"，"实际上，'女人作为逃逸者'这一形象，很适于表达动荡的城市流动感与循环感，它几乎成了现代城市新感受的一部分：在摩登时代里，扑朔迷离的女人就像流动的时间一样，不再是可以固定的。与此形成对照的是，在传统城市中，女人（尤其是妓女）总是固定在特定空间中，随时准备伺候男性冒险者"②。都市的女性抑或是男性追逐的对象，而在不可得时，就是"妖姬"、"尤物"代名词。"刘呐鸥、穆时英将城市摩登女性形象物化、魔化、不可知化，以此指称富有魅力又不可把握的城市生活，两性关系中紧张和焦虑一定程度上暗示了都市人与现代都市的微妙关系。女性与城市的相互隐喻在此已经成为潜在的共识。这是作家对城市、生存不可捉摸的冥冥之力的抵抗式的表达，他们将对城市的异己感表现为对女性的异己感。正是基于'女性—城市'的相互隐喻关系，作家们不约而同地在各种故事题材中选择了进行类似的'尤物叙事'。"③

其实早在梁启超、刘锡鸿的笔下，女性已经不仅仅是对一个城市的比喻，她们甚至转化为国家性、现代性的暗喻符号："中国传统女性既代表了中国传统，又在更大范围内大体代表了正确的宇宙

---

① 张英进：《中国现代文学与电影中的城市：空间、时间与性别构形》，秦立彦译，江苏人民出版社 2007 年版，第 146 页。

② 同上书，第 167 页。

③ 孙琳：《论新感觉派文本的"尤物叙事"》，载乔以钢等《中国现代文学文化现象与性别》，南开大学出版社 2012 年版，第 169 页。

秩序，对于梁启超而言，新女性则是现代中国新公民的转喻性象征。"① 不同时期出于不同的需求，女性的性别化与构建文化、种族以及国家身份的焦虑，也即所谓现代性焦虑紧密联系在一起，从而具有的主题意义和象征所指，而从这一意义上说，《玲珑》的男性作家所塑造的都市倩影对自身充满诱惑而不可得，在短暂的萍水相逢后消失人海，是对都市生活的一种现代人孤独、苦闷彷徨的心态写照，而庞大都市带给人欲望的诱惑、灵魂沦丧的惶恐不安则打通了与都市文学现代主题的联系。

表2—2　　　　　《玲珑》关于"摩登"的讨论文章

卷号/期号	文章名	作者
第一卷第十二期	摩登的脚	姚霞芬女士
第一卷第十三期	摩登青年	铢珠
第一卷第十五期	摩登少女的人生观	戎女
第一卷第十五期	摩登青年仍要讲礼节	德仁
第一卷第十六期	不容冰炭的旧式摩登家庭	芳月
第一卷第十八期	摩登相妇术	志勤
第一卷第十九期	摩登相女术我的第一眼	王震欧
第一卷第三十四期	为摩登少女进一言	北平王明星
第一卷第三十四期	摩登女子的问题	
第一卷第三十七期	摩登女子出嫁难	魏淑琴
第二卷第四十二期	贡献摩登女子的	紫玉
第二卷第六十二期	怎样是摩登少女	裴芳
第二卷第七十四期	写给摩登女性	
第二卷第八十期	摩登妻子的责任	燕宛
第三卷第十三号	光明的晒台上摩登式的布置	
第三卷第十三号	铜条和玻璃制的摩登器具品	

---

① 〔美〕胡缨：《翻译的传说——中国新女性的形成（1898—1918）》，龙瑜宬、彭姗姗译，江苏人民出版社2009年版，第5页。

续表

卷号/期号	文章名	作者
第三卷第十五号	不要做摩登玩物	陈跡
第三卷第十五号	摩登式的指环、颈圈、耳环子	
第三卷第十六号	最时新最摩登的妇女日用装饰品	
第三卷第十七号	摩登的用具	
第三卷第十八号	摩登女子的条件	王庄
第三卷第十八号	摩登客室的布置	
第三卷第十九号	摩登女子的外表与实质	施莉莉
第三卷第二十号	真正的摩登女子	胡玉兰女士
第三卷第二十一号	摩登少女与薄幸郎	邬清芬
第三卷第二十三号	摩登妇女之摩登病	李瑞琼女士
第三卷第三十号	摩登妇女的装饰	薇
第三卷第四十三号	摩登妻子应具有的条件	琼
第三卷第四十四号	由摩登说到现代青年妇女	刘异青女士
第三卷第四十四号	摩登主妇的四德	叶蕙芬
第三卷第四十四号	一个摩登小姐	俞湘文
第五卷第三十五期	做女工不得不摩登	
第五卷第三十五期	北平摩登女最近玩意脚上修花	
第六卷第三十期	时髦圈里最摩登与最不摩登	茶室
第六卷第三十六期	取缔（摩登）的根本办法	
第六卷第四十五期	摩登家庭的我见	

第三章

性别构建：女性期刊叙事话语
与女性社会化

"性别是建构的，主要是由文化所建构的，从根本上说它是一种自我身份认同，一种文化身份认同。"① 在女性的社会化性别构建过程中，女性期刊媒介作用巨大。而"叙事"因此也具有了一种广泛的概念，它指向的是期刊的话语倾向、权利构成与话题争鸣。女性期刊的叙事话语传播启蒙思想、播撒女性知识和文化；沟通女性的"闺房"与"社会"；造就了写作群体与女性受众群体的交流互动，这些都传递和改变着社会的性别权利构成。

女性要想走向社会，必然要面临着社会化身份的人的过程，在近代西方文化的催生中，遭遇危机的近代女性职业化呼声最高，成为女性解放运动的重要内容。女性没有经济独立，就不可能有社会地位，"但凡一个人，只怕自己没有志气；如有志气，何尝不可求一个自立的基础，自活的艺业呢？"② 秋瑾以此为志创办《中国女报》，力图开拓一条让大部分女性能够学习自立的道路，而女性期刊自创始就大量刊登各种女性自立的知识常识，推动了女性社会职业化进程。"在相对独立、繁荣和稳定的环境里，通常不会产生文化身份的问题。身份要成为问题，需要有个动荡和危机的时期，既有的方式受到威胁。这种动荡和危机的产生源于其他文化的形成，或与其他文化有关时，更加如此。"③ 中国女性解放道路受到外来文

---

① 刘传霞：《被建构的女性：中国现代文学社会性别研究》，齐鲁书社 2007 年版，第 15 页。
② 秋瑾：《敬告姊妹们》，载《秋瑾集》，上海古籍出版社 1960 年版，第 15 页。
③ ［英］乔治·拉伦：《意识形态与文化身份：现代性和第三世界的在场》，戴从容译，上海教育出版社 2005 年版，第 195 页。

化思潮的影响极大，正是在世界范围内的女权运动声浪中，中国妇女解放运动才得以实现，在与欧美日发达国家的文化交流中，日本近代女性观点给予中国学者很多启示，这也正体现了文化间的交流互进的作用，以《妇女杂志》为例探讨了日本学者女性观念对中国女性解放的影响。女性期刊的存在也构建了都市文化空间，《玲珑》这本张爱玲称为"30年代女学生人手一本"的刊物在传播中构建了妇女"身体"概念，并成为上海时尚摩登的标签；而在"阮玲玉之死"事件中，《玲珑》也曾积极参与过对阮玲玉的追踪报道的媒介传播过程；此外，我们也不能忽视《玲珑》在众声喧哗中的女性声音，这些女性受众用自己的言语发声，与女性的都市体验一起，颠覆了男性对于女性"被看"的性别偏向性判断。

第一节　女性期刊与女性职业社会化构建

1897年梁启超在《变法通议·论女学》中提出了一个著名的女性分利说，从而前所未有地将女性的职业社会化问题推到了历史的台面上。"凡一国之人，必当使之人人有各职业，各能自养，则国大治。其不能如是者，则以无业之民之多寡，为强弱比例差。……况（中国）女子二万万，全属分利，而无一生利者，惟其不能自养，而待养于他人也，故男子以犬马奴隶畜之，于是妇人极苦。"①以此为基点，女性力图走入社会，需要谋生的能力，女学的兴办就成为当务之急了。因此，女学浪潮的出现就其本源来说，仍是一个女性社会化后才能富国强兵保种的条件问题。

女学作为女性社会化主要的步骤，走过了一条筚路蓝缕、步履维艰的发展道路。戊戌变法后，1902年实业学堂进入学制，但是女子教育的发展仍然是远远滞后的。从1897年开始，经正女学、苏州兰陵女学、严氏女塾、上海务本女塾、上海爱国女学等中国人自己办的女子学校相继出现，清政府也于1907年3月8日颁布《奏

① 梁启超：《饮冰室合集》（第一册），中华书局1989年版，第38页。

定女子小学堂章程》和《奏定女子师范学堂章程》。有研究者仍然指出，尽管女学发展速度较快，和当时女子实际的职业状况比较，不过杯水车薪。根据中华教育改进社调查："1923 年全国甲种实业学校学生总数为 20360 人，其中男生 18908 人，女生 1452 人，女生占总数的 7.13%；全国师范学校学生总数 38277 人，其中男生 31553 人，女生 6724 人，女生占总数的 17.57%。"① 女学实业学校数量极少，女学教育师资、经费、场地、人员不固定，很多中国早期女学的创办者都是朝不保夕、东走西顾的状态。在当时的社会环境种种限制下，很多女性在知识很少的情况下被动走入社会生产系统，更多的女性无法走出家门接受职业教育，这时传媒力量就显示了它巨大的作用。众多女性期刊的出现无疑充当了很多想要学习技术知识但苦于条件所限，或已经接受职业教育欲求新发展的女性的"良师益友"。

一　《妇女杂志》对女子职业社会化的积极作用

　　尽管《妇女杂志》初期的很多内容被研究者讥为"贤妻良母"主义，但是《妇女杂志》却实在地在女性职业教育领域做出了自己的贡献。而这种倾向在改革之后的该杂志则显得更加清晰可辨："本志的主旨，固在谋妇女地位的向上和家庭的革新；而一方面，尤其在供给妇女界以新知识，希望能毂成一种家庭中有趣的卖物，借此增进妇女读书的兴味。"

　　在理论上，《妇女杂志》刊登的文章积极宣传女性职业的重要价值，白云《女子职业谈》提出"男治乎外，女治乎内"的传统观念随着社会公园、剧场、蒙养院、幼稚园等公共服务设施的完善，应该予以改变，并针对一些反对言论，进行了有力的反驳。提出，"以女子有职业为不屑者，是乃社会卑污女子，无适当之职业，所见尽伶、妓、婢仆，遂鄙贱之耳。""古之称妇德者四，而二居其一。且恒举桑妇与农夫并称，是故女子有职业之证也。"② 鹃湖素琴

---

① 陈启天：《最近三十年中国教育史》，台北文星书店 1962 年版，第 287、379 页。
② 白云：《女子职业谈》，《妇女杂志》1915 年第 9 期。

的文章《妇女劳动感》认为，现实中迫于生计从事劳动的妇女很多，民国元年，江苏省已达 67000 余人。而这种劳动，"无非利用妇女劳银之低廉；役工约束之简易。而于内部之设施，不闻有合于法则也，厂规之宣布，未闻有利役工也。利欲心惟已是图嚣"①。用事实说明了女性并非"分利者"而是"创利者"。针对职业教育发展初期所显示出的一些弊端，一些论者也敏锐地发现其端倪，《妇女杂志》第 10 卷第 3 期就刊登了《人间性教育与职业教育》的文章，作者针对社会上认为职业教育应该先于"人间性教育"（即人的基本素质教育）的观点予以了反驳。认为单纯只重视职业所需要的技能技术的教育，而忽略人的基本素质培养，这是把"人"与"职业"分开了。一个人，即使受了职业教育，有了职业，仍然危害社会，这就是"缺少了人间性的缘故"②。这种对于职业技能教育过程中的人格素养教育的重视问题，即使放在当下社会仍有其探讨意义。

实际上，当时世界范围内，有关女性职业教育、就业、同工同酬问题也是有共通性的，陈祥云在第 12 卷第 12 期的《中国妇女与经济》一文中指出了当时世界范围的男女从业者的数字比例，1901年，英国全国人口从业率为 44%，其中男子人口从业率为 64.4%，女性为 24.9%，法国从业人口率为 51.3%，其中男子人口从业率 68.2%，女性为 34.8%。中国在民国 8 年（1919 年）的工厂及职工统计表显示，"中国四万万人，只有四十万职工，而这四十万工人中，男子占有百分之五十五，女子也占百分之四十五，由这百分率看来，妇女在职业界似占很大的实力，其实不然，因为男子除在以上各种工厂做工外，尚有许多职业可以谋生，而海关、长官及兵士、铁路、电政、航务、林业、渔牧、商业及各处大小行政机关等等，都是男子谋生的地方。女子裹足不能侵入"③。可见女性接受职业教育、政府兴办实业是解决女子就业问题的主要渠道。而这种状况也必须同世界妇女争取各种社会权利、争取人格独立联系起来。

---

① 鹃湖素琴：《妇女劳动感》，《妇女杂志》1915 年第 4 期。
② 《人间性教育与职业教育》，《妇女杂志》1925 年第 3 期。
③ 陈祥云：《中国妇女与经济》，《妇女杂志》1926 年第 12 期。

《妇女杂志》设有《记述门》与《杂载》、《世界妇女状况》栏目，专门介绍世界妇女运动、职业及职业教育方面的新动向、新趋势，如第 3 卷第 6 期《记述》栏目就刊出《日本夫人职业指南》，介绍了日本的女性职业种类与薪酬、工作内容、学历要求。第 3 卷第 7 期的《记述》中有刘鳞生的《欧战中之妇女职业及战后问题》，第 4 卷第 5 期《印度女界近闻》，第 4 卷第 10 期《记美国各女学校之内容》，第 12 卷第 12 期《巴黎大会与中国妇女》等等，这些介绍世界妇女职业与教育的通讯类文章为中国一直以来闭目塞听的女子打开了一扇窗户，能够睁眼看世界，而且也使中国女性加入世界妇女运动中。

《妇女杂志》广泛开设众多专栏，为女性提供职业基础教育知识。《妇女杂志》和一些以时尚、娱乐为主要目的的女性期刊不同，《妇女杂志》的确是以传播女学思想、教授女性职业本领为出发点的。尽管妇女杂志的主编在 17 年的时间内更迭频繁（分别为王蕴章、章锡琛、杜就田、叶圣陶、杨润馀），其政治信仰主张不尽相同，但对于女性争取独立、谋求职业发展的办刊理念却是一致的。因此《妇女杂志》17 年一以贯之的就是女性职业教育类的栏目，如家政、学艺、常识。据统计，在《妇女杂志》的篇数中，有《家政》栏目 352 篇，《家政门》44 篇，《科学谈屑》34 篇，《学术》18 篇，《学艺》380 篇，《学艺门》46 篇，《常识》83 篇。以如此大的篇幅量来推广职业技术技能，这种做法是其他刊物不能及的。

据统计发现，中国早期的妇女职业教育主要分为以下几类：一为桑蚕学堂，如 1905 年成立的上海女子桑蚕学堂，以及福建的蚕桑学堂、杭州蚕桑女学堂等。二是手工传习所，如 1904 年上海速成女工师范传习所，教授绒线、针黹、织造、车造（机器裁缝）。三为女医学校，如上海女子中西医学校、北京女医学堂、北洋女医学堂等。四为保姆讲习所和女子师范学堂。如 1904 年湖北幼稚园内附设女子速成保育科、1905 年的天津严氏女塾附设保姆讲习所，而《妇女杂志》的文章所介绍的知识正对应了这些学校的职业门类。如第 1 卷第 3 期刊出《家庭医病法》、《家庭蔬菜园艺学》、《胭脂织造法》，第 1 卷第 4 期刊出《女子之于蚕业及养蚕法大概》，

第 1 卷第 5 期《对于女子制丝之概要》，第 2 卷第 3 期《制磁大要》、《简明解剖学述要》，第 2 卷第 7 期《住居之选择及其建筑设计法》，第 3 卷第 5 期《人工制棉法》、《酒》，第 3 卷第 7 期《说妇女种花之利益》，第 3 卷第 8 期《果树栽培法》，第 3 卷第 12 期《提倡家庭副业说》等等，在此不一一赘述，可以说，《妇女杂志》所涉及的教育技术内容涵盖农、林、牧、副、渔的主要生产门类，其知识的范围广泛，甚至远远超出了当时开设的女子教育范畴，这也为后来的女子职业社会化打下了基础。

　　《妇女杂志》充分利用传媒优势，缔造女性从业者教育交流的平台。为真实反映女界的受教育及从业情况，《妇女杂志》广开言路，利用通讯、征文、专期等形式为接受职业教育的女性提供一个展示自身、同时与其他女性从业者交流的机会。第 10 卷第 6 期专门开出《职业问题期》及之后各卷的征文，通过甄选各行各业的女性从业者的投稿，以职业为主题让女性说出真实的心声。从近代梁启超等人期召女学运动以来，各种媒介响起的虽是一片对女性的"解放"之音，但究其根本，大多是"男性撰稿人"对女性的一种代言，这当中不可避免的是女性声音的掩盖和被遮蔽，其中还夹杂着形形色色的男性"想象"与男权"话语"。因此在这些女性自己写成的文字里，我们可以一窥当时女性职业状况，如一位叫邓颖超的女性在文章《工读的失败》中写道："在我这三年半的教员生涯里，得到一个教训，便是一面教人，一面自修，是不可能的事。每日的工作，几乎把时间完全占去，就是有了一点闲暇，也只落得稍事休息。以教师而无读书的时间，不迟几年，恐要变成一个时代的落伍者。教师既无读书的时间，更怎样的去研究教学方法？这不能不算为我国小学教育进步迟慢的原因之一。"[①] 这段话道出了当时职业女性的艰辛和不易，在当时的语境中，具有一种现实指向性。较能够自主地接受教育和选择职业的女性而言，中国当时存在着一大部分自身命运无法自我掌握的女性，不能简单地去批评她们不求自立、自强，历史"中间物"的悲剧性命运在这些女性身上得到了可

---

　　① 邓颖超：《工读的失败》，《妇女杂志》1924 年第 6 期。

悲可叹的映照。一位名为卢兰的织袜工就叙述了自己的从业经历。她家事凄苦，父亲早亡，又遇人不淑，虽然身陷自小订婚的囹圄但无力摆脱。婚后秉持三从四德，对丈夫的恶行无法控制，婚后三年，丈夫将家产挥霍一空而后染疾而死。带着遗腹子，她在社会上开始自谋职业，她所接受的就是社会职业技能培训，"荣陆袜厂，进厂学习三个月，才能得到工资，每月可得工资十二元六角"。这低廉的工资收入使得她生活除去孩子外别无希望，这位女性最后得出的教训以告后来女性的则是"很望我同性的听者，知道男子不都是可靠的，若自己无一点长处，可以自活，一遇到不可靠的男子，纵然不饿死气死，这一生在愁苦闷恨中过去，试问有何趣味？假使出嫁前，已学成一种工艺，出嫁后，何必要在家庭吃这一碗饭，受无穷的困苦？……我同性的读者，能可怜我的苦楚，便知道职业是万不能没有的，不可不早为预备的"①。这种发自切身经验的哀鸣之声，不能不发人深省，同时也印证了当时的社会现实，如第1卷第4期《桐邑妇女职业谈》作者无逸指出的，"无果今日财政不裕，经济不灵，时起恐慌。社会生活程度之低，至今日可谓一落千丈矣。而妇女之职业，虽人人尚能自食其力，而计每人一日所入仅足敷糊口之资。以桐邑举例，机织如织绸、织布等为主。当时洋纱的输入，使得织布获利非常少。手工类的，如洗衣、裁缝、做袜子、制作冥锭、纸元宝、绣花、调丝等等；农业的，如养蚕、种烟、种瓜果菜蔬、耕作；作仆人如乳仆、保姆、房佣、厨佣、梳头佣"②。这正是当时中国妇女的悲惨处境，因此刊出这种文章必然会取得女性的拥护和欢迎，对女性的职业教育和人生道路产生影响。

另外，对于怎样实施女子职业教育，一些有识之士也提出了自己的意见和建议。胡宗瑗在《妇女杂志》第4卷第1期文章《敬告实施女子职业教育者》中就认为实施女子职业教育必须注意以下几个方面："实施女子职业教育须因地制宜也，实施女子职业教育须切合于实用也，实施女子职业教育须注重日用文字也，实施女子职

---

① 卢兰：《哀苦余生录》，《妇女杂志》1924年第6期。
② 无逸：《桐邑妇女职业谈》，《妇女杂志》1915年第4期。

业教育须加演珠算也，实施女子职业教育宜研究卫生医学及看护学也，实施女子职业教育须注意保育学也。"首先我们要认识到这种讨论在当时起到了拓展女性职业教育门类的积极作用。现代职业教育理论认为，职业教育是对受教育者施以从事某种职业所必需的知识、技能的训练，因此职业教育亦称职业技术教育或实业教育。职业教育是与基础教育、高等教育和成人教育地位平行的四大教育板块之一。与普通教育和成人教育相比较，职业教育侧重于实践技能和实际工作能力的培养。而对于中国早期女子职业教育而言，由于条件所囿，并未建立或者明确区分高等教育与职业教育的内涵与外延，所以如"加演珠算"这类的基础数学学科知识也成了职业教育的内容。这既说明了女学早期的学科分类不清晰、不科学的发展现状，也让人们认识到了女性职业教育发展的历史积习重负和改革之难。

针对职业教育发展初期所显示出的一些弊端，一些论者也敏锐地发现其端倪。《妇女杂志》第 10 卷第 3 期就刊登了《人间性教育与职业教育》的文章，作者针对社会上认为职业教育应该先于"人间性教育"（即人的基本素质教育）的观点予以了反驳。认为单纯只重视职业所需要的技能技术的教育，而忽略人的基本素质培养，这是把"人"与"职业"分开了。一个人，即使受了职业教育，有了职业，仍然危害社会，这就是"缺少了人间性的缘故"。这种对于职能技能教育过程中的人格素养教育的重视问题，即使放在当下社会仍有其探讨意义。

《妇女杂志》充分利用文学艺术审美功能，潜移默化对女性的职业教育和职业选择进行引导。教育本身就是润物细无声的过程，《妇女杂志》中的文学作品有很多内容直接与女性职业教育相关，拨正错误思想，反驳封建三从四德的禁锢，给女性一个"理想"的乐园。如当时针对中国女性职业教育的重要方向蚕桑种植，第 2 卷第 9 期的小说《马头娘》就讲述了一个新式女子学习新式知识，反对封建愚昧迷信，终于取得养蚕成功的故事。这样类似的文学还有第 5 卷第 3 期的《养蜂》、《缝工女》、《理想之家庭预算》等等。

从 1915 年创刊伊始至 1931 年 12 月出版最后一期，《妇女杂志》从未停止过对女性职业问题的讨论。而其全方位地拓展女性职业知识、增强女性从业者信心、传播和交流世界女性职业者动态，这一系列的努力持续了 17 年，跨越了几度更迭的编辑班子，成为刊物对女性解放问题的共同追求。

二　《玲珑》：女性职业社会化的都市困境

"妇女要求解放，要获到真正的男女平等，经济独立为最大的条件是无疑。所以，一个女子要恢复她固有的地位时，除致力于经济独立外，实无他法。"① 这个女性独立解放之初的命题，随着西方帝国资本主义与中国资本主义产业发展，在 20 世纪 30 年代的上海，已经有了很大的进步。现代商业的发展需要更多女性从业者，1930 年，上海百货公司开始打破售货员的性别限制，全国最大的百货公司上海永安公司于 1931 年开始用女职员，到 1936 年时，这一数字已经增长到 50 余人，占全公司职工数量的 10%。② 其他公司也纷纷效仿，1938 年到 1941 年，仅上海新新公司就曾录用职工 2168 次，女性比例达到了 7%。③

女性能从事的职业领域在逐步扩大，"听说上海不久将有女警察出现了，这是推广女子职业的一种喜讯"④。而就在 10 年前，女性职业还仅仅局限在女工、女教员、女护士、女手工业者、女佣、女梳头工的境遇，这不能不说是社会的一大进步。在 19 世纪末期，丝厂、纱厂、轧花厂、火柴厂、卷烟厂大量使用女工。据记载，1893 年女工人数就达到 1.5 万—2 万人，到了 1920 年，上海的染织类工厂的女工达到 10 万人，占工人总数的 60%。1916 年的统计数据则告诉我们，江苏、广东两省的女工数甚至是男工的 2 倍。⑤ 女性职业的扩展本身就是现代工业化、都市化进程给女性带来的变化。

---

① 黑炎：《谈谈妇女职业》，《玲珑》1937 年第 21 期。
② 郭官昌：《上海永安公司之起源及营业现状》，《新商业季刊》1936 年第 2 期。
③ 转引自连玲玲《"追求独立"或"崇尚摩登？"——近代上海女店职员的出现及其形象塑造》，载邓小南、王政、游鉴明主编《中国妇女史读本》，北京大学出版社 2011 年版，第 318 页。
④ 《上海将有女警察》，《玲珑》1936 年第 30 期。
⑤ 黄春晓：《城市女性社会空间研究》，东南大学出版社 2008 年版，第 53 页。

但是在商业社会的环境中，女性的职业化存在也面临着种种困境。《玲珑》在这一问题上抒发女性职业境遇，抨击社会男女待遇不公，作了非常多的报道。陈珍玲在1931年《玲珑》初创的读者来信的"编者按"中说："在这不景气的社会里，女子职业的问题，实在是姊妹们的切身问题。现在社会的评论是'女子工作迟缓，且不及男子耐劳。到了时期，就要出阁，已嫁的，有了身孕，便不能服务了'。又说，'女子所得的薪资，大都耗费于脂粉与服装，不若男子的养家养子，所以女子职业，不宜提倡'。他们的话，未必尽然，但是关系女子职业的前途极大。本刊拟另文述之，并望姊妹们发表意见。"① 对于女性立场的坚持以至于"近来常有男子来信，说本刊太偏袒女子，对于这类责言，我们置之不理，因为本刊为妇女喉舌，一切均以增进妇女幸福为主，持论公正，为读者所熟知"②。可见出于女性编辑立场，《玲珑》对于女性走向经济独立的职业化道路是不遗余力地支持的，"倡妇女回家运动者，我们认为是妇女寻求光明的障碍者，是妇运的摧残者"③。"职业无贵贱，亦无高下之分。凡用手脑的技能，在职业界奋斗，求得经济的独立，自食其力，俱是可敬的。这也是我们所提倡的女子职业。因为我们和你正有一样的感想，今代的女子若不从自食其力的职业着手，是永远得不到我们理想中底光明，和自由的。"④

女性职业社会化的困境也是今天一直困扰现代都市女性的问题。虽然时过境迁，社会文化认知水平发生了极大的变化，但是现代都市、商业社会、传统文化因袭的相似性，使得女性职业化道路的问题仍旧存在。

女性社会职业首先要面对的就是职业与家庭的抉择。黄慧琴在《职业和婚姻的轻重》一文中给读者说出了自己的困扰："我是一个经济能够独立的成年女子，平日在学校时我便抱定了将来要在商界活动，谋经济上的独立，打破历来女子做丈夫的寄生虫的习惯。所

---

① 陈珍玲：《编者按》，《玲珑》1931年第30期。
② 《编辑者言》，《玲珑》1932年第63期。
③ 珍：《所谓"妇女回家运动"》，《玲珑》1936年第11期。
④ 珍玲女士：《职业与结婚》，《玲珑》1936年第25期。

以毕业后便由一位亲戚的介绍得入了一间商行当会计，月入亦颇不错。但三个月前，因朋友介绍，认识一位男友胡君，他待我很好，并且向我表示爱慕的诚心。二个多月来的交情，我们便由友谊而变成爱人，我们大家都觉得前途光明，大可乐观。但月前他忽然向我提出一个要求，便是要我将来结婚后退出职业界，他的理由是（一）他的月收入足供我们的生活而有余。（二）他不愿他的妻子为了一点收入而终日在外工作。（三）他希望有一个完满的家庭，对于他的要求，我不知怎样才好。他虽然也有道理，不过我总不愿把我在社会努力几年的结果抛弃，你以为我应该怎样才好呢。"① 而《玲珑》所倡导的也并非要女子全部出去工作，或者全部回家。女性并非将家庭和职业截然对立。但倘若男性完全以此来要求女性，认为女性就应当或者必须在家里，那么这种不尊重女性的看法就必须批判了。群在《婚嫁并不是女子最称心的职业》一文中就激烈反驳了社会近期出现的一种贬低女性的观点。此观点的始作俑者是林语堂，他认为，"现在的经济制度你们都明白是两性极不平等的。……所以唯一没有男子竞争的职业，就是婚姻。出嫁是女子最好，最相宜，最称心的职业"。而群激烈反驳说，林语堂的观点不如说，"结婚是女子最好的买卖"。反驳之有力尖锐，正戳中了林语堂男性偏见的中心。

　　而职业女性更多的困境来自于男性性骚扰和社会化歧视，商业作用下的女性异化也使得有些女性自甘堕落，更增加了正常女性求职的难度。相比较之下，传统的环境相对纯净的教师、护士职业已经是女性的最佳职业。吴瑞芝在《广州妇女的职业生活》中说："女教员算是比较'高尚'的职务了，在当时的广州，华南通商大户，一切经济的，政治的，教育的设施，该是相当繁荣了，小学教员也只有十五至二十五的收入，但较之大批失业的教师，或师范院刚毕业的未来教师们也是求之不得，算是大幸了！"② 上文提到的女警察职业，有位女性就参加了考试，看到这样的情景："在考试的

----

① 黄慧琴：《职业和婚姻的轻重》，《玲珑》1937 年第 15 期。
② 吴瑞芝：《广州妇女的职业生活》，《玲珑》1935 年第 1 期。

这天，男女挤满了一个屋子，大概有二三百人的模样……试题分为笔试与口试两种，笔试很简单，所以大家都不费劲的交了卷，口试却比较麻烦，有许多人竟不等终场便先自走了……""到这里工作只有三个星期，前途的好坏也说不上来，不过这种职业的新奇，却使我感到极大的兴趣。这里的同事共有二十多人，其中女向导十二人，男的十人……大概每月可有四十多元的收入，这在现今的女子职业中间当然要算是比较好的一种，但没有这多收入的向导员也还不在少数……因为这种事业在中国还是一个'初生子'，一般人都带着好奇心想来试探一下，而且这事业的实行，又是由女子打头阵，在认为女子是'玩物'的心理还没有根本消除的现在，这种向导事业之可以发达一时可以预卜的……但我总觉得'事在人为'，人要使事业的声誉堕落，那是没有方法禁止的。"①

这一时间段，上海、北平、杭州等地新开的商业店铺则学会了一个伎俩，聘用年轻女子在店内当女服务员，因为这些女性一开始并无服务技能，而只能站在门口，慢慢被人冠以"某某西施"的称号，对此很多女性表示了不满，"某某国货公司的'面包西施'，某某百货公司的'康克令西施'，更有什么'馄饨西施'，'蝴蝶西施'等等，真是五花八门……做人家的活招牌，不重技能，而重面貌，所以凡有姿色者，便博得此等艳名……所以我们要洗去这种耻辱，应当从不受这些名号做起"②。

而"女招待"词条的出现，也绝不是一个如今天所理解的简单词汇，仅《玲珑》就女招待问题展开的文章达到9篇之多。

如《南京的女招待》一文就说，"南京市今年可谓'女招待年'"，在南京的夫子庙和新街口，充满了上海聘来的女招待，给人端菜布碟，而有些则沦落为男性的玩物。因此文章感叹"南京的女招待，一天盛过一天，无非是为了生活压迫"③。而更有甚者，以女性新职业兴起做娼妓的勾当。作者璧在《杭州之女招待》一文中说："杭州是一个无奇不有的地方，有做女学生装束而秘密卖淫的

① 佚名：《一位女向导的自白》，《玲珑》1935年第39期。
② 桑雪琴：《女职员底新绰号》，《玲珑》1935年第19期。
③ 佚名：《南京的女招待》，《玲珑》1936年第44期。

私娼，有浓妆艳抹的船娘。记得去年本刊曾经谈过女招待的情形，实在是杭州的女招待是比别的地方来的多而怪。大约是因为公开卖淫的被禁，只好秘密做生意。有空怕给人看破，所以便挂起女招待的牌子。开店的老板正是求之不得，大家互相利用，劳资两方，和衷共济，倒是不可多得的现象，可是女子职业的神圣意义是打得粉粹了。"① 有些女性则是开始只是从事女招待的工作，但是"事实上，她们却成为给客人们寻开心的对象，客人们的轻狂举止，她们应该忍受着。每天在店里，又该迎合掌柜的喜恶，否则，就有失掉饭碗之虞。她们可以说成天处在双重压迫之下讨生活，至薪金方面，是菲薄得可怜，每月膳费在内，也不过十五六元，因为这一种生活的贫寒，致使她们堕落，出卖她们的一切了"②。

部分女性没有走向堕落，但是其从事劳动繁重，再加心理的重压，男性的嘲弄，使得职业女性苦不堪言："我们虽然天天喊着救济妇孺，废除娼妓，但是女工们处在这种生活环境下，难道我们就不应该救济了吗？难道她们就不是人了吗？当这些女工走在大街上，有些男子还向她们吹口哨，嘲笑她们。"③ 一位女打字员自陈自身的痛苦，"这个么，可多着呢。薪水少，事多，这是第一种痛苦。男同事轻视你，不当作人，这是第二种痛苦。一天忙到晚，还有人喊作花瓶，这是第三种痛苦。而真还有人将我们当作玩物，当作摆设的，这是第四种痛苦"④。电影女招待则因为从事工作，不得不忍受男性的性骚扰，"他明明也知道有一个空位子，不过他偏要扶着我的手"⑤。

对于女性的歧视行为不仅反映了社会对于女性整体的性别定位的偏差，更提示女性要有一技之长方能就业，而非仅仅依靠年轻貌美的皮囊。有些女性从社会观念入手，认为"今后想彻底求妇女解放，必先要扫除横梗在我们面前的两大障碍——封建残余势力和资

---

① 璧：《杭州之女招待》，《玲珑》1933 年第 27 期。
② 佚名：《北平的女招待》，《玲珑》1936 年第 34 期。
③ 慧秀女士：《女工》，《玲珑》1933 年第 15 期。
④ 佚名：《中文女打字员的生活》，《玲珑》1937 年第 6 期。
⑤ 隐名女士：《电影院女招待的苦衷》，《玲珑》1931 年第 14 期。

本主义，才能达到真正的解放，才能洗去‘花瓶’的耻辱”①。但当务之急是增加职业技能，“我们知道在解除两性间不平等的痛苦，但要达到这种目的，妇女本身必须先有参加生产工作之实力”②。虽然《玲珑》出于刊物设定考量，并未如《妇女杂志》那样刊登女学知识，但女性所面对的同样处境使《玲珑》的女性职业问题能够与其他期刊构成共鸣，从而关注女性实际社会问题。其讨论恰恰由于读者众多来信与女性编辑者陈珍玲立场的坚持，而形成了女性能互吐苦闷、共商对策的空间，这对于一个以“时尚、摩登”定位的期刊来说，也是非常难得的。

　　女性职业问题是女性社会化性别建构中的中心问题，关于职业困惑与性别矛盾的论述体现了性别认同与工作认同的矛盾。而女性店员、职员的自我表述正反映的是女性因为社会性别角色和性别权利关系变化所产生的焦虑情绪。对于新出现的女性职业，女性往往面对更多的指责与评论，可见女性在社会化的路程上首先要得到的是工作的认同，之后才是性别的认同，而如若两者发生背反，那么就会引起社会文化层面的焦虑和混乱。这也是女性职业问题在媒体舆论空间的种种讨论带给我们的启示。

表 3—1　　　　　　　《玲珑》有关女招待词条文章表

杂志卷号期号	文章名
第一卷第二十期	爱上一个女招待
第二卷第五十八期	女子职业与女招待
第二卷第七十一期	毕业生当女招待
第三卷第二十七号	杭州之女招待
第四卷第八号	关于取缔女招待
第六卷第三十期	美国飞机上的女招待
第六卷第三十四期	北平的女招待

---

① 王吾君：《怎样洗去花瓶的耻辱》，《玲珑》1935 年第 27 期。
② 若垒：《妇女参加生产工作》，《玲珑》1935 年第 25 期。

续表

杂志卷号期号	文章名
第六卷第四十四期	南京的女招待
第七卷第一期	嘉兴新起的女招待
第一卷第二十五期	女招待——活招牌

表3—2 《妇女杂志》就女性职业问题刊登文章一览表

杂志卷号期号	文章名	作者
第一卷第一期	女子职业造福社会论	吴峥嵘
第一卷第四期	妇女职业论	王三
第一卷第九期	女子职业谈	白云
第一卷第九期	家庭职业刺绣学	林逸媭
第一卷第十一期	晋江妇女职业谈	尚实
第三卷第六期	日本妇人职业指南	艾眚
第三卷第七期	欧战中之妇女职业及战后问题	刘鳞生
第三卷第八期	美国制职业教育	宗良
第三卷第十期	日本妇女职业指南	艾眚
第四卷第一期	敬告实施女子职业教育者	胡宗瑗
第四卷第十期	论女子职业教育与道德教育之关系	胡宗瑗
第五卷第三期	家庭职业小说 养蜂	公仁
第六卷第四期	妇女职业的指导	彭季能
第六卷第八期	童子职业谈	茧公
第六卷第十期	女子职业问题	胡怀琛
第七卷第一期	霸县妇女风俗职业谈	心齐
第七卷第三期	女子职业问题的历史观	王警涛
第七卷第四期	人生与职业	曹乐澄
第七期第八期	提倡独立性的女子职业	陈问涛
第七卷第九期	男女职业之分野	李三无
第七卷第十期	女子职业论坛之必要	韶先

续表

杂志卷号期号	文章名	作者
第七卷第十一期	职业与妇女	Y. D.
第八卷第一期	英美的职业妇女自治机关	覃素
第九卷第一期	纪尔曼及须林娜的妇女职业运动观	乔峰
第九卷第二期	妇女职业问题	陈谅
第九卷第三期娼妓问题	妇女职业问题（完）	陈谅
第九卷第六期	上海职业女子联修会	
第九卷第十一期配偶选择期	女子职业问题的讨论	陈竹影
第十卷第三期	人间性教育与职业教育	
第十卷第六期职业问题期	妇女之经济的独立与职业	
第十卷第六期职业问题期	妇女职业的先决问题	健孟
第十卷第六期职业问题期	妇女职业和母性	克士
第十卷第六期职业问题期	妇女果不适于职业么	黄石
第十卷第六期职业问题期	家族制度与妇女职业	叶作舟
第十卷第六期职业问题期	泰贝尔女士的妇女职业观	克士
第十卷第六期职业问题期	中国职业妇女的三型	晏始
第十卷第六期职业问题期	职业妇女的运动	杨彬如
第十卷第六期职业问题期	美国的职业妇女	张娴译
第十卷第六期职业问题期	日本妇女的自由职业	高山译
第十卷第六期职业问题期	日本妇女职业生活概况	高山节译
第十卷第六期职业问题期	法国从事职业的男女人数比较表	
第十卷第六期职业问题期	半日的职业生活	兰芬
第十卷第九期	职业与家事哪一种更合适于女子	方景略
第十卷第十期男女理解期	英国的妇女职业问题	高山
第十一卷第五期	妇女职业促进会宣言	
第十一卷第八期	妇女的职业倾向	华因
第十一卷第八期	妇女职业促进会会员读者会宣言	
第十一卷第十一期	定婚的法制和女子职业问题	陶汇曾

续表

杂志卷号期号	文章名	作者
第十二卷第一期美术专期	一件有趣的小职业	毅真女士
第十二卷第六期	妇女职业问题	徐公仁
第十二卷第十期	妇女于职业时的卫生	苏仪贞
第十二卷第十二期	妇女与职业的关系	顾绮仲
第十二卷第十二期	妇女解放与职业问题	梁顾
第十三卷第五期	解决妇女职业的几个问题	彭善彰
第十三卷第六期	妇女与电影职业	凤歌
第十三卷第八期	从各方面论妇女职业的重要	董纯标
第十三卷第十二期	中国职业妇女的现状与救济	友新
第十四卷第一期生活期（上）	妇女职业生活的改进	尚木
第十四卷第四期	图书馆与女子职业	杜定友
第十四卷第四期	妇女的职业和妇女的堕落	海宽
第十五卷第一期浅识薄技期	浅识薄技与妇女的职业	刘承符
第十六卷第二期	女性的职业	邢知寒
第十七卷第一期新年特大期	美国妇女职业解放的近趋势	
第十七卷第一期新年特大期	英国已婚妇人从事职业的难关	件华
第十七卷第六期	檀香山的职业妇女	件华

第二节　交流与碰撞：《妇女杂志》中的中日女性问题讨论

中国近现代时期掀起了向先进国家学习的热潮，而在这场西化学习的道路上，"西方文化蜂拥而至，日本成为东西方文化交融的前哨。于是，它成为我国思想家们注视的一个重要场所"①。受到日本明治维新以来社会快速进步的影响，鲁迅、周作人、周建人、章

---

① 孟庆枢主编：《日本近代文艺思潮与中国现代文学》，时代文艺出版社 1992 年版，第 3 页。

锡琛、陈望道等文化先驱在中国各类先进期刊中译介了一大批日本学者的著作节选或论文，卷起了狂飙突进的时代讨论。在这些讨论中，以"人的发现"进而掀起的"妇女问题"讨论尤为突出。而这些有关妇女解放运动讨论的主要阵地之一就是近代女性期刊《妇女杂志》。《妇女杂志》是五四前后女性期刊中引进日本学者文章译介最多的刊物，数量高达200余篇，而且内容丰富、思想深刻，从女性经济生产到参政议政、从家政琐事到文化趣闻，日本近代各类著名学者的身影都在《妇女杂志》中显现，成为了解日本近代社会发展、文化变迁的一面回光镜，既传递着革命的信息、文化的交流，又反映着对于共通的东亚妇女命运的关注与思考。

一　早期《妇女杂志》的日本科学常识启蒙

从《妇女杂志》1卷1号开始，学艺、家政就以大量的篇幅刊登了很多科普类、家政等文章。在这些文章中，日本学者的研究成果也被引用译介。这种译介大致有这样几个方向，第一大类是介绍医学治疗知识。自1868年明治维新以来，日本被迫放弃锁国政策，痛定思痛，从1871年陆续派遣留学生出国，1875年日本就开始用本国学者来教授医学，四五年后就有毕业生，并参与了西医传染病的研究，出现了如北里柴三郎这样杰出的细菌学家。当时译介的医学类文章如《肺病全治之五大秘诀》、《婴儿之脑膜炎》、《疾病之光线疗法》、《手足寒冷之养生法》，这些文章有些是专门的医学博士如土田卯三郎、小川剑三郎等人所著，有些则直接译介自日本的期刊，如《妇人世界》、《卫生学报》、《女学世界》、《妇女界》、《家庭杂志》。第二类则是家政类文章，介绍家庭经济、手工编织等工作，如添田寿一的《实用一家经济法》、《家庭园艺之趣味》、《物价腾贵与家庭养鸡》、《养兔谈》等。第三类就是向女性读者介绍自然科学常识，如《论天然煤气》、《植物之种子（附图六）》、《星云》。值得一提的是，《妇女杂志》所转引的日本女性期刊，如《女学世界》、《妇女界》、《家庭杂志》，也都是近代以来日本普通女性读者的阅读刊物，相通的内容向我们传递的是两国女性生活的共同特征：女性生活仍然大部分局限于家庭，像鲁迅先生《伤逝》

中的"子君"一样，其功业就在川流不息的做饭上。虽然社会对女性的要求经历了从"贤妻良母"到"独立的社会人"的嬗变，但在独立倾向日益强化的同时，传统的惯性仍然引人注目地存在着，这种惯性尤其表现在女性职业期待和家庭期待的剥离上，事业和家庭的两难抉择在 20 年代变成了困扰女性的最大问题之一。

但是，我们不能由此否定日本近代期刊和学者们对于女性问题讨论的意义。通过这些文章的介绍，有一定文字基础的女性就可以增长知识、扩大视野，进而在家庭或者职业生活中提高效率，相比较一些空洞的女性解放的呼喊，更能促进女权启蒙的进步。正如刘慧英在《被遮蔽的妇女浮出历史叙述》一文中提出的观点那样，以往的研究过分强调《妇女杂志》在五四时期所拥有的影响力及其贡献，但《妇女杂志》从 1915 年到 1921 年的有关译介另有价值，从文章所投射出来的有关女性家政生活、女学兴起的内容"使长年看来杂乱无章或不登大雅之堂、实际上则丰富厚实的家政常识及妇女生活平常琐碎的一面得以进入历史视阈"①。这样，女性的私人生活领域具有了一种社会意义，这也是对男权社会的一种反抗。从这意义上说，虽然章锡琛讽刺王蕴章是"提倡三从四德，专讲烹饪缝纫"，但是，他们恰恰忽略了蕴含在烹饪缝纫中的女性意义和社会价值。

二　与谢野晶子"贞操观"与《妇女杂志》讨论

毋庸讳言，在近代社会大部分女性处在饱受压迫的状态，此点中国与日本无异。《妇女杂志》第 1 卷第 4 期刊载了日本《妇人世界》上的一篇文章《嫁之心得》，内容是日本众议院书记官长林田龟太郎给女儿一代子结婚的告诫书，告诫书的内容如"夫为一家之主长，故微论言语动作，当敬重之，任何事情，亦不可与违抗，即有宜谏夫者，宜徐徐而谏之"；"无夫之许可或不依其命令决不可外出"；"家庭经济为妻之最重要任务，当以夫之指挥算"等诸内容与中国传统文化中的《女训》、《女则》、《女诫》的三从四德内容并

① 刘慧英：《被遮蔽的妇女浮出历史叙述——简述初期的〈妇女杂志〉》，《上海文学》2006 年第 3 期。

没有本质区别。但是自章锡琛接掌《妇女杂志》帅印，《妇女杂志》言论风格为之一变，显现出一种积极、争鸣的态势，出现了中国妇女期刊史上最辉煌的日本学者论著译介阵容：著名女性文学家与谢野晶子，社会主义女性活动家山川菊荣，文学评论家厨川白村，早稻田大学名誉教授本间久雄，医学教育家富士川游，教育家谷本富，法学家穗积重远，社会活动家贺川丰彦、大山郁夫，日本社会主义先驱者安部矶雄，文学家藤森成吉，戏剧家武者小路实笃，政治家吉野作造，哲学家帆足理一郎，社会学家林癸未夫，评论家长谷川如是闲，经济学家高桥诚一郎、河田嗣郎，女性社会活动家市川房枝，妇女解放运动家伊藤野枝，动植物学家石川千代松，共计 20 余位。围绕《妇女杂志》的专号，他们对贞操、离婚、节育、恋爱、婚姻、经济、参政、文学等多方面进行了观点阐发。或许他们的名字已经淹没于历史洪流，但众学者的言论给中国妇女运动以诸多启示与影响。

　　这其中首推的应该是与谢野晶子的"贞操观"。与谢野晶子以1918 年由周作人翻译的《贞操论》而在中国扬名。她在日本久负盛名，著有诗集《乱发》，而与有妇之夫与谢野铁干的恋爱一时间也是在舆论界引起哗然。关于贞操观念，她提出了冲破男权传统的性爱自由观念，认为："我对于贞操，不当它是道德；只是一种趣味，一种信仰，一种洁癖。"① 随后鲁迅发表著名的《我之节烈观》对周作人进行了响应，指出节烈这事是"极难、极苦"，"无益社会国家，于人生将来又毫无意义，失了存在的生命和价值"，充分肯定了与谢野晶子的观点。与谢野晶子的论点一时间在中国女界掀起剧烈反响，但是在对与谢野晶子的论点与写作上，周作人显示了不同的译介态度，对于与谢野晶子的代表作《乱发》，周作人在"译记"中说，"与谢野妇人的歌，是不能译他的"②。而贞操的见解有引用的必要，因为那是"健全的"。有研究者指出这种态度是由于与谢野晶子的创作属于"身体写作"，翻译进来既和周作人的"性

---

① 　与谢野晶子：《贞操论》，周作人译，《新青年》1918 年第 4 卷第 5 期。
② 　周作人：《〈贞操论〉译记》，《新青年》1918 年第 5 期。

爱观"不符，也有可能对当时的青年发生"矫枉过正"的影响。实际上，考察当时的日本学者观点，就会发现有关贞操问题，很多学者都提出过缜密而公允的讨论，其理论启示或更有意义。这不禁使人考虑与谢野晶子的女性身份与既往经历在当时的特殊舆论宣传中有被"夸大"的嫌疑。

　　在《妇女杂志》我们看到章锡琛和周建人在编选时用了这样几篇文章对贞操问题进行了多元的讨论。首先是帆足理一郎原著、杨贤江和陈望道分别翻译的《新时代之新贞操论》和《新社会自由人的贞操观》，哲学家帆足理一郎从自由恋爱与贞操观谈起，否定了俄国无政府主义者巴古宁的废除婚姻制度的主张，从生理学、心理学、家族制、婚姻制度的责任解析了贞操与恋爱、爱情与婚姻的关系。提出，历史上的"贞操"观念是女性受压迫的结果，"以所有权为基础而成立的婚姻制度，便成为一种妇女对于男子保持忭的服务的奴隶制度，又因为要维持这一种奴隶制度，不适用用武力制的权利，不得不用精神的方法，于是就发现了'贞妇'的一个名词，所以'贞操'是片面的"。由此而言，"无爱的结婚，是虚伪的"①。在伊藤野枝原著、宣素译《日本贞操观念的变迁和经济的价值》这篇文章中，伊藤野枝则援引法国人鲁妥弩的观点，从人类各个民族发展历史来考察贞操的历史变化，而对当下社会的贞操问题，则提出贞操为经济操控的本质，"如果少数的人，绞取多数人类的劳力来建造财产，又用财产的独占来树立权利，那么人类决不能得真自由的境涯的。……无论男女，决不能有自由的心地"②。著名作家菊池宽也写了独幕剧《贞操》，以形象的文艺形式表现了贞操存在的荒谬性。综合以上的日本学者对贞操问题的探讨，可以发现日本近现代学者对于世界范围内的女性解放运动予以重视，并从学理层面对妇女的解放若干问题进行了有深度、分范畴、跨学科的探讨。他们的论述也大多引用西方话语资源进行举证，这些观点极大程度地丰富了近现代中国学人的视野，并与中国学人的观点互

---

　　①　帆足理一郎：《新社会自由人的贞操观》，《妇女杂志》1922 年第 12 期。
　　②　伊藤野枝：《日本贞操观念的变迁和经济的价值》，《妇女杂志》1921 年第 10 期。

相印证，推动了女性解放运动的进步。后来《妇女杂志》的若干次专号讨论，如离婚专号、娼妓问题专号、产儿专号，也都有日本学者文章的译介。

三 "有岛武郎情死"事件讨论

如果说《妇女杂志》给了日本学者的思想一个平台，那么译介者的遴选的初衷与目的也成为一个值得思考的问题。作为传播媒介，话语与编辑策略的一致性也在一定程度上决定着刊物内容的取向。《妇女杂志》的历史跨度和编辑几度变化，而近现代中国的思想风云变幻，各种思潮流派交相上演，这样日本国内复杂的思想倾向在中国也有所反映。

首先引人注目的就是《妇女杂志》对社会主义女性解放思想的广泛介绍和译介。如对李大钊接受共产主义思想产生重大影响的安部矶雄，其文章《英美德法妇人运动史》、《产儿制限与道德及宗教》；曾于1928年被选为全日本无产者艺术联盟（纳普）的第一任委员长藤森成吉，其文章《日本文学家的女性观女性的本质》等。而在同一阵营内部，也仍然有着论争和思想的差异，例如，女性学者山川菊荣对妇女解放运动的本质问题的探讨与同为妇女解放运动的先驱与野谢晶子、平冢雷鸟、山田若等人在对家庭、妇女在家庭的地位的认识并不相同。1918年与野谢晶子在《妇人公论》上写到，女性如寄食丈夫，或在怀孕分娩期间受国家保护的话，是"奴隶道德"，是"依赖主义"。而山川菊荣则对女性权益与合理的社会保障更为看重，她认为妇女解放首先要在经济上独立，要想达到经济上独立，保护女性不可欠缺，国家甚至应该给妇女发工资，因为她们养育孩子，给国家做出贡献。一旦妇女不再寄生于丈夫，妇女的社会地位就会提高。虽然论争并未使这些人最后观点一致，但论争为妇女解放运动铺设了轨道。山川菊荣除对道德规范的二重性提出质疑外，还就"性犯罪与其责任"、"废除公娼"、"产育应由女性来决定"等关切女性利益等问题进行了探讨。代表文章如《妇女解放与男性化之杞忧》、《绅士阀与妇女解放》、《男女争斗之过去现在及将来》、《产儿制限与社会主义》①。俄国十月革命胜利后，山川菊荣撰写了《世界思潮之方向》一文，文章肯定了十月革命胜利的历史意义，希望革命的知识分子的新思潮与劳工运动的潮流结合起来。山川菊荣著、高希圣译的《妇女自觉史》在上海泰东图书局1930年出版，对当时的女性革命运动有很大帮助，《妇女杂志》中的若干文章就收录于此。

除了有宣传马克思主义、社会主义理论的女性解放思想外，如推行社会经济和政治改革的基督教社会主义者贺川丰彦的《告失恋的人们》、《恋爱与结婚恋爱之力》向青年们发出了安慰及劝勉的话语，"记着，恋爱不是游戏，是最严肃的祭典，这是人的工作，同时也是神的工作。……'时'与'自然'能愈合我们创伤，能使枯木开花，而恋爱的失败或成功都该受神的支配"②。而这种受到神的主导的恋爱观的译介者笔名为"Y. D."，实则是我国中国共产党创始人之一、《共产党宣言》的翻译者陈望道，他同时期还翻译了前述哲学家帆足理一郎、文学家厨川白村的作品。可见，对于当时日本国内的社会主义思潮，国内的学者仍然是以介绍、开阔视野的角度加以广泛采集，也不排除"一并拿来"的态度。

另外，对于资本主义社会的女性解放思想、女权思想的介绍在《妇女杂志》中也占有较重的分量。1906年（明治39年）应袁世凯聘请任教于北洋政法学堂，后在日本东京大学担任教授的吉野作造发表文章《妇女与政治的关系》被收录，此文从言论自由和普选的基础上提倡女性参政权；连任日本参议院议员5次的女性社会活动家市川房枝的介绍性文章《美国的职业妇女》，对女性的职业权进行了合理诉求。日本近代法律的主要奠基人穗积重远的《离婚的法制和习惯瑙威的新离婚法》（译自日本国家学会杂志）也在《妇女杂志》第8卷第4期被节选翻译，民主、参政、女权的倡导仍然是当时中国学者比较关注的问题，而这时日本及欧美的发展经验就有了很多可借鉴之处。此外，对于日本女性思想也给予格外的重

---

① 分别刊载于《妇女杂志》1921年第6期、1922年第2期、1923年第6期。
② 贺川丰彦：《恋爱与结婚恋爱之力》，《妇女杂志》1922年第5期。

视，如日本无政府主义者伊藤野枝《贞操观念的变迁和经济的价值》（《妇女杂志》第 7 卷第 10 期）等文章被重点介绍。这种对于日本女性作家文章的重视也体现了一种编辑策略：对于女性作者的鼓励和鞭策，同时，无疑也是促进了东北亚范围内女性作者之间的联系。

　　而结合中国女权问题的热点，译介者也将日本国内的热点思想问题加以刊载，形成了互相印证、互相争鸣的格局。如前述章锡琛、周建人执掌《妇女杂志》时段（1920—1925）对离婚、娜拉出走、产儿限制、娼妓问题、家庭革新、配偶选择、职业问题、新性道德等问题进行了专期讨论。尤其是有关青年的婚姻恋爱问题在当时引起了极大的反响。而在日本国内也出现了"有岛武郎情死"事件，由此在《妇女杂志》第 9 卷第 10 期，专门刊登了费哲民的《震动日本的有岛武郎情死事件》和周作人的《对于有岛武郎情死的批评》。有岛武郎是日本文坛著名作家，他与有夫之妇波多野秋子相恋，在轻井泽的三笠山净月庵双双自缢殉情。这件事情因为涉及婚外恋，因此受到了日本国内道德的谴责，如日本《妇人公论》（8 月期）的"有人即说她是位'蛇夫人'，这不过是迷信家的话罢了，秋子的自尊心和虚荣心确比一般妇人强得多，这是我们可以判定的"。但是细读费哲民的评述，则发现作者对于有岛武郎和秋子抱有同情态度，费哲民重点介绍了有岛武郎的"灵肉一致的恋爱论"，对于秋子则用了"秋子和波多野结婚已经十二年，他们所过的家庭生活，自然也不过是奴隶式的机械式的，……秋子是《傀儡家庭》中的一个娜拉"的说法。而周作人则评论说："无论为了什么缘由，既然以自己的生命酬了自己的感情或思想，一种严肃掩住了我们的口了。我们固然不应玩弄生，也正不应侮蔑死。"这些对于有岛武郎情死的同情性观点，正是与当时对于正当的、崇高的爱情的追求和倡导思想相关联的，1920 年 11 月瑟庐在《妇女杂志》上发表了《罗素与妇女问题》。在该文中所谈到的"妇女问题"也就是婚恋问题，作者引用罗素《到自由的路径》中的话："结婚应该是相互本能上一个自由自发的遇合"，从而有这样的观点即"法律和舆论，都不能过问男女间的私关系"。有岛武郎事件中中国学者的观点也可以看成是国内对于日本热点社会问题的一个具有争鸣性质的响应。

实际上，这种争议类的文字还有很多，如山川菊荣和生田长江的有关"妇女解放论"的争论①，山川菊荣的笔锋犀利、论点明确、批驳见血，对于当时男性对女子的蔑视和侮辱加以言之有据的反击，这与我国国内破除女性狭隘偏见的文章都有异曲同工之妙。可见译介者的译介策略尽管取"兼容并包原则"，但是讴歌新型女性理想、倡导积极正确的女性观却是发刊主旨。而用日本学者观点和事实来验证，并与中国实际相对照取得了更佳的效果。难怪商务出版社在广告中打出这样的文字"《妇女杂志》逐年的革新，逐年的进步，久被推为全国最活泼最饶兴味的杂志，凡是头脑清新的青年男女，没有一个人不酷爱的。……不但在中国杂志界中应该首屈一指，就是在欧美日本诸先进国中，恐怕也不多见"②。

何芳川教授在《中外文明的交汇》中曾这样论述国家文明的交流："既融汇了许多国境内的同质亚文明，也吸收了一些异质文明体系的因素。""在这漫长的相遇、相碰、相汇的历程中，文明之间的冲突只是暂时的，居次要地位，而和平的交融与交汇，则始终占据主导的地位。"而戈宝权更是高度评价日本近代思潮对中国的影响，"从改良主义者的康有为、梁启超到革命民主主义者孙中山、章太炎都充分重视了日本在中外文化交流中的特殊地位和作用。我国现代文学的奠基者们更是与日本结下了不解之缘。大家所敬仰的鲁迅、郭沫若、田汉、郁达夫、成仿吾……他们的文学活动和辉煌的业绩都离不开他们在日本的学习和从事文学活动这一重要因素的。我们引以自豪的无产阶级文学，有相当部分是从日本转介过来，不少无产阶级文学名著首先译自日文。可以毫不夸张地说，要

----

①　参见《妇女杂志》1925 年第 10 期的生田长江著《妇女解放论的浅薄》与山川菊荣的反驳文章《妇女非解放论的浅薄》，文章中，生田长江提出"女性更接近小儿"的观点，从而歪曲女性的天性是"近于小儿的冷酷、残忍、粗恶的、率直的自我主义的"。山川菊荣说此种观点，是在"认为男性为在人类进化的极致者，女性是在向男性进化的中途停滞状态，或为男性的未成品及损毁品"。……但是"生物学上发现男子比女子近于类人猿，这样看来，近于禽兽的，岂非在男性而不在女性么？"

②　《卷首语》，《妇女杂志》1921 年第 12 期。

想充分了解我国现代文学，是不能忽视这种极为密切、很有特色的中日文学交流的"①。社会历史时代的背景使得中日的文化有更多相沟通之处，而女性的独立解放、国家的独立富强也是两个国家间共同的责任，《妇女杂志》中中日对于近代女性问题的翻译、讨论、引述是中日交流史的重要参考，也印证了以女性期刊为媒介的近代问题融入了世界的女性思潮，从更宏大的角度完成了中国女性参与世界近代化的进程。

---

① 转引自孟庆枢主编《日本近代文艺思潮与中国现代文学》，时代文艺出版社1992年版，第3页。

第四章

女性期刊与女性城市化性别构建

自 1842 年《南京条约》五口通商开埠以来，上海作为近代中国面对西方物质文化冲击的最前线城市，已经具备了繁忙都会的雏形：“蕞尔一弹丸地，举中国二十余省，洋行二十余国之人民衣于斯，食于斯，攘往熙来，人多于蚁。有酒食以相征逐，有烟花以快冶游，有马车以代步行，有戏园茗肆以资遣兴，下而烟馆也、书场也、弹子房也、照相店也，无一不引人入胜，既无一而不破人腰缠。”（《申报》，1890 年 12 月 1 日）而在租界这种情况更盛，1898年 7 月 28 日《新闻报》是这样描述与西方文明接轨的上海的：“沪上租界之内华夷杂处，听睹诡奇，市中珍货罗列，光怪陆离，无所不有。男女服饰瑰异与他处迥别，将近日晡，则香车宝马，络绎纵横，衣香鬓影往来不绝。”在 20 世纪二三十年代上海终于成为耀眼夺目的国际都会，十里洋场上灯红酒绿、华衣美服。它具备中国第一个现代都市的所有生活设施，像道路、煤气灯、自来水、电灯、电话、火车、公园、报纸与公共卫生等，而此声色犬马的新兴城市与奢华消费，说明了上海自 19 世纪末到 20 世纪初所经历的一场跨世纪城市消费革命。与此相联系的则是在上海都市化描摹中始终存在的女性表达，性别化的城市发展进程和城市发展中的性别问题一直是人们研究和认识上海城市现代化中的一个话题。

在上海最具代表的都市女性刊物《玲珑》所塑造的女性形象中，女性的行为、影像、服饰、美容，她们在社会空间中的表现都被贴上了一种都市的、时间的、意义的标签，从而具有一种“被看”的性质。在《玲珑》的身上，也因此浸透了各种复杂的社会声音与集体回响。消费主义、西方文化、上海繁华,《玲珑》的女性建构具备了最众语喧哗而又具有文化研究意味的所在。

第一节　西方身体:"摩登"的发现

《玲珑》主编们精心建构了一个代表上海女性最时尚、最领风气之前的女性图片栏目,这种图片集中体现在封面、封底,又体现在内容配画之中,李康化认为这种"用图片来开拓女性的公共空间在中国现代史上是一大突破"①,这些图片的女性多为欧美明星、中国社交名媛、名门千金、女校学生、撰稿女子。她们姿态婀娜、妆容精致、笑容婉转,区别于以往妇女刊物的庄重、朴素,她们的妆容、服饰、配饰、姿势都带有着后天粉饰后的痕迹。她们勇于出镜,甚至在某些栏目展示自己的手臂、后背、大腿也具备了一种勇气。以往传统的妓女、明星、月牌女郎的封面女性形象在这一媒介空间中已经迅速转化为"全民"性的女性登场,从而昭示这个都市女性彻底的变化——她们的身影已经充斥着整个社会的方方面面、角角落落,她们已经成为这个社会有力的"参与"者。

一　"美容术"与西方资本

女性的参与、女性的出场又应该而且一定是漂亮的、充满魅力的,《玲珑》的女性美容栏目就是这样不遗余力地在推销着新一代摩登女性的身体观。《玲珑》1931年第1卷第24期的文章《现代妇女何以比从前妇女好看》就认为,现代美女的美首先是因为美容术的进步,而现代妇女研究美容术已经变成了她们生活的一部分,甚至是尽社交生活责任的体现。这无疑将女性装饰视为正常的、自然的甚至是具有社会价值的组成部分,从而在舆论上支持女性美容装饰品的发展。各种美容术、化妆品牌、女性保养容貌手段层出不穷,伴随着《玲珑》的插页,商业广告广泛叫卖,用魅惑性的文字让女性趋之若鹜。

---

①　李康化:《漫话老上海知识阶层》,上海人民出版社2003年版,第70页。

"蔻丹"① 是一种修指用品的品牌,用了它之后手指光丽如日光;"娇滴"② 则是一个专门卖指甲水和拭净水的品牌,指甲水和拭净水也是当时摩登女子必选之物,它会使得女子的指甲有光泽,娇艳欲滴,让见到的人都十分喜欢;"亚特奴露"③ 在当时女子的化妆品中不可缺少,它的功能是去汗渍,除汗臭,让女性不被汗渍所干扰;"侬特丽"④ 这个品牌的化妆品,它推出了扑面香粉和唇脂,扑面香粉能使得皮肤洁白细腻,带有香味;唇脂涂上之后鲜艳耐久,奇香四溢。"一个容颜秀丽的女子,她必须有洁白的牙齿,才会给人以良好的印象,因此牙膏的作用很大。"⑤ "用鸡蛋清擦脸,可以使皮肤光滑细腻;用人乳或豆乳敷脸、洗脸,可以改善油光、晦暗、雀斑的皮肤;用山药切片擦脸,可以使皮肤白嫩。"把"橄榄油烫热,在睡觉之前把它擦到头发和头皮上。过了一夜到第二天早上洗净,两星期进行一次,这种方法会让头发柔亮而具有光泽"。⑥ 可以这样说,女性从头发到脚趾,无一处不需要费心去修饰,去保护。而这些美容手段支撑的背后则是上海百货业零售业迅速发展的现实,西方资本主义市场的各种货物、各种营销手段都迅速在上海集结。

从 1854 年上海外商的第一间百货公司,到 1917 年澳洲华侨的先施公司,1918 年的永安公司,1925 年的新新公司,1936 年的大新百货,南京路上百货公司、贸易公司鳞次栉比,空前繁荣。当时的《ALL ABOUT SHANGHAI》这样描述上海的商业繁华:

> 最新款式的劳斯莱斯驶过南京路,停在堪与牛津天道、第五大街、巴黎大道上的百货公司媲美的商店门前!游客一上埠,就会发现他们家乡的所有商品在上海的百货大楼里都有广告有销

---

① 参见《玲珑》1933 年全卷、1936 年第 30 期、1936 年第 34 期、1936 年第 39 期等的"蔻丹"广告。
② 参见《玲珑》1933 年第 14 期、1933 年第 17 期、1933 年第 19 期、1933 年第 21 期、1933 年第 27 期、1933 年第 33 期的"娇滴"广告。
③ 参见《玲珑》1933 年第 21 期、1933 年第 29 期的"亚特奴露"广告。
④ 侬特丽唇脂,《玲珑》1933 年第 37 期。
⑤ 蘋繁:《牙齿的保护》,《玲珑》1933 年第 3 期。
⑥ 杨琇莹:《如何使你的头发清洁》,《玲珑》1933 年第 39 期。

售。猎装和 BVD 内衣陈列在一起，"HOUBIGANT"香水下面，
"FLORSHEIM"鞋又紧紧地吸引着顾客的视线，上海百货公司里
的这种世界格局足以在中外商店前夸口它是"环球供应商"。①

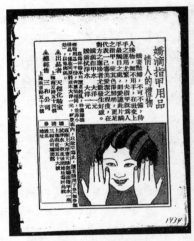

图 4—1　娇滴指甲用品广告

图 4—2　侬特丽唇脂广告

图 4—3　蔻丹广告

图 4—4　美美唇膏广告

① 李子云、陈惠芬：《谁决定了时代美女？》，载陈惠芬、马元曦主编《当代中国女
性文学文化批评文选》，广西师范大学出版社 2007 年版，第 311 页。

"在上海的各大公司里，人们几乎可以买到世界上所有最新最时髦的商品，而欧美最新物品在上海都及时登场，则使得上海的时髦女性在时尚的追赶上没有丝毫的焦虑，她们流行的节拍永远踩在点上。但这一切与其说是摩登女性们的先进和灵敏，却不如说是资本的魔力和胜利。"① 资本的魔力同样体现在以打造摩登女性为旨归的都市媒介上。因此《玲珑》运用女性期刊的专长，大打女性牌，只有将时尚、摩登这样的标签树立起来，才能得到女性读者的认同和追捧，而女性所有用品的商业广告来源、其女性读者的购买力就是这个刊物运转的最终利润支持。主编林泽民成立的三和公司主张"天和、地和、人和"，这种和气生财之道不如理解为编辑策略、商业手段、风气引领的巧妙结合。

二　服饰与西方审美

为了打造女性时尚风气之先，《玲珑》杂志又格外重视服饰介绍。在《玲珑》的宣传中就有这样的表述："服装与美容，实在有密切不可离的关系，尤其是在现在这种注意'姿势'的社会。"② 上海研究学者乐正在《上海人的社交实质与消费性格》中认为，"装体面"的第一要务，当然是"时装"的体面消费、时髦讲究。上海人之"七耻"中的头一项，便是"一耻衣服之不华也"。③ 让人倍感兴趣的是，引领时装从而对社会服饰等级僭越的恰恰是女性。因为晚清妓女的服饰的无规矩和引领，"女衣悉听昌吉翻新，大家亦随之"④。

将女性衣着和举止变化作为女性时代风貌变化的表征，是晚清上海报刊媒体对"女界"的第一层解读。《图画日报》的"上海社会之现象"栏目，在近一年的时间内，陆续发布有关妇女出入公共娱乐空间、女装翻新的信息，如《女书场之热闹》、《小华园吃茶之写意》、《妇女听书之自由》、《妇女竞戴珠项圈之妖媚》、《妇女上

---

① 李子云、陈惠芬：《谁决定了时代美女？》，载陈惠芬、马元曦主编《当代中国女性文学文化批评文选》，广西师范大学出版社 2007 年版，第 311 页。

② 佚名：《服装与美容》，《玲珑》1936 年第 42 期。

③ 张小虹：《两种衣架子：上海时尚与张爱玲》，《联合文学》2001 年第 10 期。

④ 熊月之：《上海通史第五卷：晚清社会》，上海人民出版社 1991 年版，第 494 页。

街手携皮袋之轻便》、《女界之过去、现在、未来》，画面以传统女
装妇女、东洋车上放足妇女、穿西装戴眼镜妇女三种截然不同的装
束形象组成；而《女界风尚之变迁》以缠足妇女、读报妇女、扛枪
妇女分别作为昔、今、将来三个时代女界风尚更新的标志。① 《玲
珑》的张景华在《妇女服装的新趋势》中说："上海妇女对于服
装，要算是最会翻新花样了。以前新装的式样，大都握在妓女、女
学生和交际花手里。但现在呢，又来了一班新装打样的人，终日替
小姐们想新花样，而无形中，社会妇女也都受了他们的支配。……
妇女服装的新趋势是由自由竞争转到专门化。"② 这说明女性的服
饰、妆容不仅被图解为社会风尚，也在预示着女性的命运变化和在
其中孕育的城市进程，自然也包含了中国女性形象建构参照西方的
事实。服装的发展符合商业市场的发展规律，又明显受到西方妇女
服装趋势的影响，《玲珑》中谈论法国服装的颜色、谈论巴黎服装
的款式，探讨欧美服装的中国化，甚至还大张旗鼓地鼓吹过"裸体
化"。③ 到 40 年代，由于西方服饰文明的进入与广泛的传播，男士
穿西服，女士穿洋服已经是人们熟悉的服装穿着了。有研究就表
明，中国女性形象的建构尤其是旗袍的出现就和西方流线型的审美
倾向相呼应，而随着 30 年代西方女性无背晚礼服的出现，中国女
性的旗袍也腰身收紧，并出现了开衩到臀下的情况。④ 1931 年第 1
卷第 1 期刊登的《甜——南锡卡洛》就是代表。照片中的南锡卡洛
身着时髦裸背豹纹短裙，波浪短发、侧面扶腿面向观众，而旁白则
是认为南锡卡洛最诱人的魅力在于她的甜美："那糖和蜜的混合呢，
近乎了，仅近乎她若干分之一。"不仅南锡卡洛，其他诸如曼丽、
克莱拉宝、美琳乔顿也是《玲珑》经常上座的西方女性的嘉宾。她
们往往袒胸露乳，展示着自己 S 形曲线的身材、优雅的晚礼服，也

---

① 姚霏：《空间、角色、权力——女性与上海城市空间研究（1843—1911）》，上
海人民出版社 2010 年版，第 351 页。

② 张景华：《妇女服装的新趋势》，《玲珑》1933 年第 11 期。

③ 兆良：《裸体与服饰》，《玲珑》1936 年第 7 期。

④ 李子云、陈惠芬：《谁决定了时代美女？》，载陈惠芬、马元曦主编《当代中国女
性文学文化批评文选》，广西师范大学出版社 2007 年版，第 314 页。

传播着富于西方色彩的服饰观念。而中国女明星"对西方时尚的刻意模仿和追求，某种程度上成了她们个人声誉的组成部分之一：事实上，明星形象的很大一部分也正是在她们关于时装、发式、生活趣味和休闲娱乐等的日常私事上建立起来的。然而，一如对流行心有灵犀的不仅是女明星们，形形色色的都市女性们也是风尚的追逐者和推波助澜者；给予女性形象的变迁以灵感、以效仿的样板和可能的，除了欧美影片外，中国本土的电影也是重要的来源之一。这些影片中的女性和女明星，连同着欧美、好莱坞女星的风采，为上海摩登女性的'美的构建'提供了一份具有'谱系性'的资源，并经由她们的融汇吸收、效仿改造，进而影响到了全国各大城市的女性，天津、北京、汉口、广州、香港……以至东南亚等海外各地。与此同时，当红的中国女明星则被称作了东方的嘉宝抑或东方的琼·克劳馥"①。

图4—5　《玲珑》刊登的女子
身着新改良式旗袍

图4—6　宋美龄与政要
女儿身着旗袍照

① 李子云、陈惠芬：《谁决定了时代美女?》，载陈惠芬、马元曦主编《当代中国女性文学文化批评文选》，广西师范大学出版社2007年版，第3页。

图4—7　左上一为《玲珑》介绍"南锡卡洛"插图文章，右上一为
好莱坞新装展示，左下一是《玲珑》为妇女介绍1931年秋季
时髦旗袍图，右下一为好莱坞女星展示晚礼服

三　西方体育与跳舞

《玲珑》的创刊宗旨在它的各期明显位置都会以大字彰显，那

就是培养"高尚的娱乐"，这种"高尚的娱乐"绝不再是如《妇女杂志》的女性写作、女性办学，而是积极地参与都市娱乐活动。要想参与活动，必须走出闺阁，具有健康的身体。中国女性的传统思想中女人都是柔弱、纤瘦的形象，《玲珑》杂志中却极力倡导女性的活泼开朗的健康美，游鉴明在《近代中国女子健美的论述（1920—1940 年代）》一文中指出，"西方女子体育传入中国之后，知识分子提出保国强种的论调，要求女性与男性一样从事体能运动。为吸引女性对运动产生兴趣，由'健康'和'美丽'这两个概念组合成的'健美'这一名词在 1920 到 1940 年代广为流行"①。女性不仅仅每天控制食量，塑造身材，更需要的是有规律的饮食和健康的身体。对于如何锻炼身体使自己健康，《玲珑》3 卷 34 号开篇提出《你要健康吗？请注重运动》，同时通过对《世界各国女子健康比较》这类文章的分析，《玲珑》推出《我国妇女病弱的原因与补救方法》、《运动乃康健之门》等文章。

健康的方法有很多，比如有的文章提出《健康捷径——日沐与体操》，而女性广泛参与体育活动最为盛行。《玲珑》3 卷 37 号是全国运动会的女子特刊，当时女性广泛参与的运动项目包括田径、游泳、篮球、排球、网球等项目。在特刊的前言中编辑高兴地宣称："从这一次全国运动大会，我们敏锐地感觉到中国女性是渐渐地醒觉来了。数千年来女性所受的种种枷锁是开始解脱了，她们的命运，以后是好还是坏，看来是要在现在决定了。"②然而，正如编辑遗憾的那样，"除了学生以外，其他女子对运动的模式都没有参加的机会。这次的女选手中，百分之九十八是各地的女学生"③。因此女性还需要有其他的健康方法，而既健康又摩登的方法就首推跳舞。

跳舞在古代仅仅是作为一种供人观赏，给他人娱乐的节目而已，而且舞者的地位往往非常低下，被贴上"清白人家的子女是不

①　游鉴明主编：《无声之声——近代中国的妇女与社会（1600—1950）》，台湾"中央研究院"近代史研究所 2003 年版，第 VII 页。

②　玲：《全运会与我国女子之将来》，《玲珑》1933 年第 37 期。

③　同上。

会当舞者"这样的标签。然而在 20 世纪 30 年代的中国，会不会跳舞成为女性是否"摩登"的一个标准。在《玲珑》1936 年第 6 卷第 7 期的《跳舞讲座》一文中就说道："跳舞是在社交上的一种工具。它领导你享受长时间的愉快，而且可以使你有机会遇到别的人。它可使你忘却了困难和忧虑。它给你一个好机会，能够穿了最优美的衣服参加在热闹的场所中。医生常常也会对你说这是有益身心的娱乐。跳舞又是最好的运动。一个跳舞的人，体格和姿态都会变得很优美。何况节奏是对于人生很重要的呢。"红笑生的《跳舞与活美》（《玲珑》1936 年第 6 卷 221 号）中说："跳舞可使身上每一部分都会灵活起来。可使身上最不灵动与最呆板的部分，得成为迷离的美像。"但是跳舞作为女性的社交活动，仍然使很多人有着种种忧虑。《玲珑》6 卷 35 号就有一位女性发出"应否学习跳舞"的疑问，而 6 卷 259 号则刊登了《反对女儿跳舞，铁链锁足》的事件新闻。面对这种反对的声浪，《玲珑》持续性地刊登正面鼓励性文章，以社会名流名媛的积极参与来倡导跳舞，如《蒋梦龄夫人大开时装跳舞会》、《严春堂苦练跳舞》、《妇女服务社跳舞会记》、《世运新增国际跳舞比赛》等文章向社会宣传跳舞的重要和普及的趋势。《玲珑》1931 年 1 卷 1 号还刊登了撰写《女子与跳舞》文章作者郑美秀的照片与《慈善跳舞会的珍闻》的李国绶女士着舞蹈服装照片以示鼓励和示范作用。很多女性也撰写文章，比如郑美秀女士就在《女子与跳舞》中有理有据地指出："讲到跳舞一道，在旧道德下的人看起来似乎好像有损女子的尊严，其实照着跳舞的原理，跳舞的正规，并没有使女子失去她尊严的地方。……我很爱好跳舞，但是我对我的舞兴决不许她超出我的规定，于是身心方面都得到运动的益处了。"[①] 正是在保守与激进之间小心翼翼地寻求一个微妙的平衡，跳舞这项事业才能够完成，而究竟有多少女性能够做到，这恐怕并不在编辑者后续的考虑视域之中。

① 郑美秀：《女子与跳舞》，《玲珑》1931 年第 1 期。

图 4—8　　《玲珑》1931 年 1 卷 1 号刊登的《女子与跳舞》郑美秀照片
与《慈善跳舞会的珍闻》的李国绶女士着舞蹈服装照片

四　"西式"礼仪

女性走向社会，女性从事社会职业，不可避免地要进行社会交际，而《玲珑》主张女性应当具备良好的社交礼仪，"女子从家庭插足到社交场中去交际，并不是一件坏事，并且可以助长女子的见闻，洞察社会的真相和男性的虚实。从前的女子每以为接近男性和当着众人之面活动为羞事，这是误解，这是旧礼教害人，害的旧女子容易上男子虚伪的当，但是话又说回来了，从前的女子生活虽太枯燥，可是现在的女子交际上也每失之太浪漫。其实社交也得有一个分寸，不能过分，过分了就受人的指责，也不能不及，不及被人笑为呆板。老实说就是希望多认识几个男友，但男友既多，待遇须平等，否则就会发生许多无谓的讥笑与误会"①。但是耐人寻味的是，《玲珑》所介绍的礼仪都是一种西方礼仪，从《玲珑》创刊伊

①　曹秀琳女士：《谈礼仪》，《玲珑》1931 年第 4 期。

始，这就被看为重要问题严加重视。第 1 卷 4 号、5 号、6 号，编辑
借茉莉之名撰写系列文章《赴宴会的礼仪》中就强调了西方礼仪对于
女性参与社交生活的重要性，"随着西式宴会的盛行，赴宴会的礼节
也是非常讲究起来，倘若不知道西式宴会的礼节，往往会闹出笑话"。
而西方宴会礼仪中的"时间"问题、刀叉的使用、宴会结束后的必要
答谢都得到了充分的揭示。① 尤其对于人际交往方面，介绍女性与男
性初次见面的身形、身姿、走姿、坐姿、谈姿，都有一定的规矩：

> 坐谈之际，胸背宜挺直，勿任意歪斜，摇头摆腿，神沮气
> 丧，而露倦怠之态，令人少兴，此外于呵欠，伸懒腰，吐痰
> 等，皆不宜有。然身虽挺直，又尝雍容自然，不宜太板。②

而男女之间的来往礼仪方面也是非常讲究的：

> （一）……当你在街上遇到一对男女，而他们都是你的朋友
> 的话，你应当先与那女子说话，然后再去招呼那男子。（二）平
> 常在匆促间与朋友相见如果是一位女友你一定要摘一摘帽子，假
> 设是一位男友只需要举举手打个招呼就行。（三）同你的女友一
> 块在马路旁边走的时候你一定要使她靠近里面而你靠在马路那
> 边。（四）不可让你的女友自己去提箱，除非你不与她一块走。
> （五）同你的女友出去玩，晚间回去时你一定要亲自送她回家。
> （六）女友出入的时候你得去开门让她先过，去上汽车也是这样。
> （七）在女友面前你要是想吸烟必须先经她的允许。（八）假设
> 你的男友要你将你的女友介绍与他，那你应当征求她的同意，
> 先将他介绍与她再将她介绍与他这个次序不要错了。③

无论是礼帽还是拐杖，无论吃西餐还是乘汽车，一种西方的礼
仪规范正在以"标准"的模式在中国的都市蔓延。典雅的、端庄

---

① 茉莉：《赴宴会的礼仪》，《玲珑》1931 年第 7 期。
② 同上。
③ 杨一珠女士：《礼仪谈》，《玲珑》1931 年第 8 期。

的，甚至回归西方古典主义色彩的女性社交礼仪成为中国女性在与世界接触时要首先学会的新规则。在爱德华·W. 萨义德的《文化与帝国主义》中，萨义德以相同的角度探讨了媒介在宣传文化时的帝国主义倾向，"时下一个关于帝国主义遗产的重要辩论——西方媒介如何报道'当地人'的问题，说明了这种相互依存与重叠的持续性。这不仅表现在辩论的内容中，而且表现在形式上；不仅表现在说些什么上面，也表现在怎样说、由谁说、在哪里说和为谁而说上面"①。在《玲珑》精心营造的中国女性摩登形象里，我们在中国媒介"说"的商业话语和西方话语中，正好看到了文化殖民主义的与商业消费主义共谋的女性身影。

表4—1 　　　　　　《玲珑》讨论服装问题文章表

卷号期号	文章名
第一卷第七期	男子时髦时装的常识（上）
第一卷第八期	男子时髦服装的常识（下）
第一卷第九期	廉美的服饰
第一卷第十六期	夏季的女帽
第一卷第十七期	夏季新装
第一卷第十七期	苏州姐妹的夏装
第一卷第二十六期	利用夏季服装
第二卷第五十六期	巴黎服装谈话
第二卷第六十九期	笨重男子服装
第二卷第七十二期	女子服装之变化
第三卷第十一期	妇女服装的新趋势
第三卷第十六期	不要穿时新式样的衣服
第三卷第十七期	夏装
第三卷第二十三期	法国女子服装颜色
第三卷第三十二期	服装

---

① ［美］爱德华·W. 萨义德：《文化与帝国主义》，李琨译，生活·读书·新知三联书店2003年版，第25页。

续表

卷号期号	文章名
第三卷第三十九期	最富于曲线美之秋装
第四卷第六期	欧美妇女服装的变化
第四卷第六期	时事新报 关于服装 图片
第四卷第三十四期	妇女服饰的我见
第六卷第三期	取缔妇女时髦服装
第六卷第三期	从德国的卫生服装运动谈到中国时髦妇女的洋化
第六卷第七期	裸体与服饰
第六卷第三十五期	欧西服装之中国化
第六卷第卅六期	购买衣服之注意
第六卷第四十二期	服装与美容
第七卷第九期	衣服与美容
第七卷第二十四期	选择服装的注意

第二节　"阮玲玉之死"：透视都市舆论传播性别偏向

一　上海 20 世纪 30 年代电影与《玲珑》"幕味"

《玲珑》第 1 卷第 1 期 20 页明确注明杂志分为三个编辑者负责，"娱乐"负责人周世勋①，"妇女"负责人林珍玲②，"摄影"负

---

① 周世勋，祖籍浙江镇海，生活于上海，自《玲珑》1931 年创刊号起任娱乐栏目编辑。当时，周世勋活跃于报界，比较卓越的成就是与朱瘦竹一起创办了被小报界公认是"戏报鼻祖"的《罗宾汉》报，该报也是小报历史上著名的"四大金刚"之一，一出版即引起报界的热烈反响。此外，他也涉足摄影和影视领域，包括参与林泽仓主办的《摄影画报》的编辑工作，在加入《玲珑》之前与程步高、何味辛、汤笔花一起编辑了上海第一本电影周刊——《影戏春秋》，该刊以影评和影讯报道为主，旨在"对于中国电影下深切的批评，施见血的针砭"，以改变中国影坛"听不见一句合乎艺术的批评"的现状。在任《玲珑》娱乐编辑期间，周世勋主要给读者介绍电影信息，发布电影评价起到一定的引导作用，当然这离不开他在影视界长期的影响力。资料来自沈琼《〈玲珑〉杂志现代女性角色建构》，上海社会科学研究所，2010 年。

② 参见附录 2 中有关陈珍玲的论述。

责人林泽民①。三部分内容三足鼎立，支撑起《玲珑》天地。而在既往的女性刊物中，或启蒙女性思想、或教育女性知识、或补充女性常识才是办刊要义，从这一角度说，主张娱乐是期刊主要内容这本身就决定了《玲珑》的"去政治化"刊物定位。"娱乐"在《玲珑》所指的就是影视栏目。《玲珑》号称"全国唯一电影周刊"，并且长期出版"幕味"周刊，介绍、报道、评估最新电影动态。1932 年《玲珑》第 57 期编辑说："谈起娱乐，真是指不胜屈，看看电影，打打球是一种娱乐，跟朋友玩玩游戏也是娱乐，不过现在全世界都陷入了不景气中，因为经济的困难，许多想做的事情都不能随心所欲，比如看电影，虽然所费无几，然而积少成多，所以提倡经济的娱乐。"

的确，电影这个现代工业的产物，用新的艺术与娱乐样式满足了人们的新奇感，成为宣传现代摩登生活，尤其是西方流行风尚的最好工具。同时 20 世纪的 30 年代正是中国电影的黄金发展时期，天一、明星、联华等中国重要的电影公司都已相继建立。围绕着电影工业出现的电影时尚、影讯八卦、明星制造、电影评论与当时丰富的都市大众文化一起构成了上海大都市纸醉金迷的最繁华景观。而作为女性刊物，《玲珑》首先关注的就是电影给它带来的时尚效应，借由媒体，西方明星的言谈举止、形容相貌、服饰美容都被频繁刊登和转载，引来了大众的追捧。对西方，尤其是以"好莱坞"为代表的西方资本主义社会的生活、审美、文化、物质的极度艳羡和渴望，成为了《玲珑》好莱坞系列影视消息的叙述动力。

可以说，好莱坞的一举一动都在《玲珑》的报道范围内，好莱坞的宴会、好莱坞的美女、好莱坞的男性，甚至连"好莱坞的肉"、"好莱坞的狗们"都值得一写，值得一报。以西方价值观念的全面接受作为都市生活的风向指标，在欧美镜像中就这样完成了东方对西方的仰视，这既反映了当时上海普通市民的审美趋向，也暗含了上海舆论在对待资本主义"物质化"、"消费化"生活时的仿效和倡导，这无疑加速了上海对女性的"消费"歧视和物化倾向。

---

① 林泽民，曾任《摄影画报》助理编辑，与林泽苍的摄影作品一起大量刊登。

以影视八卦、秘闻黑幕的形式出现的报道稿占据《玲珑》娱乐栏目的大部分篇幅，《玲珑》设立了"中国电影珍闻"和"好莱坞花絮"栏目，还有"幕味"周刊（movie 的英文发音），有娱记专门追踪报道。男女明星的片场趣闻、绯闻逸事都是重点，比如好莱坞的嘉宝因其知名度高而经常成为八卦秘闻的对象，《玲珑》第 2 卷第 52 期中描写了"喜修脚趾的嘉宝"："好莱坞的报纸上几乎每天都要登嘉宝的新闻，最近说嘉宝每星期请两次修甲匠。"《玲珑》第 2 卷第 64 期刊登《嘉宝行踪秘密》则说："好莱坞女明星嘉宝为了避人耳目乘了飞机到纽约，不幸中途患了病，不得已只得再回到好莱坞，这样反惊动了新闻记者，百般探询，她在不得已情况下，胡乱答应说她是和同事业克司板儿斗气而出去的，反而使她的秘密更庞大地传播出去了。"据统计，光是嘉宝一人的文章在《玲珑》就刊登了 24 篇之多。此外如南锡卡洛、伊丝托泰劳、夏克劳馥、克莱拉宝等等也是谈论度颇高的外国女星。

国内女星徐来、陈燕燕、胡蝶、胡珊、黎灼灼、阮玲玉等经常被报道其新闻轶事。趣事如"联华的新明星陈燕燕，她新近主演片时，她的情人常侧，听说她表演哭的时候，她的情人也陪在旁边哭，笑的时候也陪着笑，于摄影场里为趣闻"①。影星之间的争风吃醋、争宠得意："后旦女星胡珊，因羡其姐胡蝶将受天一之聘，又感久为后旦盛名不易，遂央其姐向天一说，将来姐妹双星有同现银幕之希望。"② 而一些以肉欲卖弄、哗众取宠的消息更是比比皆是，1932 年《玲珑》第 2 卷第 45 期的"中国电影珍闻"栏目就写影后"胡蝶昨与闲人潘君偕至逸园舞厅腻舞"，或者如"蓝萍与唐纳同居"③ 这类女星艳闻。（此"蓝萍"即江青的艺名）1935 年《玲珑》第 5 卷第 181 期以"丈夫口中徐来之性欲谭"为标题报道影星徐来，特意另起行标注："每星期只限一次性交，徐娘娇弱尚对付不了。"以下则详细报道影星徐来的丈夫为解释妻子并非风流而泄露的"夫妻秘闻"。正如 1932 年第 2 卷《玲珑》第 74 期刊登国内

---

① 《胡萍、陈燕燕均将结婚》，《玲珑》1934 年第 23 期。
② 《胡珊露头角》，《玲珑》1932 年第 44 期。
③ 《蓝萍与唐纳同居》，《玲珑》1935 年第 48 期。

电影的情况时说："中国电影明星多会自兼导演编剧主角三种要职，并且居然胜任愉快，在好莱坞除了卓别林之外好像没有第二人；中国女明星每月薪水四十块六十块，但是一样坐了 1933 年的别克，生财自有道理，美国女星见了，照样自叹不如。"① 编辑的暗讽之语气跃然纸上，其舆论导向也影响了普通市民阶层，一边怀疑，一边乐于围观，庸众与窥探心理正迎合了这类新闻的产生。美国记者卡尔·伯恩斯坦在关于资本主义新闻娱乐化的判断中说："我们已经从真正的新闻转变为制造一种龌龊的'信息娱乐'文化。……通过这种提供新闻刺激的新文化，我们教导读者和观众，鸡毛蒜皮具有重大意义，耸人听闻和异想天开胜过真正的新闻。"② 娱乐工业的发展在金钱利益的驱使下，向大众媚俗低头，从而被利用成为舆论帮凶，下面的案例将向我们展示《玲珑》在"阮玲玉之死"事件中的多种声音。

二　《玲珑》与"阮玲玉之死"报道的前后

"阮玲玉（1910.4.26—1935.3.8）。原名阮凤根。中国无声电影时期著名影星，民国四大美女之一。生于上海，祖籍广东香山县（今中山市南朗左步头村人）。由于父亲早逝，阮玲玉自孩童时期随母亲为人帮佣，母亲节衣缩食供她上学。1926 年为自立谋生奉养母亲，阮玲玉考入明星影片公司，开始其电影艺术生涯，《野草闲花》、《神女》、《新女性》等。阮玲玉成名后陷于同张达民和唐季珊的名誉诬陷纠纷案，因不堪舆论诽谤于 1935 年妇女节当日服安眠药自尽，噩耗传来震惊电影界，各方唁电不可胜数，上海二十余万民众走上街头为其送葬，队伍绵延三里，鲁迅曾为此撰文《论人言可畏》。阮玲玉生前出演电影 29 部，但历经乱世战火，目前仅发现 9 部幸存。"③ 而在《玲珑》，阮玲玉已经不是一个陌生的名字

---

① 《中国明星的本领》，《玲珑》1932 年第 74 期。

② ［美］约翰·H. 麦克马那斯：《市场新闻业——公民自行小心》，张磊译，新华出版社 2004 年版，第 11—12 页。

③ 此阮玲玉资料来自百度百科"阮玲玉"词条，http://baike.baidu.com/subview/34091/6236325.html，2015 年 12 月 21 日。

了。早在 1933 年，阮玲玉作为《玲珑》"幕味"周刊的封面女郎出现在首页，这时的她侧坐在一条凳式沙发上，流行的烫发与眉目如画给人留下青春、典雅之感。

图 4—9　阮玲玉 1933 年 3 卷 43 号
《玲珑》"幕味"照片

阮玲玉的轶事出现在《玲珑》1933 年第 3 卷第 17 期，文章是《阮玲玉的蚊子救国》，叙述阮玲玉因片场蚊子多而睡不好觉，但她说："中国的蚊子都变成飞机，中国也就强了！"一时大家都说她发明了"蚊子救国"。1933 年第 3 卷第 19 期则刊登她和《小玩意》电影中的女儿"小玲"情同母女的事情。而这里边提到，"阮玲玉之闻名影界，除了她那一双动人的媚眼之外，要算她的'独身主义'了。以前她特为了大众周知起见，登了好几天报纸的大幅广告呢。"1933 年第 3 卷第 23 期则有"阮玲玉的教育"一文，"最近要着手写自传的阮玲玉，据说从前曾在初中二年级读过书"。

　　直到 1933 年第 3 卷第 39 期，有关阮玲玉的绯闻才突然爆出来。题目为《阮玲玉之谜》，副标题是"脱离联华？嫁唐季珊？"当中编辑有这样的评论，"最近影界里，实在有点不太平。真的，假的，宣传品，放空气的各式各样消息，充满了整个影界。甚至连一个明星自己，也不晓得自己该怎样办才好"。提及和张达民的关系，报道说："不过我们须知，过去她曾经正式登报宣布，否认她有过跟张结合的事，她的目的是向人表示她没有跟张达民有过正式的结合。那么这次跟唐季珊，大约是正式的吧？"[①] 而到了 1934 年《玲

---

① 《阮玲玉之谜》，《玲珑》1933 年第 39 期。

珑》第 4 卷第 38 期，终于出现了《阮玲玉的终生问题》并说其与唐季珊已经"伉俪结合"三年，报道还绘声绘色描绘说，"唐语时现得意状，而阮亦微笑颔首不加反抗"，而不公开的原因则因"对外则绝守秘密，惟恐观众减低对阮的热烈情绪云云"。

1935 年《玲珑》第 5 卷第 3 期，则以《影星情史：阮玲玉的新恋与旧欢涉讼》为题，详细报道了阮玲玉、张达民、唐季珊的三角关系。原文如下：

> 联华女演员阮玲玉为我国著名女星，近以新恋旧欢涉讼案轰动影界，特为追记如后：
>
> 阮本为岭南产，父早故，一个老母在外国人家里充佣妇，家虽贫寒，仍设法使女入上海崇德女校读书。在阮玲玉芳龄二九的时候，认识一个中山人张达民。张本为富家子，年念余岁，醉心阮之姿态动人，时相过从，当时阮得他的青睐，是很感荣幸的。
>
> 后来阮母被雇主辞退，生活困窘异常，张达民乘机时予资助，以博取她的欢心，他们之间贫富悬殊，但以张之情意深切，阮也乐得以身相许了。不久，张母逝世，他俩因不便举行婚礼，阮遂乘机与张迁入张家，共同服孝，从此已成为实际上的夫妇。后张达民任轮船买办及税所长等职，往来于粤闽之间，独留阮于沪，业银幕生涯，这时阮的芳名已大噪，且荣誉电影皇后了。张有一个同乡名唐季珊者，现充华茶公司经理，因时往张家闲游，日久与阮熟识，且常相携出入于酒馆舞场，遂至发生恋爱。张和阮同居，本未举行婚礼，既与唐季珊关系密切，遂乘间脱离张家，开始与唐共营生活。
>
> 最近张达民任职于本埠逸达实业公司，忽旧事重提，延律师对唐季珊进行法律手续，指其窃取财物，侵占衣饰，共值三千元，并私刻张氏名义之图章。唐认为所指各点，俱非事实。亦延律师控张达民虚构事实，妨碍名誉。
>
> 闻阮玲玉与张达民虽同居数载，但与民二二因感情破（劣）裂，已同意脱离，并立约为凭，证明过去只属姘居，并

无婚姻关系，嗣后各图自立，不想干涉，男婚女嫁，亦各任自由等等，当时阮且登一独身主义之启事于报端，以明前此固无恋爱纠葛，以取信于唐；一说阮之启事登刊时，张尚在香港，与阮之关系，尚未断绝，见报端返沪上，几经谈判，始定离异之据，不知究竟谁是谁非了。

讼案发生后，会有人往访唐阮，据唐言，所谓窃取侵占，俱非事实，盖所立之据，有甲（阮）方因生计较乙（张）方为优之字样，当可知阮绝不至有窃取侵占之情事发生云。①

此篇报道，态度虽基本秉持新闻报道立场，但从今天所知事实而言，有几个报道的倾向值得玩味。本篇报道中，张达民其形象与阮玲玉的遗书明显不符。描述早期阮与张之关系，报道用语为，"当时阮得他的青睐，是很感荣幸的"。以此突出阮的飞上枝头变凤凰的灰姑娘经历。而阮对张则明显是应验了"戏子无义"的说法，趁张在外地经商，与张之好友唐季珊发生暧昧，并登报脱离关系，可见其见异思迁。而"一说"的提出，更加肯定对张的支持，认为张是看见报纸才知道被阮背叛，从而给张加上了"被抛弃"者的悲惨形象。虽然在报道最后，以证据证实阮不会侵占张财产，但张达民的控告却所列甚详，这种桃色新闻，最后是"不知究竟谁是谁非"，而报道不过是将其种种"听说"与"揣测"罗列。

《玲珑》之于阮玲玉，本着猎奇、窥私角度报道其事，从"蚊子救国"到"母女情深"，没有太多是非判断，而报道阮玲玉上过初中二年级，似乎也是对阮的褒扬，因为按照当时的影星受教育情况看，阮的教育水平并不算低。但只要一涉及男女之事，《玲珑》报道就偏向于张达民，而将阮塑造为始为钱乱，后为唐的"酒馆舞场"陪伴所动，终而弃张而去的薄情寡义之人。这对阮来说，是极大的人格侮辱和伤害。

在今天发现的《联华画报》1935年4月1日纪念阮玲玉专号中，可见阮死前致唐季珊的绝笔说："我真做梦也想不到这样快，

---

① 记者：《影星情史：阮玲玉的新恋与旧欢涉讼》，《玲珑》1935年第3期。

就会和你死别，但是不要悲哀，因为天下无不散的筵席，请你千万节哀为要。我很对你不住，令你为我受罪。现在他虽这样百般地诬害你我，但终有水落石出的一日，天网恢恢，疏而不漏，我看他又怎样地活着呢。……另有一封信，如果外界知我自杀，即登报发表，如不知请即不宣为要。"那封给报馆的信则说："我不死，不能明我冤。我现在死了，总可以如他心愿；你虽不杀伯仁，伯仁由你而死。张达民我看你怎样逃得过这个舆论；你现在总可以不能再诬害唐季珊，因为你以（已）害死了我啊。……我现在一死，人们一定以为我是畏罪。其是（实）我何罪可畏，因为我对于张达民没有一样对他不住的地方，别的姑且勿论，就拿我和他临别脱离同居的时候，还每月给他 100 元。这不是空口说的话，是有凭据和收条的。可是他恩将仇报，以冤（怨）来报德，更加以外界不明，还以为我对他不住。唉，那有什么法子想呢！想了又想，惟有以一死了之罢。唉，我一死何足惜，不过，还是怕人言可畏，人言可畏罢了。"①

图 4—10　《联华画报》阮玲玉纪念专号封面与内容报道阮葬礼之插页

① 《"阮玲玉纪念专号"报导其自杀全况　成为中国最早的明星专刊画报》，http://group.mtime.com/14177/discussion/2751191/.html，2013 年 9 月 14 日。

鲁迅先生说："倘使对于黑暗的主力，不置一辞，不发一矢，而但向'弱者'唠叨不已，则纵使他如何义形于色，我也不能不说——我真也忍不住了——他其实乃是杀人者的帮凶而已。"（鲁迅《花边文学·论秦理斋夫人事》）这是鲁迅对当时中国社会"庸众"的麻木看客心态的批判。科德则认为：妇女和下层人爱八卦，是因为他们在公开的社交场合很少有说话的机会。① 而《联华画报》刊登的采真著的"阮玲玉自杀问题之剖析"（上海大美晚报）说："阮玲玉之死，非自杀也：有缺陷之法律制度杀之也；炫耀之新闻记载杀之也；定命论下之恋爱问题杀之也；冷酷无情之社会杀之也。"② 这个"炫耀之新闻记载"当然也包括《玲珑》对于阮玲玉的不实报道。

具有讽刺意义的是，之后的《玲珑》在 1935 年第 5 卷第 15 期又刊登了《阮玲玉生前的情书》，这封信是阮玲玉早年给张达民的信，其中充满了当时阮对张的一往情深，甚至连梦境都梦见张达民对自己不忠。可见张达民风流常态。而编者按说："今阮玲玉已矣，读此颇感张达民一中山狼也。阮玲玉真［何必当初］。"③ 阮死后的报道态度发生的变化并无益于新闻立场的变化，只有抛除女性偏见、新闻猎奇、利益驱使下的新闻报道，否则，还会有"阮玲玉"事件的出现。可惜的是，《玲珑》的女性声音在这场社会事件中被强烈遮蔽，女性编撰者如陈珍玲等人也只是处于"失语"状态。其后，《玲珑》还报道过"张达民演阮玲玉自杀影片：片名'情泪'业已全部摄竣"。其中说张"日暮穷途"，"出走香港"，也算是用新闻补偿了大众"恶有恶报"的心理。④

有研究者给予《玲珑》的影视文化带给女性的影响作用进行了这样的褒扬："在一个特殊的年代完成了自己的历史使命：它借助好莱坞明星文化发动了一场轰烈的中国女性的自我革新运动；它用好莱坞明星的力量激励中国传统女性尽快摆脱小家碧玉式的贤淑形

---

① LorraineCode，"Gossip or in Praise of Chaos"，in R. F. Goodman，ed. Good Gossip，p. 34.

② 《各报评论摘载》，《联华画报》1935 年第 4 期。

③ 《阮玲玉生前的情书》，《玲珑》1935 年第 15 期。

④ 《张达民演阮玲玉自杀影片》，《玲珑》1935 年第 48 期。

象，一变而成为有几分男子气概的女豪杰，这无疑适应了战争年代
对女子的无声号召；同时也为被束缚了千年的中国女子撕开了一个
反叛传统的狭小豁口，它始终对中国女性艰难的独立生存保持着一
种难得的同情和怜爱的感怀；它将无法撼动的男尊女卑的压抑现实
美化得分外狂欢；它用一种女性特有的俏皮和高傲将坚硬的事实柔
化得格外令人兴奋与乐观。"① 这固然是对电影这个现代文明的产物
给女性形象的建构新变所作出的正面的肯定，但无论是白皙的皮
肤、姣好的容貌还是玲珑有致的身材，进退得体的社交礼仪，抑或
是在茶余饭后议论着好莱坞影星们的逸事趣闻，这些对于女性"摩
登"的意见都是《玲珑》期刊在以西方为参照、以资本主义商业全
面发展的"夜上海"中树立起来的规范和标准。迈克·费瑟斯在
《消费文化与后现代主义》中这样评价这种示范作用："对于新商品
本身的知识、这些商品的社会与文化价值的知识，以及如何恰如其
分地去使用它们的知识，就变得越来越重要了。这是一种独特的情
形，热衷于向上攀爬的群体对消费和生活方式的修养采取了一种学
习的态度。对诸如新中产阶级、新工人阶级和新富或新上层阶级而
言，消费文化的杂志、报纸、书籍、电视和无线电广播节目等，与
自我完善、自我发展、人格转型，个人如何理财、如何搞好社会关
系、如何有宏图远略，如何构建完美的生活方式等等，是极其相关
的。"② 正是在这样的社会场域中，女性永远摆脱不了"被看"的
对象位置，而这种被看，也无非是满足了男性的种种遐想、昭示了
社会欲望化的标签。

第三节　《玲珑》女性声音与上海"厌男症"

　　《玲珑》的女性写作群体，并非像女作家那样有多少文学修养、

---

　　① 柳迪善：《新女性——〈玲珑〉中的明星文化及女性意识》，《贵州大学学报》
2012 年第 3 期。
　　② ［英］迈克·费瑟斯：《消费文化与后现代主义》，刘精明译，译林出版社 2000
年版，第 27 页。

追求与旨趣，她们往往从只言片语中去描绘自己在现实生活中所遇的当下问题。但当我们去检视她们的话语时，却意外发现与20世纪30年代上海女作家相似的书写倾向。那就是在都市生活中的彷徨与妥协，在"摩登"追求中的暗喜与虚空，在恋爱与婚姻中的被动与抗争。在这种意义上，《玲珑》女性群体与30年代身处都市的女作家默默相连。她们此时期的创作已与五四时期带有启蒙主义问题小说的倾向大异其趣，莎菲这一时髦女郎的形象，在我行我素中含有都市的病态感伤，鲜明标志出海派都市文学崭新的"摩登"女性形象，而《玲珑》写作群提笔为文、自陈心声的明白文字，间接地透露文学现实环境的变化：女性们在经济面上拥有某种程度的自主权，但在新旧交接、中西杂糅的时代环境中面临着比以往更加复杂的处境。

一　摩登弄潮儿的"厌男症"

或许当丁玲《莎菲女士日记》发表之时引起读者的惊骇应该不是太大。因为重新检视这些女性期刊上的文字时，我们才有可能发现当时女子的言论已经足以让人耳目一新。她们在都市文化熏陶中逆向生长的辛辣见解，抑或玩世不恭的揶揄嘲讽，已经给都市女性认知这个世界的方法奠定了底色。

《玲珑》1931年第1卷第1期刊登了薛锦园女士的《他的信》，编者按："薛锦园女士，美丽大方，负盛名于社交场中，此文为女士有感而作，一字一句，发自内心，读此文之后，对妇女心理知过半矣。"

> 我不是骄傲，老实说我一年四季从绿衣使者手上投递来的"单恋信"虽不及西方的热女郎克莱拉宝，然而可也有几千之多。哈哈，说来真是有趣，当我拆开来拜读的时候，总觉得他们不是发痴，就是发疯，大约总是说在什么场所见过我，说我的容貌如何如何的美丽，姿态如何如何的苗条，怎样的能干怎样的活泼。以及种种爱慕之意，自愿牺牲一切。请求我给他一个答复，什么做一个文字交，结一个笔墨缘，死也甘心。唉！

我真不明白他们。为什么要这样的痴，这样的迷，难道吃了饭
当真就没有事做吗，真好笑，他们怎会知道我看完了简直当作
过眼浮云，撕得粉碎，或则送入我妆台之旁的囚室里去，甚至
丢在痰盂里。有时我见了信封，似乎是未见过面的，我连拆都
不拆的烧了。①

　　应该说，这是一个在情场上所向披靡的女子，她冲动而又任
性，她自负年轻貌美而享受众多男性的追捧，而同时她又极度地蔑
视着这些追求她的异性，因为他们也无非是喜爱她的美丽、姿态、
活泼。所以，她耻笑他们是"发痴，发疯"。同期又刊登另一位女
士梁佩芬的《男性观》，编辑介绍其"广交际善跳舞，识男友颇
多"（《玲珑》1931 年第 1 卷第 1 期第 4 页），在开篇她自白说：
"余于历年交际场中观察所得，知男性之所谓男性者，可分为后列
八类，前四列为女性所弃，后四类为女性所爱，今试述其弃与爱之
理由于后。"让人啧啧称奇的是，梁女士所认为女性讨厌的男性性
格类型包括"老实"。她是这样解释的，"老实者，无用之别名，对
女性不善逢迎，仅知循规蹈矩。对外交际，缺少常识。不大方，不
活泼，一见女子面红耳赤（按俗语称此等性格为'温吞水'）"。
梁女士所认为的对外交际缺少常识不一定是老实性格的后遗症，但
中国传统认为的男性品格优点老实敦厚、见女子面红耳赤的腼腆害
羞居然也被列为讨厌的特质，这足以显示这部分女性的男性观正在
发生着不同以往的变化。
　　不能说以上所举女士观念就是怎样的"进步"，但是非常明显
的是，这些女性正在显示着前所未有的张扬和恣意的生活方式与生
活态度。对待爱情、对待异性，她们展现出了逆向性的性别歧视，
如果说以往的中国社会仅仅是依据男性的性别价值取向去建构女性
的话，那么《玲珑》杂志上则大张旗鼓地开始对男权的宣判。她们
在都市的男欢女爱体验中并未获得心灵、灵魂的喜悦，反而因此看
到了男性的软弱、丑陋、色欲，而由此衍生了强烈的"厌男"心

①　薛锦园：《他的信》，《玲珑》1931 年第 1 期。

理。在陈珍玲主编的《玲珑丛书》第三种中，她专门编辑了40篇揭露男性阴暗面的文章，合集为《男子的丑态》出版。这40篇文章，有的写出男性的本质在于"巧妙狠毒"，所谓"最毒男人心"；有的现身说法，揭露被男性骗财骗色的经历；有揭露男性谎称自己是处男，却以处男为骗术，将新婚妻子传染为花柳病；更有甚者向女性施行"家庭暴力"。《男子的丑态》的汇总出版编者按说："本书揭发男性玩弄女性的种种罪恶和丑态，笔墨酣畅、描写淋漓，实为少女之指迷，四十位姊妹，根据事实，向男子宣战！"① 虽然这种"厌男症"在本质上来说，仍然是一种旨在反抗旧有男性劣根性对女性迫害，激发女性团结意识的运动，但是它的出现代表着中国女性一种强烈的"反抗"、"复仇"心理，从而具有了"激进女权主义"② 的色彩。

为将这种"厌男"贯彻到实际中，《玲珑》还刊登了数量极大的有关女性在情场、社交场合、婚姻战斗中的技巧策略文章。比如像《对付男子手段种种》、《怎样对付你的丈夫》、《怎样使爱情持久——怎样俘住你的爱人》、《怎样玩男子》，她们骄傲地宣称："现在我们要把男子做女子底玩物。"③ 莎菲的意义在于她是"五四"退潮后小资产阶级叛逆、苦闷的知识女性中最重要的典型，面对黑暗的现实她们执拗地寻觅人生意义又无出路，鄙视世俗反抗传统又不免陷入虚无和情色的诱惑。那么《玲珑》积极刊登的这些女性"宠儿"具有更真实、先锋的女性存在价值。

二　不信任但也不妥协：构建中的两性关系

对于恋爱、对于婚姻，除了前文所述的摩登女性，大多数女性

---

① 编者：《男子的丑态广告》，《玲珑》1935 年第 38 期。

② 参见李银河《女性主义》，山东人民出版社 2005 年版，第 46—48 页。在此书中，李银河指出了激进女性主义是一种来自于 20 世纪 60 年代"新左派"的女性主义思潮。它以女性作为一个群体同男性利益相对立，这一利益使女性在姐妹情谊的基础上联合起来，超越阶级和种族，为女性的解放而共同斗争。但是这一理论主要建立在资本主义社会的男权压迫，以及对男性赋权机制的反抗上，和 20 世纪 30 年代的中国女性"厌男症"仍有比较大的差异。不能一概而论。

③ 介人：《怎样玩男子》，《玲珑》1932 年第 65 期。

的自我表述仍然是怀疑、犹豫与谨慎的，强行的家庭包办婚姻在这一时间段不再是媒介关注的焦点，甚至"从一而终不是现在的潮流，三妻四妾自然也在淘汰之列"①，但女性面临的问题并未减少，请看下面这位女士的来信：

> 　我是一个卅五岁的女子，十九岁时结了婚，丈夫比我大十余岁，婆家和娘家都是有相当的声望的旧式人家。婚后六年，他便秘密纳了妾，以我没有生育为借口。他纳妾后三年，便生了两男，于是他把我只当做一个傀儡老婆了。处在这种环境之下，最痛苦的当然是我。不过我也曾向他建议离婚，他始终不肯，因之我也预备将就一点，安分守己的过完这一生吧。不想到他近来，又是出言侮辱我，蔑视女子的人格，由话句中将他的兽性完全暴露了出来。他以为妻子只是供泄欲而已，而妻子呢，所要求于丈夫的也只是这一点而已。这种话令我忍无可忍。我看出这里面竟是毫无一点情感，只有卑鄙轻视。女士！我虽无充分的学识，但我有思想，有人一切的秉赋，最低限度我要活着，像一个人似的活着。②
>
> 　　　　　　　　　　——张菲云《为保持人格想和丈夫离婚》

在婚姻里面与其苟活，不如保持人格的独立和尊严而离婚，这是当时女性慢慢觉醒的一个认知了。但是想要觉醒却需应对更残酷的现实，对此编辑陈珍玲设立的"疑难解答"及"法律顾问"栏目就成了女性困境的倾诉口。很多女性读者来信倾诉自己遭遇的爱情背叛，"我现在有一个问题，忐忑于心，请你在贵刊答复我。由友介绍认识一凌君，感情很是融洽，但是后来他又将他的女友介绍给我，大家数月的相识，便渐渐地趋于三角。他会经常对我说，爱我，但心里也不能放下他的女友，觉得很是痛苦。现在三人都是陷于苦境，我本想牺牲自己，成全他俩。但是我心里是放也不下，没

---

① 郑爱丽女士：《再嫁与续弦》，《玲珑》1931年第31期。
② 张菲云：《为保持人格想和丈夫离婚》，《玲珑》1937年第24期。

有那种勇气，请您为我这懦弱者解决吧。"陈珍玲回信说道："三角恋爱最为痛苦，但凌君既已恋你，而又另恋一女，则其人薄情多欲可知，你既幸得和他结婚，也决无好果。为你计，你速宜与彼绝交，否则前途不堪设想了。"① 可以说，女性编辑与女性受众的互动交流使得《玲珑》在都市女性舆论中充当了一个传声筒和扬声器，借由这个通道，女性的声音得到回答、得到重视，而女性编辑的言论观点从不同案例中得到了多元展示。性别的媒体舆论力量慢慢形成。

《玲珑》发表大量指导女性恋爱的文章，其观点基本上是审慎的，女性的希望决不能建构在男性的身上，这也是陈珍玲作为职业女性媒体人的个人经验。无独有偶，这类观点在其他撰稿人身上也得到回应，芬妮在文章《爱情不是婚姻的唯一，较男子更为重要的要件》中说："可是只靠爱情，快乐的婚姻很难维持，因为爱情本身的力量就不够！所以除爱情以外婚姻还需要许多别的东西来做资料。若真没有别的条件，那就好像在空中建造楼阁一样，绝没有成功的可能的。"② 初涉爱恋的女性往往将此看作生命的全部，这也是很多编辑予以警示的："最好在少女初恋时，不要过分的神秘，能把所恋的人品世家，公开的给自己的亲长中。盖朋友中，不无有阅历及明事理具卓见的人。少女们在初恋中，如能在这小范围的亲信人之前公开，接受他们善意的指导，在自己恋爱的前途上，至少是会非常有益的。"③ "不必拒绝他，要留心观察他，不可盲目崇拜，把他当作一个普通的男友来对待，用他的言行来证明他的真爱情。"④ "脱离家庭自然不是问题（自杀当然不能），问题是男子是否诚心相爱，是否有经济上的自立的能力，否则谈恋爱大多是不幸的。"⑤

---

① 陈珍玲：《恋我又恋她》，《玲珑》1935 年第 41 期。
② 芬妮：《爱情不是婚姻的唯一，较男子更为重要的要件》，《玲珑》1934 年第 8 期。
③ 恨花：《给初恋的少女》，《玲珑》1935 年第 24 期。
④ 陈珍玲：《同他结交还是拒绝他》，《玲珑》1935 年第 17 期。
⑤ 陈珍玲：《恋爱贫家子　不见容于爸》，《玲珑》1935 年第 19 期。

　　正是在这样的性别舆论空间中，女性得以去建构一个更自立的、更健康的心理状态。面对失恋，一位读者发出了自己豁达的心声："去吧！你这自命多情的人！我同你本来是毫不相识，更无感情可言，你的心不是我的心，怎谈得上什么爱情。去吧，你这自命多情的人，休把人生看作儿戏，休把爱情视为玩意儿，你还有你的青春，我还有我的青春，你我都有未来的事业，请郑重地使用你的青春……去吧，你这自命多情的人，你的信我都看过了，你的诗我也拜读过了，这虽然是你认为心血的结晶，但请恕我这些并不会打动我的心意，我的心已灰冷了，我的热情已枯干了，要复活除非重生时。"①

　　也有很多文章能从理性的观点去看待恋爱、婚姻问题，"我们并不信恋爱至上主义，从主义上讲，尤不能赞同绑票式的恋爱主义，但深信人生趣味是多方面，如国家，社会，家庭，亲友，职业……恋爱至多不过为其一端吧。然而无论如何，失恋究竟是痛苦的，怎样可使忘去痛苦，最合适的方法就是致力于学业、读书和创作，从读书和创作着手，不但可转变心情，免去暂时或终生的失恋的痛苦，且常有因此刺激而获得日后的大成功"②。"自欧风东渐以来，婚姻也就随着时代潮流的演进而有了比较正确的观念……恋爱到结婚期的这一段时间内有一个过渡的办法，实在很必要，不过像林氏所提倡的'伴侣'制度，他的本身当然尚有其缺点，我们还得进一步……觉得如果要依据相互了解的原则来说，在双方未谋正式结合之前，有一度名实相符的伴侣生活，倒是真正需要的……因为我感觉到我们现在所有的婚姻制度，实在还是陷在矛盾和缺陷之中的。"③"爱海中人，不能是理想主义者，也不能做一个功利主义者，因为在结婚后，理想便多要失望，同时功利主义者也找不出什么满足来。"④这些观点都是以女性自身的事业的踏实、自信的确立来建立女性在爱情、婚姻中的地位的。

---

①　丽君女士：《去吧　你这自命多情的人》，《玲珑》1935 年第 6 期。
②　家驹：《失恋的乐园》，《玲珑》1935 年第 37 期。
③　静子：《伴侣婚姻制探讨（续）》，《玲珑》1935 年第 2 期。
④　《爱的隽语录》，《玲珑》1933 年第 3 期。

综上，《玲珑》诞生于上海的 20 世纪 30 年代，中国民族资本高歌奋进，西方资本主义势力、全球化的商业浪潮在中国日渐昌盛。这一时间段的都市女性刊物因此受到大众文化、消费主义影响极深。《玲珑》作为一本摩登刊物，在穿衣打扮、社交娱乐方面领风气之先，以西方文化、价值取向来引领中国时尚，客观上也起到了让女性认识自身身体，塑造现代新女性、新生活的目标。而在以女性编辑者陈珍玲为中心的文字编辑与读者来信部分，《玲珑》显示出了一种异乎寻常的激烈"女权主义"姿态，对待男性、恋爱、婚姻、职业体现了鲜明的、尖锐的批判立场。其都市时髦女郎的"厌男症"情结正是对 30 年代男性作家虚妄欲望想象女性的一次正面回击。其塑造的独立、时尚、心灵坚定的都市女郎形象打破了以往女性期刊"打着妇女解放的旗号，但基本上还是男性对女性的生活指手画脚"① 的女性刊物言论倾向，更为现代文学中三四十年代女性作家的创作下了最好的背景注。当人们惊异于张爱玲、苏青在上海公寓格子间自得其乐，用文字去戏谑都市男子的油嘴滑舌、小情小爱时，当她们能够在经济独立的情形下自由享受人生，将政治的主流话语远远抛开，而只对饮食男女、日常生活投注兴趣与观照时，我们知道，她们的手边还有一本《玲珑》。

---

① 李晓红：《女性的声音——民国时期上海知识女性与大众传媒》，学林出版社2008 年版，第 151 页。

结　论

　　现代中国社会处于转型期的重要指征之一就是中国知识分子的现代转型，而中国女性由于在历史所处位置的特殊性，在现代化进程中势必经历更复杂与激烈的变动。由于现代女性文学创作与批评历来是中国现当代文学界研究重点，从研究范畴和研究资料上取得创新成为笔者研究现代女性文学的最初出发点。正是由于这样的考虑，近年来近现代女性期刊影印本的陆续出版，以及海内外网站近代女性期刊资料的信息公开化为本书研究奠定了资料来源。

　　在浩如烟海的女性期刊中，整理资料的思路尤为重要，以往学者因为女性期刊的综合性定位多将之纳入女性文化史、女性思潮史、女性运用史的领域进行整理。而参考国内外一大批近代女性文学专著的启示，研究中国古代女性文学与现代女性文学之间的"现代性"转型、女性在中国"现代性"转型中的性别身份构建问题成为笔者的研究目标。2007年，郭延礼在《20世纪女性文学研究中的一个盲点——评盛英、乔以钢〈20世纪中国女性文学史〉》的文章中提出该书对20世纪第一个20年女性文学的叙述有不足和疏漏。其后郭延礼的系列论文围绕20世纪第一个20年的女性展开，提出了"四大女性作家群"、"以译代述创作特色"等富有创见的研究成果。乔以钢主编的《中国现代文学文化现象与性别》及其博士生宋声泉、刘堃的博士学位论文对此也从"清末民初作为方法论"和"晚清女性文学形象再构"进行了讨论，国内外学者夏晓红、张莉、胡晓真、胡缨等人从女性报刊与社会文化、女学生是现代女性文学作家的发生起源、弹词叙事小说孕育的女性作家自我身份确认、清末民初翻译所蕴含的家国隐喻等方面去重新整理了晚清以来的女性报刊。这些富有卓见的研究成果开拓了笔者的视野，也进一步激发了笔者自身对这一问题的研究思路。

笔者因此选择《女子世界》、《妇女杂志》、《新女性》、《玲珑》为重点期刊资料来源，对其所蕴含的大量女性文学创作话语进行整理，同时也不忽略男性作家作品中富含女性认识的文章。因为中国女性现代社会性别的形成正是由男性知识分子启蒙构建的，这也是学者波伏娃著名观点"第二性"的基本立场。在研究方法上则使用"实证研究"、"性别批评"、"文化研究"的方法，既避免性别批评的偏颇性，也考虑到期刊文学文本价值的文化指征。而鉴于资料过于庞杂，本书仅采纳有代表性、典型性的文本话语进行深入研读，虽有挂一漏万之处，但已经尽量顾及全面性。

通过研究，笔者对下面的问题进一步加深了理解：

有关于"发现"。近现代女性期刊研究本身是一个融汇思想史、文化史、女性发展史多个领域的问题。但对女性创作的关注，以此对现代女性文学产生映照式对比是本书研究的关注点。本书研究挖掘出一些深埋史料堆中的女性名字，她们的存在本身就是当时中国女性辗转求生、低吟浅唱的写照。人们历来只关注现代女性作家群的崛起，但是没有大量女性写作先驱者的耕耘，"女作家"的词汇将始终难以浮出历史地表。因此这个被女性文学史忽略的时间和忽略的群体理应受到更深入的研究。

我们对近代历史上女性的认识与了解，在很大程度上得自于女性创作提供的文本，文学文本见证了女性敏锐心性与丰沛生命力的最佳表达，诗歌、小说、散文也成为通向女性心灵世界最直接的道路。学科交叉化使得女性与政治、女性与社会、女性与文化等种种问题受到了文学研究者的关注。但同时却忽略了文学之为文学的审美特性，这必将丧失文学学科的定位。所以落实在文学文本的研究是本书研究的出发点。在本书研究中，笔者重点关注的是女性在现代女性群体发轫之前的期刊群体写作现象。而在这种现象中，最引人注目并奠定现代女性文学基础的正是女性自身价值的发现，女性文学写作方法的摸索、模式的初探，以及面对激烈变动的社会思潮所产生的女性性别话语。因此易瑜、赵璧如的自叙式叙事，都蕴藏着女性对于自身的发现与确定的过程。发而为文的第一步往往是先书写自己，这一点古今亦然，而女性期刊之所以刊登这些展示女性自身"历史"的作品，恰恰因为其所具有的自叙真实性特征，以此在媒介上吸引更多的女性拿起笔来书写、来奋斗。从易瑜、赵璧如等人的自叙性叙事作品研读中，我们可以得到这样的结论，清末民初的女性作家因其身份经历了"才女闺秀"向"女学创始人"身份的改变，这使得她们的叙事推己及今，具有个人隐喻家国的特征。而自叙体的选择则改变了女性在家国下隐藏自我的试图，展现了真实的女性生活，从而获得文学意义。秋瑾弹词《精卫石》虽为虚构，但在其创作动机的分析中，我们可见其性格的矛盾悖论性存在，从而影响其作品在现实与虚构中摇摆，也正是秋瑾的侠义个性造就了《精卫石》不同于古代女性弹词的语言风格，从而应和当时"新文体"散文风格；女性政论体散文的大量创作是对社会思潮、社会文学倡导的一种参与，但其中女性独特的性别思考不应该为社会主体话语所淹没。此外对于女性游记散文所蕴含的女性对世界认知的变化也是女性与世界初步接触时独特的文学记录，它的出现显示女性既拓展了地理空间，也扩展了心理维度。在女性期刊中对于早期女性儿童文学创作的挖掘是目前学界缺少的一种资料整理，以《妇女杂志》伍孟纯、伍季真姊妹的儿童文学创作为对象谈中国儿童文学创作的先行探索，具有第一手史料价值，她们的寓教于乐创作宗旨、大胆引进西方文学叙事方法、使用浅白的儿童语言的创作方法，开创了中国女性儿童文学的文学风格与特质。

通过对女性期刊目录整理，还有很多女性文章在目录中已经发现其价值，但囿于时间精力未体现出来，期望在今后的研究中发现更多女性闪光的名字。

有关于"性别"。女性写作者和书写内容之间的关系变幻莫测。有些是女性，有些是男性假借女性之名进行写作，周作人、柳亚子、李涵秋，这些著名学者不惜以女名去变换身份、混淆视听，也增加了人们对那一时代女性作者辨识的难度。即使是女性作者，其在时代遮蔽下的"大男性写作"、"花木兰写作"有多少性别自立特质？文本的性别内涵是不是一个不断诠释的过程？是对男性的依附、谄媚、警醒还是反抗？这些复杂多元的性别存在将帮助、扩大我们对近代女性了解的深度与广度。在这种前提下，笔者试图运用性别批评方法去分析男性建构的女性话语与男性理想的女性形象的差异，探讨在汹涌奔流的女性解放浪潮下，男性的女性叙事潜藏着巨大的话语价值差异和操作策略。维新变法者梁启超以救亡图存为中心的"国民之母"的女性形象建构是通过他的系列女性传记表现出来的，而《女子世界》上柳亚子等人的"女国民"、"女杰"形象叙述，更强调女性的暴力革命色彩，这体现了在"救国保种"这一根本前提下女性理想形象建构的功利性考量。早期的《妇女杂志》推崇"贤妻良母"主义，甚至连叶圣陶、沈雁冰等人对这种主张也是取其"新"者赞成之，这说明了男性心目中的女性形象隐藏着历史、文化传统的性别偏见。而从五四启蒙后"新女性"、"女学生"登上文坛，自由恋爱与恋爱至上论使得青年男性知识分子将理想的女性当成了"性的遐想对象"，在《新女性》的乡土文学作家笔下，这种表现和乡土固有的苦难女性形象一起，出现在现代文学史中。经过都市文化洗礼中的"摩登女郎"的出现，体现了女性的形象在女性期刊中呈现出的都市象征内涵。小说《俘虏》因此具有更具意味的象征，它一方面象征着男性被女性的肉欲美色所"俘虏"，另一方面也表述着女性在男性对都市的体验中所具有的"性别—城市"对照意味，可见男性建构的女性根据不同面貌，反映着不同阶层、政治文化精神层面复杂交融的建构关系，这种话语声浪过于强大，往往遮蔽了女性主体性的实现可能。

有关于"真实"。古往今来的女性从来不是孤独地活着，她们与社会生活密切相连。女性期刊场域多元话语的芜杂性在某些方面恰恰是女性生存的写照。而只有深入历史史料中，才能够从思维上去摆脱"现代性"对女性解放、女性文学的"命定"性认识，去发现文学史研究不受西方理论所主导的真实形态。用既定的西方理论去套用，或者以想象性预设去规定文本，必然像女性的小脚和天足，永远有一种不和谐的声音。因此在大量的期刊史料中潜心倾听历史的真实，用历史的原场、原貌去还原女性生活，用文本之间的互证来进行观点的梳理，这是期刊研究的价值所在。

　　女性期刊在女性知识和文化的传播中贡献巨大，作为媒介起到了沟通女性的"闺房"与"社会"作用，而女性期刊的媒介传播造就了巨大数量的女性写作群体与女性受众群体，两方面力量的交互作用传递和改变着女性期刊的话语权利构成。同时，女性期刊的存在也构建了都市文化空间，《玲珑》这本女性刊物，在西方资本主义全球化浪潮中以商业、娱乐化为根本诉求，进行了都市女性的时尚摩登的构建，影响了现代女性价值观的确立。但同时，这种女性"摩登化"的进程也为女性成为经验主体、审美主体、言说主体撕开了裂缝，从而产生了中国特色的女权主义"厌男症"，又和女性的都市情感体验一起，颠覆了男性一言天下的性别偏向。在"阮玲玉"事件中，着力通过文本回溯历史真相，揭开《玲珑》的八卦传播也起到了致阮玲玉于死地的"帮凶"作用，这说明了《玲珑》作为大众媒介在利益驱使、迎合市民庸众心理、性别偏向等方面带有严重缺憾。同时，期刊的叙事话语、叙事倾向还建构着女性的社会身份，《妇女杂志》对女性职业化道路的提倡，勾勒女性社会化的重要路向，尽管在这条道路上有各种对于女性的不公与歧视、限制，但是通过女性期刊的媒介传播，女性职业的正当化、合理化被广泛宣传而成为社会的共识，女性期刊的女性立场又使得其在刊登女性文章上占有天然优势，这使得职业女性可以在这个平台上抒发自身职场怨愤。同时女性期刊还注重对世界女性解放运动思潮的引入和介绍，如《妇女杂志》就刊登大量日本学者观点的翻译和引入，并形成了中国女性解放历程中影响深远的贞操、恋爱自由、社会主义女性观等问题的跨文化讨论现象，女性期刊的存在搭建了与世界女性运动、女权思想交汇的平台，将中国女性运动融入世界化的女性解放运动中。

　　本书研究仅仅梳理了妇女期刊中的一小部分，有更多的文本和女性的生命期待着我们去阅读、去探寻。在历史泛黄的页面中，潜藏着今天我们女性安身立命的意义确立的开始，还有的就是共通的对女性发展的使命与责任。

附　录

附录1　《妇女杂志》女性作者考证情况

以《妇女杂志》为例，截至1919年，据笔者考证的有代表性女性作家有：

1. 易瑜

易瑜（1868—1932），幼字湘畹，后字仲厚，号玉俞。汉寿城关镇人。父易佩绅（字笏山）在晚清历官四川、江苏布政使，长兄易顺鼎（字实甫）是近代著名诗人，"同光诗流"的代表人物之一，二兄易顺豫（字由甫）早年考取进士，后为辅仁等大学教授。因其排行第五，人称"易家五小姐"。易瑜自幼受到良好教育，其家藏书号称"湘西第一"。及笄与秀才黄仲芳结婚，她学识广，根底深，诗才横溢，为清末民初全国著名女诗人之一。有诗集《湘影楼诗》和传记体小说《西园忆语》、《鬊龄梦影》行世。清末民初易瑜投身教育事业，"安能与俗偕，郁郁以终老"，宣统元年（1909年），她捐资创办汉寿私立女子小学堂，亲任堂长，开郡县兴办女校风气之先。民国8—12年（1919—1923年）三次获省教育厅传令嘉奖，被誉为女士治学的楷模，树为解囊兴学、严谨治学、精心教学的典范，载入省教育史册。后受聘于桃源省立第二女师，任训育主任，民国14年，回县任劝学所长（后改教育科长），适逢省议会通过强迫教育案，实行义务教育。她不辞辛苦，与各方人士磋商，对民众耐心宣传，一年多时间，发展乡村小学百余所。易瑜还致力于妇女解放运动。民国13年，筹建县女界联合会，以帅孟奇，黎篪为助手，坚决反对束缚女子的封建思想，倡导男女平等，婚姻自主，督促女子剪辫、放足、上学，争取女子社会地位，并从自家女子带头做起，以示垂范。同时，兴办民益女子职业学校，设织袜、刺绣、缝纫、印染四科，传授妇女谋生的技能，争取妇女经济地位。民国21年，易瑜逝世于汉寿县城。相关史料见湖南常德市志及湖南汉寿县史志。其在《妇女杂志》初期发表大量作品如下：传记《先姑王太夫人行状》，刊于《妇女杂志》第 1 卷第 2 期。乐谱《汉寿女子小学乐歌讲义》，刊于《妇女杂志》第 1 卷第 2 期。小说《鬌龄梦影》，刊于《妇女杂志》第 1 卷第 6 期、第 7 期、第 10 期。诗歌《诗录十六首》，刊于《妇女杂志》第 1 卷第 6 期。诗歌《湘影楼词选三首》刊于《妇女杂志》第 1 卷第 6 期。诗歌《诗选二十五首》刊于《妇女杂志》第 1 卷第 9 期。散文《陈申甫先生捐义田序》刊于《妇女杂志》第 3 卷第 8 期。传记《祭侄女文》刊于《妇女杂志》第 4 卷第 7 期。散文《瓶笙花影录》连载于《妇女杂志》第 4 卷第 7 期、第 10 期。诗歌《绍兴陈烈女挽诗》刊于《妇女杂志》第 4 卷第 10 期。

2. 胡彬夏

胡彬夏（1888—1931），1902 年 6 月到日本实践女子学校学习。1903 年 4 月 8 日，她和林宗素、曹汝锦等发起成立"共爱会"，并担任"共爱会"主办刊物《江苏》的编辑，《江苏》特辟"女学论丛"栏目，为"共爱会"扩大影响。她自己积极在《江苏》上撰文《祝共爱会之前途》、《论中国之弱女子不得辞其罪》等文章，提倡"振兴女学，恢复女权"。1907 年胡彬夏考取本省留学美国资格，成为我国首批官费留学美国的女性，同时考取的其他三位女子是王季茞、曹芳芸和宋庆龄。1908 年，她和王季茞、曹芳芸入威尔斯利大学预备学堂学习，宋庆龄入新泽西州萨密特镇的波特温学校学习。胡彬夏在美国学习 7 年，1914 年大学毕业回国，回国后在多所大学任教。1916 年她曾主编商务印书馆发行的《妇女杂志》，但也有研究者表示其为挂名主编，实际的撰稿主编仍为王蕴章。谢菊曾在《妇女杂志的种种》中就提到："朱胡彬夏女士为主编……在各大报大登广告，对朱胡彬夏极尽吹捧之能事，实际上她与挂名差不多，……一切均由王蕴章负责编辑。"具体内容参见谢菊曾《十里洋场的侧影》，花城出版社 1983 年版，第 38 页。其文章情况为：《蒙得梭利教育法》连载于《妇女杂志》第 2 卷第 1 期、第 3 期、第 4 期。《美国家庭》刊于《妇女杂志》第 2 卷第 2 期。《何者为吾妇女今后二十年内之职务》刊于《妇女杂志》第 2 卷第 6 期。《二十世纪之新精神》刊于《妇女杂志》第 2 卷第 7 期。《基础之基础》刊于《妇女杂志》第 2 卷第 8 期。《美国少年》刊于《妇女杂志》第 2 卷第 9 期。《宗教》刊于《妇女杂志》第 2 卷第 10 期。《脑筋与肌肉的教育》刊于《妇女杂志》第 2 卷第 11 期、第 12 期。胡彬夏的文章多集中于国外教育学理论介绍，或者对国外科学知识的翻译。未见小说、诗歌等文学性创作。

3. 华潜鳞女史

小说《玉京余韵》连载于《妇女杂志》第 2 卷第 8 期及第 2 卷第 12 期。

4. 伍孟纯、伍季真

广东新会人，其父与兄是伍光建、伍蠡甫，1957 年 3 月少年儿童出版社出版的《三个火枪手》，就是伍光建的子女伍蠡甫和伍孟纯根据伍光建的《侠隐记》译本缩写的。结合《妇女杂志》的作品，可见伍孟纯很早就开始翻译并自己创作文学作品。在第一章第四节有详细论述。其作品发表情况为：翻译戏剧《捉迷藏》刊于《妇女杂志》第 2 卷第 8 期。童话《洛宾之晚膳》刊于《妇女杂志》第 3 卷第 7 期。童话《啄木鸟》刊于《妇女杂志》第 3 卷第 9 期。童话《大言之狼》刊于《妇女杂志》第 4 卷第 2 期。小说《奢》刊于《妇女杂志》第 5 卷第 2 期。翻译小说《一篮花》连载于《妇女杂志》第 5 卷第 4、5、7、8、9 期。

5. 汪艺馨女士（生平不详）

文苑《诗选二十五首》刊于《妇女杂志》第 2 卷第 2 期。

小说《酒婢》刊于《妇女杂志》第 2 卷第 9 期。

6. 汪芸馨女士（生平不详）

小说《棋妻》刊于《妇女杂志》2 卷 9 期。

7. 汪桂馨女士（生平不详）

小说《三妇鉴》刊于《妇女杂志》第 4 卷第 11 期。

8. 敏娴女士（生平不详）

小说《女博士》刊于《妇女杂志》第 3 卷第 12 期。

9. 华壁女士（生平不详）

小说《卖报女儿》连载于《妇女杂志》第 4 卷第 2 期和第 4 卷第 3 期。

10. 若芸女士①

小说《霜猿啼夜录》连载于《妇女杂志》第 3 卷第 11 期和第 3 卷第 12 期。

11. 卢振华女士

卢振华女士的女性身份判定标准是在《妇女杂志》1 卷 5 号其文章《德国风俗记》中，刊登了题为"卢振华女士小影"的照片，据此估计是女性。其作品主要为报道通讯，《德国风俗谈》连载于《妇女杂志》第 1 卷第 5—7 期。《新见闻随笔》连载于《妇女杂志》第 1 卷第 6—11 期。《郑毓秀女士之谈话》，刊于《妇女杂志》第 6 卷第 4 期。

12. 杜清持女士

杜清持，生卒年不详，又号清池女史、杜青持、杜清池、青持女士，杜清持女士的照片在《女子世界》1904 年第 7 期刊登在图画栏目，因此判断为女性。光绪二十九年（1903 年）杜清持与刘佩箴共同创办广东女学堂，是中国最早兴办女学的志士之一。在《女子世界》发表《论游历阅报为女子立身之要务》、《男女都是一样》、《文明的奴隶》文章，《西湖游记》刊于《妇女杂志》第 1 卷第 10 期。

13. 陈衡哲

陈衡哲（1890—1976），笔名莎菲（Sophia H. Z. Chen），祖籍湖南衡山，1914 年考取清华留美学额后赴美，先后在美国沙瓦女子大学、芝加哥大学学习西洋史、西洋文学，分获学士、硕士学位。1920 年被聘为北京大学教授，讲授西洋史。1920 年 9 月 27 日与任鸿隽结婚。后任职于商务印书馆、国立东南大学、四川大学。著有

---

① 汪艺馨女士、汪芸馨女士、汪桂馨女士、敏娴女士、华壁女士、若芸女士，这六位判定女性作者的标准见薛海燕《近代女性文学研究》，中国社会科学出版社 2004 年版，第 213 页。

短篇小说集《小雨点》、《衡哲散文集》、《文艺复兴史》、《西洋史》及《一个中国女人的自传》等。1976年去世，她是我国新文化运动中最早的女学者、作家、诗人，也是我国第一位女教授，有"一代才女"之称。

陈衡哲很早就开始在刊物上发表文章，1917年，她在美国用白话文创作了第一篇小说《一日》，生动地反映了美国女子大学新生在一天中的生活，发表在《留美学生季报》上。1919年她写的《记新大陆之村中生活》刊于《妇女杂志》第4卷第3期。

14. 高君珊

高君珊，女，福建长乐人；高梦旦女。1925年毕业于美国哥伦比亚大学，1931年获教育硕士学位。先后任教北京女子高师、燕京大学副教授，东南大学、中央大学、暨南大学。[①] 其《泰西列女传》刊于第3卷第7期、第10期、第11期、第12期。小说《慈母泪》刊于第4卷第9期，《母心》刊于第4卷第12期。

15. 林德育女士

福建侯官县（今福州市）人。祖父林丽生，曾在四川湖北做官。祖母刘璐，黑龙江省立女子教养院院长。父亲林传甲，曾任京师大学堂文学教授。林传甲（1877—1922），号奎腾，侯官县人。早年就读于西湖书院，博览群书，尤长经史、地理、文学。清光绪二十八年（1902年）乡试第一。两年后，出任京师大学堂文学教授，主讲中国文学史。光绪三十四年（1908年）起，在黑龙江、湖南、湖北、北京、广西、内蒙古等地兴办教育。民国6年（1917年），愤于"外人谋我之急"，在中国地理学会发起编纂《大中华地理志》，出任总纂。编纂出版有浙江、江苏、安徽、福建、京师、京兆、湖北、直隶、山东、湖南、吉林等省地理志，以及《大中华直隶省易县志》、《察哈尔乡土志》等。而林德育与林传甲关系论述，见马勤勤《以小说家为职业——清末民初小说场域性别秩序的松动》，《中国现代文学研究丛刊》2013年第5期。《妇女杂志》第4卷第5期的图画栏目《爱读妇女杂志者之小影》中就有题为"闽

---

① 资料来源于华彬清：《南京社会科学志》，方志出版社1998年版。

侯林德育女士"的照片。林德育女士在《妇女杂志》发表了《京师白云观游记》（第 3 卷第 4 期），《破除月宫之迷信》（第 3 卷第 11期），《泰西女小说家论略》（第 3 卷第 12 期），《总统府女学游园会记》（第 3 卷第 8 期）。在《京师白云观游记》一文之后的"林传甲记"中有这样的文字："《妇女杂志》出版三年矣。第一年发刊，先妣林下老人，每月必寄一稿。寿终前十三日之绝笔……第二年出版，内子祝宗梁，于役蒙古，亦寄稿数次，未几因病中缀。余丁母丧妻病之后，讲学之余，教女为文。昔日在校，科学繁多，不暇专力于文。近年始命以载笔述事，同游白云观，以察北京之习俗，始成千余言之长篇……文既成，命寄稿于《妇女杂志》，以续先妣之志。""先妣林下老人"即林传甲之母刘璊。

16. 刘璊

1915 年 1 月《妇女杂志》创刊，刘璊写祝词；此后在《妇女杂志》第 1 卷第 2 期、第 1 卷第 3 期、第 1 卷第 4 期、第 1 卷第 6期、第 1 卷第 9 期均有文章。刘璊于 1915 年 6 月去世，自次年起，刘璊的长媳，即林传甲之妻祝宗梁开始继续在《妇女杂志》上刊载稿件。关于刘璊与祝宗梁的生平以及教育事业，具体参见胡晓真《杏坛与文坛——清末民初女性在传统与现代抉择情境下的教育与文学志业》，《近代中国妇女史研究》第 15 期，2007 年 12 月。

17. 祝宗梁

林德育女士的母亲，林传甲之妻。作品《与龙口女弟子论察哈尔女学书》发表于《妇女杂志》第 2 卷第 2 期，《龙江女训》发表于《妇女杂志》第 2 卷第 6 期。

18. 徐自华

徐自华（1873—1935），字寄尘，号忏慧，浙江桐乡人。祖父徐宝谦，号亚陶，光绪庚辰进士，官安徽庐州知府；父徐多镠，号杏伯。徐自华生性敏慧，22 岁嫁给南浔梅韶笙，7 年后夫亡，年少寡居，以诗赋自遣，并专志树人。1906 年任南浔浔溪女学校长，1906 年经褚辅成介绍，认识秋瑾，从此与秋瑾结下深厚友情，并在秋瑾影响下加入进步的革命团体同盟会和南社。秋瑾就义以后，徐自华继承秋瑾遗志，主持"秋社"，担任上海竞雄女校校长。其与吕碧城的《词选六首》刊发于《妇女杂志》第1卷第1期。

19. 吕碧城

吕碧城（1883 年？月？日—1943 年1月24日），一名兰清，字遁夫，号明因、宝莲居士。安徽旌德县人。女权运动的首倡者之一，中国女子教育的先驱，开创近代教育史上女子执掌校政先例的民国才女。被赞为"近三百年来最后一位女词人"，与秋瑾被称为"女子双侠"，诗人、政论家、社会活动家、资本家。20 世纪第一二十年间，中国文坛、女界以至整个社交界，曾有过"绛帷独拥人争羡，到处咸推吕碧城"的一大景观。年少有名，1915 年移居上海，投身商业，1918 年前往美国哥伦比亚大学，四年后毕业，1926—1933 年游历欧美，1930 年皈依佛门，1943 年在香港去世。从时间上看，其作品发表在《妇女杂志》早期，与徐自华的《词选六首》刊发于《妇女杂志》第1卷第1期。

20. 庐隐

庐隐（1898 年5月4日—1934 年5月13日），原名黄淑仪，又名黄英，福建省闽侯县南屿乡人。笔名庐隐，有隐去庐山真面目的意思。五四时期著名的作家，与冰心、林徽因齐名并被称为"福州三大才女"。1912 年，庐隐考入女子师范学校，1925 年7月，她出版了第一个短篇小说集《海滨故人》。1923 年夏与有夫人的郭梦良南下在上海一品香旅社举行了婚礼。1925 年，郭梦良因肠胃病一病而逝。庐隐与孩子送郭梦良的灵柩回乡安葬。庐隐在郭家居住时无法忍受婆婆的恶毒，便带着孩子从福建漂泊到了上海。1928 年，庐隐认识了比她小9岁的清华大学的学生——一位乐天派的青年诗人李唯建。1930 年秋，两人结婚。他们东渡日本，寄居在东京郊外。《东京小品》便是她旅居日本所写的小品文，原拟20题，但只写了11篇，在《妇女杂志》发表。

以上是可考的确切女性作者名单，而倘若以某某女士为标准，则在《妇女杂志》一本期刊中女性作者的多达百余篇。这其中的大多数人已经湮没于历史故纸堆，但留下了当时女性写作的真实痕迹。

附录 2　《玲珑》重要女性作者情况

1. 陈珍玲

陈珍玲女士担任《玲珑》的妇女版编辑，生平不详，但通过《玲珑》1931 年第 1 卷第 1 期创刊期第 5 页，陈珍玲第一次交代自己就任妇女部编辑事宜："珍自离校后与同学及老友每少聚首之机会，消息久疏。今就任本杂志妇女部编辑，愿为全国妇女同胞之喉舌，发挥女子之积怨，并请通知踊跃赐稿，能附本人或本文照片尤佳。"陈珍玲在《玲珑》还创办"疑难解答"、"法律顾问"栏目，在任《玲珑》杂志编辑期间，陈珍玲还主持出版了整套《玲珑丛书》。

第一卷第五期	男子婚后爱情冷淡的原因及补救	珍玲
第一卷第五期	妇女	珍玲
第一卷第七期	给姐妹们	珍玲
第一卷第八期	母亲纪念日	珍玲
第一卷第九期	妇女列席国议应有的表决权	珍玲
第一卷第十期	为什么两峰不高	珍玲
第一卷第十八期	她与他都是我的朋友	珍玲
第一卷第二十期	爱慕远方的男子	珍玲
第一卷第二十三期	如何为年轻寡妇谋幸福	珍玲
第一卷第三十五期	全国女生应加入义勇军	珍玲
第一卷第三十六期	求婚	珍玲
第一卷第三十八期	有趣味的娱乐	珍玲
第一卷第四十期	儿童卫生	珍玲
第一卷第四十期	有趣味之娱乐	珍玲
第一卷第四十一期	贤母良妻的责任	珍玲
第二卷第五十三期	亲夫妇明算帐	珍玲

续表

第二卷第五十八期	不能忘却负心郎	珍玲
第二卷第六十期	喜欢独居的丈夫	珍玲
第二卷第六十二期	宣布奸商罪状	珍玲
第二卷第六十三期	丈夫爱交异性	珍玲
第二卷第六十四期	不务正业的丈夫	珍玲
第二卷第六十五期	解决四角恋爱	珍玲
第二卷第六十六期	父亲反对婚姻自主	珍玲
第三卷第三期	应该要离婚吗	珍玲
第三卷第三期	干涉及我的自由	珍玲
第三卷第四期	丈夫对家庭的责任	珍玲
第三卷第五期	丈夫不愿早养孩子	珍玲
第三卷第六期	我唯一的处女献给他	珍玲
第三卷第六期	漫画的检讨	珍玲
第三卷第八期	我的被骗失身经过	珍玲
第三卷第九期	为了自由而结婚	珍玲
第三卷第九期	父亲将我配别人	珍玲
第三卷第十期	恋爱能固执成见吗？	珍玲
第三卷第十一期	未婚夫心理之难测	珍玲
第三卷第十三期	父亲的三个理由	珍玲
第三卷第十四期	还不是结婚的时候	珍玲
第三卷第十五期	现代男子对女性美目光之转移	珍玲
第三卷第十五期	未婚不许交男友	珍玲
第三卷第十五期	独身与性的烦闷	珍玲
第三卷第十六期	怎样反对买卖婚姻	珍玲
第三卷第十六期	未到自主年龄	珍玲
第三卷第十七期	恢复我底青春	珍玲
第三卷第十七期	婚后要避免受孕	珍玲
第三卷第十七期	爱人拒绝订婚	珍玲

第三卷第十八期	介绍我的爱人	珍玲
第三卷第十八期	表兄妹可否结婚	珍玲
第三卷第十九期	父母误了女儿终身	珍玲
第三卷第十九期	求学就职和结婚	珍玲
第三卷第二十期	女友对我的疑惑	珍玲
第三卷第二十一期	这是重婚罪吗？	珍玲
第三卷第二十一期	要继续工作吗	珍玲
第三卷第二十二期	脱离黑暗的家庭	珍玲
第三卷第二十三期	我的离婚问题	珍玲
第三卷第二十三期	关于男子	珍玲
第三卷第二十四期	父母代订婚姻	珍玲
第三卷第二十八期	不愿嫁贫穷丈夫	珍玲
第三卷第三十期	大六冲与我的婚事	珍玲
第三卷第三十一期	他不表示爱我	珍玲
第三卷第三十二期	最新绒线式样	珍玲
第三卷第三十三期	求学和结婚问题	珍玲
第三卷第三十九期	爱上了已婚的男子	珍玲
第三卷第四十期	我现在是处女吗？	珍玲
第三卷第四十一期	父亲强迫出嫁	珍玲
第三卷第四十一期	不许跟未婚夫通信	珍玲
第三卷第四十三期	苦闷的女同胞	珍玲
第三卷第四十四期	解决不合意的婚姻	珍玲
第三卷第四十五期	我的要求自立呼声	珍玲
第四卷第三期	爱心共鸣的结晶	珍玲
第四卷第三期	嫁给横暴的丈夫	珍玲
第四卷第六期	人面兽心的男子	珍玲
第四卷第七期	要取消婚约吗？	珍玲
第四卷第十三期	怎样达到与爱人结合	珍玲

续表

第二卷第八十期	国难期中三大实验	陈珍玲
第六卷第十四期	序 ［我们底问题］	陈珍玲
第六卷第二十六期	序 ［如何对待男子］	陈珍玲

2. 张品惠

《玲珑》杂志介绍其"擅长文学，早年得燕京大学硕士学位，曾执教鞭于沪上有名女校"。（《玲珑》1931 年第 1 卷第 1 期第 4 页）

第一卷第一期	丈夫有外遇	张品惠
第一卷第二期	女子家庭之筹划	张品惠
第一卷第五期	摩登居室的布置	张品惠
第一卷第十期	写给朋友的丈夫的信	张品惠
第一卷第六期	怎样去造成美满家庭	张品惠
第一卷第四期	摩登居室的布置	张品惠女士
第一卷第五期	妻子与丈夫争驳何益	张品惠女士
第一卷第十七期	贡献给童贞女的话	张品惠女士
第一卷第二十期	贡献给童贞女的话（续十七期稿）	张品惠女士
第一卷第三十期	为何丈夫要避见妻子	张品惠女士
第一卷第三十一期	为什么丈夫要避见妻子（续）	张品惠女士

3. 梁佩芬

《玲珑》介绍其"广交际善跳舞，识男友颇多"。（《玲珑》1931 年第 1 卷第 1 期第 4 页）

第一卷第一期	男性观（上）	梁佩芬
第一卷第二期	男性观（下）	梁佩芬
第一卷第四期	男性使我们荣虚	梁佩芬

4. 梁佩琴

"上海社交场上最活动之名媛，其交际手腕高人一等。"（《玲珑》1931 年第 1 卷第 1 期第 10 页）

第一卷第一期	我的交际	梁佩琴
第一卷第三期	希望男子分居	梁佩琴
第一卷第四期	摩登男子结交女子的标准	梁佩琴
第一卷第五期	男性的坏心理	梁佩琴
第一卷第六期	男性的坏心理（续）	梁佩琴
第一卷第二十六期	利用夏季服装	梁佩琴女士
第一卷第三十期	怎样使爱情长久	梁佩琴女士

5. 薛锦园

"美丽大方，盛名于社交场中，此文为女士有感而作，一字一句，发自内心，读此文后，对妇女心理知过半矣。"

第一卷第一期	他的信（上）	薛锦园
第一卷第二期	他的信（下）	薛锦园
第一卷第五期	春天的修饰	薛锦园女士

附录 3　伍孟纯《鸦声》与伍季真《英兵与雀》原文

《鸦声》

伍孟纯

学堂放学了，一群小学生背了书包，手儿拉着手儿，一路走一路唱歌，一片天真烂漫，不知道天高地厚。走过一株大树，那树上有几个鸦，刮刮的叫个不住。这小学生群里有一个最淘气的，便出主意道，这鸦的声音实在难听，我们拿石子将他掷跑了罢。一唱百和，大家都在地上拾了些石子，正要掷那树上的鸦，旁边却来了一位鬓眉皓然的老者道：小朋友们，不要拿石子去掷那乌鸦啊。小学生们问道，老先生没听见他的声音吗？难听的很，因此我们要将他赶走了。老者道，鸦的鸣声虽是不好听，但也是天生就的，或者他的同伴，反欢喜听他的声音，如同你的疼爱的小朋友们，欢喜听你们的声音一样。况且我还有一个特别的缘故，就是恐怕诸君掷石子去打乌鸦，这石子却会反掷诸君呢。这群小学生都诧异道：石子如何会反掷我们？老者道：我告诉诸君一节故事，诸君就明白这句话的意思了。小孩子家一听见故事两字，乐的了不得，拍着小手掌道：好极了，我们顶欢喜听故事，这故事是真的么？老者道：字字是真的，你们不要吵，我就讲。小学生连忙道：我们不吵，老先生快讲罢。于是这一群小孩子围着老者，等他说。老者道：五十年前，我也是一个欢喜玩耍的孩子，那时我在一个乡村人家种田，那家的人非常温和，因为他们心地仁慈，所以他们院里的鸟巢都比别家多些。内中有一个燕子，在檐下筑了一个巢，秋去春来，年年如此。那一日天气晴暖，这燕子站在一根木棍上，向着我软语呢喃，仿佛是说你们都是好人，决不会害我的。那时我在地上，拾了一个石子，望准那燕儿，用力掷去，打个正着。那燕子跌落下来，竟自死了。我虽然看见这燕子无辜横死，心中不免怜惜他，只是后悔来不及了。我没有将这事告诉主人，可是我那慈祥的主人，已自知道了。他虽不曾呵责我，我看见他很有悲哀之意。我也觉得心里难过，后来再也不敢看我主人的脸。现在我的主人去世多年，我想起那燕子，仍是十分悔恨。咳！小朋友啊，诸君听了这故事，便知道那石子是会反掷你的心了。那老头说完了，叹了一口气，立起身来，走了。这一群小学生，静悄悄的听老者说完故事。大众心里都有些伤感，便不像以前那样高兴。手里握的石子，也不知不觉的落在地上，那树上的老鸦叫了两声，也就飞去了。

《英兵与雀》

伍季真

英国和法国打仗的时候，有一个英国兵，败给敌军掳去关在狱里。这英国兵，想起家里的父亲母亲娇妻爱儿，当日身子自由，在家里何等快乐。现在离了家人，出来打仗，已经合家挂念，如今被敌人掳来，这信息传到家里，他们以为我或生或死，真是很难卜决。家里父母妻子的想念我，就好比我在外边记念家里一样，这种景像，真叫人心焦呢。不久英国同法国和好了，英国兵欢天喜地的跑回家去，幸喜合家都好，这才放了心。有一天，这兵到市场去，看见一个人擎了好些鸟笼子，问问他，却是要求售的。兵一边瞧那些鸟，一边听那些鸟真是叫的可怜，便问了价，全都买了来。将笼门一个个都打开，那些鸟全都飞出去了，站在树枝上，那叫唤的声音，顿时换了一种美满快乐的好声。仿佛表明他心里的快活。奏完一曲，慢慢的飞走了。有些人越看越不明白，问这兵为什么买了来，又放了？这兵叹道：众位啊，无怪你们不明白，当日吾国不是同法兰西打仗的么，我那时也当了一名兵，又不幸给他们掳了去，关起来。我心里的焦急，真是说不尽道不完的。今天这些鸟，关在笼子里，就好比我在狱里。他心里想出这无情的笼子，也和我想出那可恨的监狱一般。鸟和我真是同病相怜！故此我将他放了生。诸君诸君，你们瞧那些鸟，飞得多快，唱的多好听！人要听鸟唱，须得听树上的鸟唱。不要去听笼子里的鸟唱。一个是唱声，一个简直是悲声。当做人的雅奏，那岂不是太残忍了么，所以劝诸君，对鸟兽，须得慈善些，不要虐待才好呢。

参考资料

专著部分

[1] [法] 波伏娃：《第二性》，陶铁柱译，中国书籍出版社1998年版。

[2] 李银河主编：《妇女：最漫长的革命》，中国妇女出版社2007年版。

[3] [美] 佩吉·麦克拉肯主编：《女权主义理论读本》，艾晓明、柯倩婷译，广西师范大学出版社2007年版。

[4] [美] 阿莉森·贾格尔：《女权主义政治与人的本质》，孟鑫译，高等教育出版社2009年版。

[5] [英] 弗吉尼亚·伍尔夫：《一间自己的屋子》，王还译，上海人民出版社2008年版。

[6] [美] 朱迪斯·巴特勒：《性别麻烦：女性主义与身份的颠覆》，宋素凤译，上海三联书店2009年版。

[7] 李银河：《女性主义》，山东人民出版社2005年版。

[8] [英] 玛丽·伊格尔顿：《女权主义文学理论》，胡敏译，湖南文艺出版社1989年版。

[9] 张岩冰：《女权主义文论》，山东教育出版社1998年版。

[10] 谭正璧：《中国女性文学史》，百花文艺出版社1991年版。

[11] 胡文楷、张宏生：《历代妇女著作考（增订本）》，上海古籍出版社2008年版。

[12] 梁乙真：《中国妇女文学史纲》，载《民国丛书第二编（文学类）》（第60册），上海三联书店2014年版。

[13] 梅生主编：《中国妇女问题讨论集》，载《民国丛书第一

编（文学类）》，上海书店 1990 年版。

［14］王长林、唐莹策划，初国卿作序：《中国近现代女性期刊汇编（一）》（全 305 册），线装书局 2006—2008 年版。

［15］山川丽：《中国女性史》，高大伦、范勇译，三秦出版社 1987 年版。

［16］须藤瑞代：《中国"女权"概念的变迁》，须藤瑞代、姚毅译，社会科学文献出版社 2010 年版。

［17］李小江：《女性/性别的学术问题》，山东人民出版社 2005 年版。

［18］王宇：《性别表述与现代认同》，上海三联书店 2006 年版。

［19］夏晓红：《晚清女性与近代中国》，北京大学出版社 2004 年版。

［20］叶舒宪：《性别诗学》，社会科学文献出版社 1999 年版。

［21］乔以钢、林丹娅：《女性文学教程》，河北教育出版社 2007 年版。

［22］［美］刘剑梅：《革命与情爱——二十世纪中国小说史中的女性身体与主题重述》，上海三联书店 2009 年版。

［23］张英进：《中国现代文学与电影中的城市：空间、时间与性别构形》，江苏人民出版社 2007 年版。

［24］［美］胡缨：《翻译的传说：中国新女性的形成（1898—1918）》，龙瑜宬、彭姗姗译，江苏人民出版社 2009 年版。

［25］陈顺馨：《中国当代文学的叙事与性别》，北京大学出版社 1998 年版。

［26］张莉：《浮出历史地表之前——中国现代女性写作的发生》，南开大学出版社 2010 年版。

［27］刘思谦、屈雅君：《性别研究：理论背景与文学文化阐释》，南开大学出版社 2010 年版。

［28］胡坤：《蓝色的阴影——中国妇女文化观照》，陕西人民教育出版社 1989 年版。

［29］王绯：《空前之迹——1851—1930：中国妇女思想与文学发展史论》，商务印书馆 2004 年版。

［30］宋素红：《女性媒介：历史与传统》，中国传媒大学出版社 2006 年版。

［31］盛英：《20 世纪中国女性文学史》，天津人民出版社 1995 年版。

［32］［美］高彦颐：《闺塾师——明末清初江南的才女文化》，李志生译，江苏人民出版社 2005 年版。

［33］陈东原：《中国妇女生活史》，商务印书馆 1937 年版。

［34］罗秀美：《从秋瑾到蔡珠儿——近现代知识女性的文学表现》，台湾学生书局 2010 年版。

［35］李晓红：《女性的声音：民国时期上海知识女性与大众传媒》，学林出版社 2008 年版。

［36］陈惠芬、马元曦主编：《当代中国女性文学文化批评文选》，广西师范大学出版社 2007 年版。

［37］乔以钢主编：《中国现代文学文化现象与性别》，南开大学出版社 2012 年版。

［38］宋晓萍：《女性书写和欲望的场域》，北京大学出版社 2011 年版。

［39］刘媛媛：《她视界——现当代中国女性文学探析》，山西人民出版社 2010 年版。

［40］张文娟：《五四文学中的女子问题叙事研究——以同期女性思潮和事实为参照》，山东人民出版社 2013 年版。

［41］刘传霞：《被建构的女性：中国现代文学社会性别研究》，齐鲁书社 2007 年版。

［42］李欧梵：《上海摩登——一种新都市文化在中国（1930—1945）》，牛津出版社 2006 年版。

［43］杨剑利：《女性与近代中国社会》，中国社会出版社 2007 年版。

［44］孟悦、戴锦华：《浮出历史地表——现代妇女文学研究》，河南人民出版社 1989 年版。

［45］乔以钢：《中国当代女性文学的文化探析》，北京大学出版社 2006 年版。

［46］戴锦华：《涉渡之舟：新时期中国女性协作与女性文化》，北京大学出版社 2007 年版。

［47］张艳华：《新文学发生期的语言选择与文体流变》，山东大学出版社 2009 年版。

［48］刘雨：《艺术经验论》，东北师范大学出版社 1998 年版。

［49］韩南：《中国近代小说的兴起》，许侠译，上海教育出版社 2010 年版。

［50］袁进：《中国小说的近代变革》，广西师范大学出版社 2009 年版。

［51］陈平原：《中国小说叙事模式的转变》，北京大学出版社 2010 年版。

［52］陈平原：《现代中国的文学、教育与都市想象》，北京师范大学出版社 2011 年版。

［53］王瑶主编：《中国文学研究现代化进程》，北京大学出版社 1998 年版。

［54］［荷］米克巴尔：《叙述学：叙事理论导论》，谭君强译，中国社会科学出版社 1995 年版。

［55］［美］海登·怀特：《元史学：十九世纪欧洲的历史想像》，陈新译，译林出版社 2004 年版。

［56］［意］贝奈戴托·克罗齐：《历史学的理论和实际》，傅任敢译，商务印书馆 1997 年版。

［57］［美］戴维·赫尔曼：《新叙事学》，马海良译，北京大学出版社 2002 年版。

［58］［英］马克·柯里：《新叙事理论》，宁一中译，北京大学出版社 2003 年版。

［59］［法］皮埃尔·布尔迪厄：《艺术的法则：文学场的生成与结构》，刘晖译，中央编译出版社 2011 年版。

［60］［英］迈克·费瑟斯通：《消费文化与后现代主义》，刘精明译，译林出版社 2000 年版。

［61］［俄］巴赫金：《陀思妥耶夫斯基诗学问题》，白春仁、顾亚铃等译，河北教育出版社 1998 年版。

［62］梁启超：《饮冰室合集》，中华书局1989年版。

［63］郑逸梅编著：《南社丛谈：历史与人物》，中华书局2006年版。

［64］胡全章：《清末民初白话报刊研究》，中国社会科学出版社2011年版。

［65］包天笑：《钏影楼回忆录》，中国大百科全书出版社2009年版。

［66］程谪凡：《中国现代女子教育史》，中华书局1936年版。

［67］胡适：《胡适文集》，北京大学出版社1999年版。

［58］李喜所：《近代中国的留学生》，人民出版社1987年版。

［69］孙石月：《中国近代女子留学史》，中国和平出版社1995年版。

［70］［日］佐藤卓己：《现代传媒史》，诸葛蔚东译，北京大学出版社2004年版。

［71］阿英：《弹词小说评考》，载《民国中国小说史著集成·第六卷》，南开大学出版社2014年版。

［72］谭正璧：《弹词叙录》，上海古籍出版社1981年版。

［73］郑振铎：《中国俗文学史》，商务印书馆2005年版。

［74］阿英：《晚清文学丛钞·小说戏曲研究卷》，中华书局1960年版。

［75］郭延礼：《秋瑾年谱简编》，载郭延礼编《秋瑾研究资料》，山东教育出版社1987年版。

［76］陈恭象：《秋瑾年谱及传记资料》，中华书局1983年版。

［77］《秋瑾全集》，上海古籍出版社1960年版。

［78］张心科编著：《民国儿童文学教育文论辑笺》，海豚出版社2012年版。

［79］胡从经：《晚清儿童文学钩沉》，少年儿童出版社1982年版。

［80］钱理群：《第四讲：儿童学、童话学、神话学研究与传统文化的反思》，载《周作人研究二十一讲》，中华书局2000年版。

［81］刘绪源：《中国儿童文学史略（1916—1977）》，少年儿童出版社2013年版。

［82］刘绪源辑笺、周作人著：《周作人论儿童文学》，海豚出版社 2012 年版。

［83］徐兰君、安德鲁·琼斯主编：《儿童的发现——现代中国文学及文化中的儿童问题》，北京大学出版社 2011 年版。

［84］陈福康编译：《鲁迅比较研究》，上海外语教育出版社 1997 年版。

［85］鲁迅著、徐妍辑笺：《鲁迅论儿童文学》，海豚出版社 2012 年版。

［86］杜传坤：《中国现代儿童文学史论》，中国社会科学出版社 2009 年版。

［87］朱自强：《中国儿童文学与现代化进程》，浙江少儿出版社 2000 年版。

［88］方汉奇：《中国近代报刊史》，山西人民出版社 1981 年版。

［89］沈智：《辛亥革命前后的女子报刊》，载《纪念辛亥革命七十周年学术讨论会论文集（下册）》，中华书局 1983 年版。

［90］王会林、朱汉国编：《中国报刊辞典（1815—1949）》，书海出版社 1997 年版。

［91］姚福申、史和、叶翠娣：《中国近代报刊名录》，福建人民出版社 1991 年版。

［92］许晚成：《全国报馆刊社调查录》，龙文书局 1936 年版。

［93］曹正文、张国瀛：《漫谈上海近代妇女报刊》，华东师范大学出版社 1991 年版。

［94］臧健、董乃强主编：《妇女报刊名录说明》，载《近百年中国妇女论著总目》，北方妇女儿童出版社 1996 年。

［95］丁守和：《辛亥革命时期期刊介绍》（第四集），人民出版社 1986 年版。

［96］宋应离：《中国期刊发展史》，河南大学出版社 2000 年版。

［97］商务印书馆编辑部：《商务印书馆九十年》，商务印书馆 1987 年版。

［98］商务印书馆编辑部：《商务印书馆九十五年》，商务印书馆 1992 年版。

［99］黄春晓：《城市女性社会空间研究》，东南大学出版社2008 年版。

［100］台湾"中央研究院"近代史研究所编：《近代中国妇女史研究》，台湾"中央研究院"近代史研究所 1993 年版。

［101］吕芳上主编：《无声之声——近代中国的妇女与国家（1600—1950）》，台湾"中央研究院"近代史研究所 2003 年版。

［102］游鉴明主编：《无声之声——近代中国的妇女与社会（1600—1950）》，台湾"中央研究院"近代史研究所 2003 年版。

［103］罗久蓉、吕妙芬主编：《无声之声——近代中国的妇女与文化（1600—1950）》，台湾"中央研究院"近代史研究所 2003 年版。

［104］［美］爱德华·W. 萨义德：《文化与帝国主义》，李琨译，生活·读书·新知三联书店 2003 年版。

［105］［法］菲力浦·勒热纳：《自传契约》，杨国政译，北京大学出版社 2013 年版。

论文部分

［1］刘慧英：《"妇女主义"：五四时代的产物——五四时期章锡琛主持的〈妇女杂志〉》，《南开大学学报（哲学社会科学版）》2007 年第 6 期。

［2］刘慧英：《从〈新青年〉到〈妇女杂志〉——五四时期男性知识分子所关注的妇女问题》，《中国文化研究》2008 年第 1 期。

［3］刘慧英：《被遮蔽的妇女浮出历史叙述——简述初期的〈妇女杂志〉》，《上海文学》2006 年第 3 期。

［4］刘曙辉：《中国启蒙图景中的女性——聚焦〈妇女杂志〉》，《理论界》2008 年第 9 期。

［5］肖海艳：《"五四"后期周建人的婚恋观——以〈妇女杂志〉为考察依据》，《中南大学学报（社会科学版）》2008 年第 5 期。

［6］王萌：《论〈妇女杂志〉中的贤母良妻主义及其影响下的文学创作》，《中州大学学报》2006 年第 4 期。

［7］梅娘：《两个女人和一份妇女杂志》，《新文学史料》2001

年第 1 期。

[8] 范蕴涵：《〈妇女杂志〉研究》，硕士学位论文，山东师范大学，2009 年。

[9] 宋素红：《商业引路文化导航——商务印书馆的妇女刊物出版》，《中国出版》2001 年第 12 期。

[10] 郭延礼：《20 世纪初叶中国女性文学的转型及其文学史意义》，《上海师范大学学报》2009 年第 6 期。

[11] 郭延礼：《20 世纪初中国女性小说家群体论》，《中山大学学报》2011 年第 2 期。

[12] 陈妊援：《〈妇女杂志〉（1915—1931）十七年简史——〈妇女杂志〉何以名为妇女》，《近代中国妇女史研究》2004 年第 12 期。

[13] 章锡琛：《漫谈商务印书馆》，载《商务印书馆九十年（1897—1987）》，商务印书馆 1987 年版。

[14] 王翠艳：《〈益世报·女子周刊〉与苏雪林“五四”时期的文学创作》，《现代中国文化与文学》2006 年第 1 期。

[15] 陈漱渝：《云霞出海曙，辉映半边天》，《长城》2000 年第 6 期。

[16] 夏晓红：《秋瑾与谢道韫》，《北京大学学报》1999 年第 1 期。

[17] 袁进：《纠正胡适的错误——〈新文学的先驱〉前言》，载《中国近代文学学会第十七届年会会议论文集》，天津，2015 年。

[18] 郭延礼：《20 世纪初女性小说书写中的“以译代作”——兼论中西文化交流早期的一种文化现象》，载《中国近代文学学会第十七届年会会议论文集》，天津，2015 年。

[19] 李奇志：《在“女权”与“爱国”之间——清末民初文学中的“新女性”想象》，《广西师范大学学报》2007 年第 3 期。

[20] 刘峰：《清末民初女性西游与文学》，博士学位论文，苏州大学，2012 年。

[21] 周乐诗：《清末小说中的女性想象（1902—1911）》，博士学位论文，上海大学文学院，2010 年。

　　[22]　崔琇景：《清后期女性的文学生活研究》，博士学位论文，复旦大学文学院，2010年。

　　[23]　鲍振培：《清代女作家弹词研究》，博士学位论文，南开大学文学院，2002年。

　　[24]　宋声泉：《民初作为方法——本土视域中的文学革命》，博士学位论文，南开大学，2013年。

　　[25]　刘堃：《晚清文学中的女性形象及其传统再构》，博士学位论文，南开大学文学院，2010年。

　　[26]　马勤勤：《"浮出历史地表"之前的女学生小说——以〈直隶第一女子师范学校校友会会报〉（1916—1918）为中心》，载《中国近代文学学会第十七届年会会议论文集》，天津，2015年。

　　[27]　马勤勤：《清末民初女小说家刘韵琴及其反袁小说》，《南京师范大学文学院学报》2015年第1期。

　　[28]　马勤勤：《以"女小说家"为职业——清末民初小说场域性别秩序的松动》，《中国现代文学研究丛刊》2013年第5期。

　　[29]　王勇：《〈东方杂志〉与现代中国文学的发生》，博士学位论文，南开大学文学院，2012年。

　　[30]　王蓓、陈静：《近代期刊中文论作品的女性作家身份概观》，《济南大学学报》2015年第5期。

后 记

　　东北的春天来得晚，在南方，这个时节早已莺飞草长、绿树红花，在长春则感受到的是温晴静好的萌萌生机。枝条透漏着绿意，连同日着薄衫的人们共同迎接着人间的四月天。

　　现代女作家林徽因在诗中说：

　　　　我说你是人间的四月天，笑声点亮了四面风，轻灵在春的光焰中交舞着变换。/你是四月早天里的云烟。/黄昏吹着风的软，星子在无意中闪，细雨点洒在花前。/那轻。那娉婷。你是。鲜艳。/百花的冠冕你戴着，你是天真，庄严，你是夜夜的月圆。/雪化后那片鹅黄，你象新鲜初放的绿。/你是柔嫩喜悦。水光浮动着你梦期待中的白莲。/你是一树一树的花开，是燕在梁间呢喃。你是爱，是暖，是希望。你是人间的四月天。

　　我想这正是我现下心情的写照。

　　我在恩师刘雨教授的教诲中走过了博士生涯，刘老师给我的感受是做人的"天真"，学问的"庄严"，而他的指引是"夜夜的月圆"，化作前行的期盼，照亮我的学术研究之路。

　　我在各位爱护我的老师们庇护下成长，我的硕士导师张文东教授，我的师母王东教授，他们是"爱"是"暖"，满含着对我的"希望"，与我去迎接生活中"一树一树"的花开。

　　我在家庭的暖情中感动，我的丈夫、父亲、爷爷，我的妹妹、妹夫，他们没有给我增添任何生活的繁扰和琐屑，让我"笑声点亮了四面风"，在教学和科研中无虑地"新鲜初放"。

　　我在师门兄弟姊妹中感受着激励与友善，刘颖慧、王荣珍……她们用友情滋润着我的求学路程，她们是"星子"的活泼，是"细雨点"的滋润，她们永远是我生命中的"白莲"。

　　我在长春师范大学文学院经历着这个学校的成长和变化，支持青年教师学术事业发展的领导孙博院长、贺萍院长，融洽的同事氛围：温柔的朱璇，能干的宛冬，亲切的春娇，勤劳的李享，还有吴宜、于晗……他们是百花，璀璨了我的学术发展。

　　还有我的萌宠 coco，它永远和我共用着书桌键盘，它见证了我论文在敲击中的出现，也嫉妒着天天陪伴时间最长的电脑桌面。

　　我感谢生命、感谢时间，感谢你们的出现！

　　这一切的一切都是我人间的四月天。

杜若松

2016 年 11 月